S.B. Sasori

RAVENS GIFT

–

Schlangenfluch 02

2. Auflage
Copyright © 2015 Swantje Berndt
Alle Rechte vorbehalten
Impressum: Swantje Berndt c/o Berndt & Berndt
Theaterstraße 16a, 14943 Luckenwalde
www.swantje-berndt.de
www.swantjesgeschichten.wordpress.com
Bildmaterial: Shutterstock.com, Volodymyr Tverdohlib; Kryvenok Anastasiia
Lektorat: Petra Seidel
Covergestaltung: Swantje Berndt

Bibliografische Information der Deutschen Nationalbibliothek:
Die Deutsche Nationalbibliothek verzeichnet diese Publikation in der Deutschen
Nationalbibliografie; detaillierte bibliografische Daten sind im Internet über
http://dnb.dnb.de abrufbar.
Herstellung und Verlag: BoD – Books on Demand, Norderstedt

ISBN: 9783739220246

Es sind die inneren Abgründe, die unsere Träume verlassen und
die Realität verschlingen.

INHALTSVERZEICHNIS

Prolog	5
Unerträgliches einer Nacht	11
Gewagte Entscheidungen	37
Unabsehbares	99
Ein hoher Preis	151
Bizarre Wünsche	185
Sich erfüllende Sehnsüchte	205
Epilog	235

PROLOG

Im Grunde genommen war es nur die Kopie eines Videos, die sie ohne Dr. Johannsons Erlaubnis erstellt und mitgenommen hatte. Vivienne balancierte die CD auf ihrer Zeigefingerkuppe, während ihr Laptop hochfuhr. Nur ein Stück Plastik, doch ihr gesamtes Gewissen befand sich darauf.

Ihre Finger huschten über das Tastenfeld und endlich grinste sie ein animierter Yeti an.

Sie könnte diese Plastikscheibe wegwerfen. Sie könnte sie vergessen. Würde dadurch der Mann vom Seeufer aufhören, zu existieren? Würde er endlich schweigen und nicht mehr in ihrem Kopf nach Gerechtigkeit schreien? Nach Vergeltung?

Sein Name war Samuel Mac Laman. Sie hatte in Morar nachgefragt.

Vivienne fuhr den Schlitten aus, legte die CD ein und wartete. Die erste Hälfte des Videos war nicht von Belang. Die Nachtgeräusche des Loch Morar vermischten sich mit Hamburgs Straßenlärm.

Sie schloss das Fenster. Für das, was kam, brauchte sie keine Zeugen. Sie hätte die Lautstärke regulieren oder Kopfhörer benutzen können, sie hätte den verdammten Lautsprecher komplett ausschalten können. Aber das wäre Verrat an dem Mann mit den Schuppen gewesen. Sein Leid verdiente es, von ihr gehört zu werden.

Der Steg, der Kerl in der Reiterjacke, das Gewehr, mit dem er sein Opfer zum Bootsschuppen trieb. Dann Szenen, die trotz des Zwanges dermaßen lustvoll waren, dass sie sich schämte. Trotzdem starrte sie hin. Wegsehen funktionierte nicht. Sie hatte es längst versucht.

Samuel sank zusammen, sein Peiniger kniete sich vor ihn.

Ihr Herz begann zu hämmern.

5

Wieder wurden Samuels Beine auseinandergedrückt. Wieder verschwand der Kopf des anderen zwischen ihnen, wieder schrie sich Samuel die Seele aus dem Leib.

Vivienne schauderte, klappte den Laptop zu. Was nun folgte, wollte sie nicht sehen. In den letzten Wochen hatte sie das zu oft. Dieser Bastard mit dem Gewehr gehörte eingesperrt – an einen Ort ohne Sonne.

Die Alster floss träge unter dem Fenster entlang. Vivienne konzentrierte sich auf den Fluss, um einen See in den schottischen Highlands zu vergessen.

Umsonst. Wahrscheinlich gelang ihr das niemals.

Die Leute in dem kleinen Dorf hatten ihre Fragen nur widerwillig beantwortet. Samuel Mac Laman wäre selten in Mhorags Manor, nur, wenn er seine verrückte Mutter besuchte. Den anderen Sohn hätte seit Jahren keiner in der Gegend gesehen. Seltsame Kinder wären das. Wie ihre Mutter, Mia Mac Laman. Nur der Jüngste wäre normal, stamme allerdings auch von einem anderen Vater ab. David Wilson.

Den Mann in der Reiterjacke.

Woher sollten die Menschen aus Morar auch wissen, was David Wilson nachts am Ufer des Sees trieb? Die Gegend war einsam. Vielleicht hatte niemand je Samuels Schreie gehört.

Was für ein trostloser Gedanke.

Der Kellner aus dem Café hatte sich über die Schulter gespuckt. Erst dann war er bereit gewesen, von den Mac Lamans zu erzählen. Ob sie nicht die Gerüchte kennen würde, die um die Familie kreisten?

Nein, die kannte sie nicht. Doch sie wollte die Gerüchte über David Wilson hören, um ihm die Polizei auf den Hals zu hetzen.

Wilson? Ein wahrer Gentleman, nur leider selten daheim. Warum Mia nicht seinen Namen angenommen hätte? Tja, das wüsste niemand so genau. Die Mac Lamans entstammten einem alten Klan.

6

Sehr traditionsbewusst. Eben schottisches Urgestein. Ein Jammer, dass mit Mia. Als junges Mädchen wäre sie normal gewesen und zum Sterben schön. Aber dann, nun ja. Wer sich mit Dämonen einließe, setzte nicht nur seine Seele, sondern auch seinen Geist aufs Spiel.

Dämonen?

Der Mann hatte mit betrübter Miene genickt, allerdings vergessen, sich die Sensationsgier aus den Augen zu wischen.

Mia Mac Laman wäre von dem Wesen Mhorag verführt worden. Ihren Zwillingssöhnen sähe man das an. Wenigstens dem einen, dem mit der Glatze. Der Briefträger hätte ihn vor Jahren einmal ohne Sonnenbrille gesehen.

Teufelsaugen! Natürlich wäre das ein Gerücht, doch wo es qualmte, war Feuer bekanntlich nicht weit.

Der Mann hatte sicherheitshalber ein zweites Mal ausgespuckt.

Der andere Zwilling lebte sehr zurückgezogen. Es hieß, er hätte eine verunstaltete Hand, daher der Handschuh. Der Teufel hätte eben ein Zeichen an seinen Kindern hinterlassen.

Kein Teufel. Eine Chimäre. Halb Mensch, halb Wasserwesen. Oder, was wissenschaftlicher klang, ein Hybrid. Vielleicht auch beides gleichzeitig.

Vivienne raufte sich die Haare. Geschissen auf den Terminus! Das Wesen hatte gelebt und Söhne gezeugt, die nun unter ihrer Herkunft zu leiden hatten.

Woher stammten die Gene, denen sie das verdankten? Johannson vermutete, sie wären prähistorischen Ursprungs. Jedenfalls hatten sie einem der Zwillinge eine faszinierende Schuppenhaut auf seiner linken Körperhälfte beschert. Genau die hatte ihn verraten und Johannson davon überzeugt, am Ziel seiner Wünsche angekommen zu sein. Seit Ewigkeiten jagte ihr Chef das Ungeheuer von Loch Morar. Mit Samuel hatte er zumindest einen Nachkommen des Monsters gefunden.

Vivienne wischte sich über die Augen. Sie hätte damals schon eingreifen müssen. Hätte sich von einem fanatischen Kryptozoologen nicht wegschicken lassen dürfen. Johannson hatte den Ruhm für sich allein gewollt. Nun war er wie vom Erdboden verschluckt.

Mit Samuel? Ohne ihn? Oder hatte er ihn in Teilen mitgenommen?

So oft war sie kurz davor gewesen, in dem Hotel in Morar anzurufen. Vielleicht wusste die Empfangsdame etwas über Samuel Mac Laman. War er zurückgekehrt? Wurde er vermisst? Hatte er sich bei seiner Familie gemeldet?

Die Angst vor der Antwort war zu groß gewesen. Was, wenn er wie Dr. Hendrik Johannson verschwunden war? Was, wenn dieser alte Drecksack ihn in ein geheimes Labor gesperrt hatte? Was, wenn er Samuel längst getötet und seziert hatte?

Drei dicke Kluntjes plumpsten in die Teetasse und verursachten eine Überschwemmung auf dem Untersetzer. Sie war schuld, dass Johannson von Samuel erfahren hatte. Hätte sie ihm nur nie dieses verfluchte Video gegeben. Wäre sie nur nie in diese jämmerliche Abteilung gegangen.

Kryptozoologie. Drauf scheißen sollte man.

»Hey, Vivienne!« Das schlaffe Pochen an der Tür klang massiv nach durchgemachter Nacht.

Sie trennte sich von ihren düsteren Gedanken und öffnete.

Ihr Nachbar Erik stand mit verquollenen Augen und einem Paket in der Hand im Flur. »Ist für dich abgegeben worden.« Aus seinem Mund stank es nach ungeputzten Zähnen.

Vivienne drehte den Kopf weg.

Als Post Town war Mallaig angegeben. Morar lag um die Ecke. Wer zum Teufel schickte ihr Pakete aus diesem Kaff?

Johannson. Ihre Adresse prangte in seiner Krakelschrift auf dem braunen Papier.

»Liegt schon ein bisschen länger bei mir rum. Bin nicht dazugekommen, es vorbeizubringen.« Erik kratzte sich durch sein ungewaschenes Haar. »Nachtschichten.«

Sollte das Schulterzucken seine Schlampigkeit entschuldigen? Der Stempel auf dem Paket war von letztem Monat!

»Du kompletter Idiot!«

Erik fuhr zusammen. »Sachte! Immerhin habe ich es angenommen.«

»Sachte? Du hast es vier Wochen bei dir Schimmel ansetzen lassen, du faule Sau!«

»Hey, ich hatte zu tun.«

Vivienne schlug ihm die Tür vor der Nase zu.

Ein Monat. Was war hier drin? Proben? Der Kopf der Chimäre? Der Tee wurde bitter in ihrem Magen. Johannson war nicht irre. Er würde im Sommer keine Körperteile durch Europa schicken. Höchstens eingelegt in Formaldehyd. Dazu war das Paket zu leicht. Doch die Größe kam hin.

Entspann dich, Vivienne. Du bist ein Profi. Mach es einfach auf und sieh nach.

Zweimal fiel ihr das Messer aus der Hand, als sie das Klebeband aufschnitt. Bevor sie die Pappdeckel auseinanderbog, atmete sie tief ein. Wenn etwas in dem Karton ihr sagte, dass Mac Laman noch lebte, würde sie ihn suchen und retten. Das war sie ihm schuldig.

Noch einmal atmen, dann klappte sie die Deckel auseinander. Notizbücher. Disketten. Ein Brief.

Hallo Vivienne!

Ich breche die Expedition ab. Der Inhalt dieses Päckchens ist für Professor Klaus Wegener vom biologischen Institut Hamburg bestimmt und soll meine letzten zehn Jahre Forschungsarbeit vor ihm rechtfertigen. Sagen Sie ihm, ich sei kein Spinner und zeigen Sie ihm um Gottes willen die Probe und das Video. Was er damit macht, ist seine Sache.

9

Er war stets Rationalist. Er wird die richtige Entscheidung treffen.
Gruß,
Hendrik Johannson

Er hatte die Expedition abgebrochen? Bevor oder nachdem er Scheibenpräparate aus Samuel hergestellt hatte?

In Unmengen Blisterfolie steckte ein Fläschchen. Haut? Sie hielt die Probe ins Licht. Dunkelgrün, an den Rändern glatt, relativ groß geschuppt.

Sie schluckte die Übelkeit hinunter. Er war tot. Der Mann mit der schillernden Schuppenhaut, dessen Leid sie kaltherzig gefilmt hatte, war tot.

Nein, sie war nicht kaltherzig gewesen. Nur zu feige, um ihm zu helfen, als dieser Reiterjacken-Kerl …

Egal. Es war zu spät. Johannson hatte Samuel für seinen Forscherruhm umgebracht.

UNERTRÄGLICHES EINER NACHT

Dunkles Wasser. Überall. Es schluckte das Licht ebenso wie jedes Geräusch. Wo war Laurens? Er hatte nach ihm gerufen. Von weit unten.

Samuel tauchte tiefer in die Schwärze des Sees.

Keine Stimme. Kein Laurens. Nur Stille. Das war unmöglich. Er konzentrierte sich auf die Geräusche, die nicht da waren, aber da sein müssten.

Laurens hasste es, zu tauchen. Er hatte Angst davor. Warum sollte er ohne ihn in den See gehen?

Samuel hatte den Grund beinahe erreicht. Seine Zehen streiften über schlammigen Boden, seine Hände tasteten Felsen ab. Etwas Weiches streifte an seinem Fuß entlang. Samuel griff hinein. Haare? Sie umschlangen seine Finger, streichelten ihm über die Unterarme.

Wenn er nur etwas sehen könnte! Doch um ihn herrschte nur absolute Dunkelheit. Als ob er blind wäre.

Er griff tiefer in die seidigen Strähnen, stieß an etwas Festes.

Eine Stirn. Darunter die Nase, der Mund. Er stand offen. In seiner Mitte fühlte er Schlick.

Nein!

Samuel fuhr hoch. Sein Herz krampfte in der Brust.

Kein Wasser, keine Finsternis. Verdammter Traum!

Laurens saß am Fenster. Lebendig und schön. Der Nachtwind spielte mit ein paar Strähnen, die mit dem Mondlicht um die Wette glänzten.

Das Gefühl der nassen Haare zwischen den Fingern spürte Samuel jetzt noch. Er ging innerlich auf die Knie und küsste jedes Stückchen Boden, das Laurens jemals betreten hatte.

»Schlechte Träume?« Laurens' resigniertes Lächeln verriet, dass seine nicht viel besser gewesen waren. »Ich wollte dich gerade wecken. Du hast so unruhig geschlafen, dass ich mir Sorgen gemacht habe.«

Samuel schlug die Decke zurück. »Komm ins Bett. Ganz dicht an mich ran.« Er musste ihn an sich spüren. Ihn nur zu sehen genügte nicht.

Laurens schlang die Arme um sich. »So schlimm?«

»Schlimmer.« *Du warst tot. Sei das niemals.*

Erst als sich Laurens neben ihn legte, beruhigte sich sein Herz. Er vergrub sein Gesicht in der blonden Mähne. Sie duftete nach Regen und Nacht.

Laurens seufzte und schmiegte sich näher an ihn. »Ich will endlich wieder einschlafen können, ohne mich fürchten zu müssen. Doch kaum schließe ich die Augen, geht der Horror los.«

»Was war es diesmal? Der See oder Davenport?«

»Davenport«, sagte Laurens leise. »Er rammt mir diese elende Flinte zwischen die Rippen und lacht dabei dreckig.«

James Davenport. Er hatte Laurens als Köder benutzt, um Samuel zu fangen. Hatte ihn wie ein Tier in einen Käfig gesperrt, ihn gequält.

»Du musst nicht mit den Zähnen knirschen.« Laurens küsste ihn sacht auf die Wange. »Es ist vorbei. Ich würde nur gerne ab und zu von etwas Schönem träumen.«

»Von mir, wie ich ihm den Kopf abreiße?« Das war ein Fest gewesen. Allerdings nur für ihn. Laurens hätte es niemals sehen dürfen.

Laurens drehte sich aus seiner Umarmung und stützte sich auf dem Ellbogen auf. »Es reicht mir, wenn ich Ravens Sarkasmus ertragen muss. Fang du nicht auch noch an.«

Wenn der Grund nicht bitter wäre, wäre das empörte Funkeln der grünblauen Augen niedlich gewesen. Doch sie hatten ihn damals fassungslos angestarrt. Das Entsetzen in ihnen würde er nie vergessen.

»Tut mir leid, wenn es dein Ego runterzieht, aber ich sehe kein Ungeheuer in dir.« Eine steile Falte wuchs zwischen Laurens' Brauen.

Samuel zog sie mit dem Zeigefinger der linken Hand nach. Die Rauheit der Schuppen zu fühlen und gleichzeitig zu behaupten, er sein kein Monster, war naiv. »Du fliehst vor mir.« Jedes Mal, wenn er ihn lieben wollte.

Zärtlichkeiten, ja. Massive Zärtlichkeiten. Aber keinen Schritt weiter. Laurens brauchte Zeit. Kein Wunder nach dem, was geschehen war. Aber Samuel brauchte keine mehr. Er brauchte Laurens und das nicht nur von außen.

Mit diesem Mann verschmelzen können, seinen Körper vollkommen in Besitz nehmen, um ihn nach dem Rausch aufgelöst vor Glück zurückzugeben. Die Sehnsucht danach begann, ihn zu schmerzen.

»Blödsinn.« Laurens wischte Samuels Hand weg. »Ich fliehe nicht. Ich kann nur nicht …«

»… meinen Schwanz in dir ertragen?« So wie Laurens den Kopf hängen ließ, hatte er ins Schwarze getroffen.

Laurens sah ihn unglücklich an. »Da ist eine unsichtbare Wand.«

»Vor deinem Hintern oder vor meinem Schwanz?«

»Genau dazwischen.«

Diese Wand war erschreckend massiv. Seit sie sich kannten, hatte er es nicht geschafft, sie einzureißen.

Laurens legte sich seufzend zurück in seinen Arm.

»Kannst du mir nicht eine Räuberleiter bauen?« Da er nicht lachte, meinte er es ernst.

Samuel legte seine Hand auf den flachen Bauch. Es war schön zu spüren, wie der Atem ihn hob und senkte. In seinem Traum war Laurens starr und kalt gewesen.

»Was immer dir hilft, ich werde es tun.« Behutsam zog er mit dem Finger Kreise um Laurens' Nabel. »Ich kann das Licht löschen, deine Augen verbinden oder versuchen, dich zu hypnotisieren. Bei Zahnbehandlungen soll das angeblich funktionieren. Bei Angst und bei Schmerz.« Damit gehörte diese Möglichkeit in die engere Wahl.

Laurens runzelte die Nase und schüttelte den Kopf. »Vielleicht solltest du mir einfach eins über den Schädel ziehen und mich dann vögeln. Wenigstens kann ich dir so nicht mehr von der Bettkante springen.«

»Und das Highlight deines ersten Males mit einem Mann verpassen? Auf keinen Fall.«

»War nur eine Idee.« Mit einem tiefen Seufzen legte er seinen Arm um Samuels Hals. »Mach einen Gegenvorschlag.«

Wagte er sich absichtlich weit vor?

Samuel neigte sich zu ihm, küsste den schönen Mund. Er öffnete sich für ihn, nahm die Zärtlichkeiten dankbar von ihm an.

Laurens jetzt zu lieben, ganz sanft, um die dunklen Träume zu vertreiben. Es wäre gut für ihn. Es wäre gut für sie beide.

Der Hals, das Grübchen zwischen den Schlüsselbeinen. Samuel ließ sich Zeit für jeden Kuss.

Laurens streckte sich unter seinen Berührungen, stöhnte leise, als Samuel die Brustwarzen mit der Zungenspitze liebkoste.

Die glatte Haut unter seiner Schuppenhand zu fühlen, die Schauder, die sie in Laurens' Körper auslöste, schürte seine eigene Erregung. »Wenn du ein bisschen Anlauf nimmst, schaffst du die Mauer.« Er ließ seine Hand über Laurens' Bauch weiter hinabgleiten, rieb sanft die beginnende Härte. Sie wuchs, schmiegte sich in seine Handfläche. »Trau dich.« Dann würde er süchtig danach werden. So wie es David geworden war, doch den Gedanken verdrängte er besser.

Laurens streckte sich ihm entgegen. Wollte er es diesmal wirklich? Die Härchen an seinen Lenden dufteten nach Lust.

Samuel nahm sie zwischen die Lippen, zupfte daran. In seiner Hand begann es, zu zucken. Er schloss seine Finger fester um

Laurens' Erektion, rieb ihn schneller. Je näher er dem Rausch war, umso leichter würde er die Hürde nehmen können.

»Stopp!« Laurens keuchte, stemmte sich hoch. »Ich bin überreizt. Wenn du mich weiter streichelst ...«

»... kommst du in meiner Hand. Das wäre nicht das erste Mal.«

»Aber dann schaffe ich den Sprung über die Mauer nicht mehr.« Dieses süße, verunsicherte Lächeln. Samuel küsste es, bis sich Laurens' Lippen erneut für ihn öffneten.

Laurens' Fingerspitzen glitten über die Brustplatten. Als Samuel seufzte, drückte ihn Laurens zurück und setzte sich auf ihn. Seine Haare kitzelten Samuels Gesicht.

Er fasste hinein, zog Laurens zu sich herunter und presste seinen Mund auf die köstlichsten Lippen des Universums. Sie erwiderten den Kuss gierig, bissen, saugten. Er bekam keine Luft mehr, doch Laurens hörte nicht auf. Die Art, wie er sich auf seinem Schoß rekelte, wie seine Zunge Samuels Mund nahm – Laurens wollte es.

Samuel drehte ihn unter sich. Sofort blitzte Angst in den grünblauen Augen. Noch ein Kuss. Tief und innig. Er musste Laurens davon ablenken, dass er nach dem Spender auf dem Nachttisch tastete.

Laurens verkrampften sich, als Samuel ihm über die Beine streichelte und sie sich auf die Schultern legte. Sein Blick flehte, doch diesmal würde er ihm nicht entkommen. Heute Nacht gehörte er ihm.

Noch ein tiefer Kuss, noch ein zartes Saugen an ängstlichen Lippen. Laurens' Herz raste. Samuel spürte es unter seiner Handfläche. Er sollte sich nicht fürchten. Er sollte sich lieben lassen. Es war so einfach. Er musste ihm nur vertrauen.

Als Laurens das kalte Gel an sich fühlte, zuckte er zurück.

Nur ein wenig massieren, nur, um ihn daran zu gewöhnen.

Laurens' Augen wurden glasig. Er fasste in Samuels Haar, atmete schnell. Angst? Lust? Beides. Das Erste würde vergehen, sobald er sich hingab.

Samuels Finger glitt in heiße Enge. Laurens drückte den Kopf ins Kissen und schloss die Augen.

Ein zweiter Finger. Laurens stöhnte auf, hob ihm sein Becken entgegen. Als sich Samuel zurückzog, schüttelte er ungeduldig den Kopf.

Er war soweit, wollte mehr. Er würde es bekommen.

Vorsichtig drängte sich Samuel an ihn.

Laurens hielt den Atem an.

»Bleib entspannt.« Er durfte ihm nicht unnötig wehtun, aber er sehnte sich so sehr in diesen Mann hinein. Wie sollte er sich beherrschen? Noch ein wenig fester. Laurens gab unter ihm nach. So war es gut, ganz langsam.

»Warte!« Laurens schluchzte auf, robbte von ihm weg. »Ich kann's nicht!« Sein Blick huschte über Samuels Erregung, die die Schuppenhaut zu sprengen drohte. »Es tut mir leid und du brauchst auch nicht fragen, ob ich oben sein will. Nein, will ich nicht. Wenigstens nicht jetzt.« Er kämpfte mit den Tränen und Samuel mit seiner Enttäuschung. Oben, unten. Was spielte das für eine Rolle? Laurens weigerte sich. Wieder einmal.

»Mir tut es auch leid.« Er hatte genug Rücksicht auf seine Gefühle genommen. Was hielt ihn davon ab, diesen Mann in die Kissen zu drücken und ihm seine Liebe aufzuzwingen? In einer erschreckend deutlichen Vision band er die schlanken Handgelenke an den Bettpfosten und fiel über ihn her.

Laurens zog die Beine an und schlang die Arme um die Knie. »Scheiße Mann, ich dachte, ich pack's diesmal.«

»Hier geht es nicht um einen Klippensprung in unbekanntes Gewässer, sondern um Liebe.« Was die Fesselnummer in seinem

Kopf ausschloss. »Du musst nichts packen. Du musst mir vertrauen!«

»Das tue ich!«

»Ja, sicher. Deshalb presst du auch deine Schenkel zusammen und starrst meinen Schwanz an, als ob er Widerhaken hätte.« Unzählige Male hatte ihn Laurens berührt. Er wusste, dass die Schuppen dort geschmeidiger und glatter waren, als am Rest seines Körpers.

Laurens schüttelte den Kopf. Was sollte diese hilflose Geste mit der Hand? Eine Entschuldigung? Eine Erklärung für sein Verhalten? Samuel verstand beides nicht. Sie liebten sich, sie wollten sich. Warum konnte sich Laurens nicht einfach entspannen?

»Ich weiß, dass ich dich mit meinem Verhalten kränke.« Seine Hand hatte eine Zuflucht in den Haaren gefunden. »Ich weiß nur nicht, wie ich es ändern soll.«

Wie auch immer, aber tu es, und zwar bald, denn ich bin auch nur ein Mann, und die Schuppenhaut macht es nicht einfacher für mich.

Samuel biss sich auf die Zunge, um die Worte nicht laut auszusprechen. Laurens' Schuldgefühle würden an ihrem Dilemma nichts ändern. Er holte tief Luft und bemühte sich um einen gelassenen Tonfall. »Ist okay. Es war nur ein Versuch.« Ein vergeblicher. Die Reihe seiner Vorgänger war lang.

Vielleicht würde es Laurens nie zulassen, vielleicht konnte er einen Mann nicht in sich ertragen. Nicht mit und nicht ohne diese Schuppen. Das resignierte Seufzen schluckte er hinunter. Doch das bittere Gefühl in seinem Herz blieb und der Schmerz zwischen seinen Beinen warf ihm vor, Laurens nicht einfach genommen zu haben.

~*~

Es war nur eine Tür. Dahinter lag das Treppenhaus, der Flur, die Briefkästen. Ob seine Eltern eine Ansichtskarte aus Frankreich

17

geschickt hatten? Sie gingen davon aus, dass er ein sinnreiches Studentenleben führte. Lernen, Prüfungen, Freunde treffen.

Tom zog mit dem Finger die Maserungen der Wohnungstür nach. Seit geraumer Zeit war nichts sinnreich in seinem Leben. Neben einem Minimum an Nahrungsaufnahme und Schlaf existierte nur noch eine einzige Notwendigkeit: nicht gesehen zu werden. Diese Wohnung war seine Burg. Schützte ihn vor den Blicken der Menschen, die trotz ihrer gewöhnlichen Hässlichkeit tausendmal ansehnlicher waren als er. Früher hatten sie sich nach ihm umgesehen und geseufzt vor Sehnsucht oder vor Neid. Heute würden sie ihn anspucken.

Und wenn er rannte? Schnell die Treppe hinunter, dann die Blechklappe aufschließen, die Post an sich reißen und wieder nach oben flüchten? Sicher quoll sein Briefkasten vor Werbeprospekten über. Vor einer Woche war Miyu da gewesen und hatte ihn geleert und den Kühlschrank gefüllt.

Weshalb rief sie nicht an? Warum fragte sie nicht, ob er etwas brauchte? Sie war die Einzige, die ihn sehen durfte. Nur sie ließ er in die Wohnung. Nur mit ihr führte er kurze Gespräche, bevor sie Ausreden erfand, um wieder vor ihm fliehen zu können. Niemand sah dem Grauen freiwillig länger als nötig ins Gesicht.

Wenn sie heute nicht kam, musste er sie anrufen. Es war kaum noch etwas zu essen da und Bargeld hatte er auch keines mehr. Nicht dass er viel benötigte. Wozu? Um Freunden Drinks zu spendieren? Um sich schicke Klamotten zu kaufen? Es war gleichgültig, ob er seinen Arsch in Seide oder Lumpen packte. Niemand würde sich dafür interessieren, nachdem er sein Gesicht gesehen hatte.

Tom ging zum Fenster und zog die Vorhänge zur Seite. Unten auf der Straße flanierten Männer und Frauen, die ihr Leben lebten. Was lebte er? Lebte er überhaupt noch? Wahrscheinlich war er ein Gespenst, das seinen eigenen Tod nicht mitbekommen hatte. Was für ein erfrischend entspannender Gedanke. Gespenster brauchten sich vor den anderen nicht verstecken. Sie waren unsichtbar.

Tom öffnete das Fenster. Miyu beklagte sich stets über die abgestandene Luft und benutzte das als Ausrede, noch schneller zu verschwinden. Am Anfang hatte er sie dafür gehasst. Jetzt hasste er nur noch einen Menschen auf dieser Welt.

Auch im Badezimmer roch es schlecht. Tom ließ die Tür aufstehen.

Ein Lufthauch wehte durch die Wohnung, erfasste das Tuch über dem Badezimmerspiegel. Es segelte auf die Fliesen.

Nicht hochsehen. Es einfach aufheben und mit geschlossenen Augen über den Glasrand hängen. Irgendwo musste Klebeband sein. Damit würde er es fixieren.

Er klammerte sich an den Rand des Waschbeckens, starrte auf die angetrockneten Zahnpastareste, die den Weg in den Siphon nicht geschafft hatten.

Nicht hochsehen. Dort oben auf der Glasfläche erwarteten ihn Schluchten und Krater. Sie zogen sich quer über seine rechte Wange. Rot, geschwollen. Ein herunterhängendes Lid, ein triefendes Auge. Ein zur Hälfte vernarbter Mund, über dessen Unterlippe der Speichel lief.

Dieser Mund hatte Samuels Lippen geküsst. Und Samuel hatte ihn entstellt. Mit einem einzigen Schlag. Diese verdammten Schuppen hatten Tom die Haut von der Wange gerissen.

»Dein Tod für mein Gesicht, du Bestie.« So furchtbar das Monster im Spiegel aussah, sein Wispern spendete Trost. Es gab Tage, da lebte er nur für diesen Gedanken, Samuel Mac Laman büßen zu lassen. Dabei war dieser Traum von Rache lächerlich. Lächerlich wie er selbst. Woher den Mut nehmen, Samuel entgegenzutreten? Ihn zu bedrohen, ihn zu töten?

Mit was?

Neben der Toilette stand ein Aschenbecher. Das Ding war schwer, hart. Tom holte aus. Glas splitterte. Wer kein Gesicht besaß, brauchte keinen Spiegel.

~*~

Das Ding im Käfig zuckte zusammen, als Raven das Licht anschaltete. Es kroch in die Ecke, zog dabei sein Bein durch eine Pfütze.

Verfluchte Sauerei. »Du hast einen Eimer zum Pissen. Benutz ihn gefälligst.«

Statt einer Antwort kam nur ein Wimmern.

War das Blut, das an den Gitterstäben klebte? Dann musste das gelbgrüne Zeug Eiter sein. Raven trat einen Schritt zurück. Um Nichts in der Welt würde er die Stangen mit bloßen Händen berühren. Das, was dahinter kauerte, schon gar nicht.

Er hatte es nur einmal getan, um David in den Tod zu schicken, doch der ließ auf sich warten. Erstaunlich, wie resistent Davids Organismus seinem Gift gegenüber war.

Raven hatte ihn gebissen und in den Keller zum Sterben geschleppt. Dort wollte er ihn vergessen, vielleicht irgendwann entsorgen. Doch David hatte plötzlich nach Wasser gebrüllt.

Er hatte ihm den Eimer gefüllt und den Sterbenden damit in denselben Käfig gesperrt, in dem auch Laurens hatte leiden müssen. Aber David starb nicht. Im hintersten Kellergewölbe, weit von allen Ohren entfernt, die seine Rufe hätten hören können, atmete dieser stinkende Körper einfach weiter.

Ravens Magen krampfte sich zusammen, wie immer, wenn er zu dem Mann ging, den er abgrundtief hasste.

Und wenn er ihn tatsächlich hier unten vergaß? Ihm keine Nahrung, kein Wasser brachte?

Jeden Tag versuchte Raven, nicht in den Keller zu gehen. Nicht aus dem hinteren Gang das Wimmern zu hören, das ihn anflehte, ihn nicht zu vergessen. Es hatte sich in sein Hirn eingenistet, erinnerte ihn Tag und Nacht daran, dass es existierte.

Was war er nur für ein erbärmlicher Feigling, dass er es nicht schaffte, diesen Mistsack krepieren zu lassen?

Wer hatte gesagt, Rache wäre süß? War sie nicht. Sie war bitter. Für alle Beteiligten.

Raven stellte eine Wasserflasche dicht genug an die Gitterstäbe, dass David sie erreichen konnte. Der Teller daneben war unberührt.

»Keinen Hunger heute, Daddy?« Er schnippte eine der trocken gewordenen Brotscheiben in den Käfig. »Sind dir die Zähne ausgefallen?« Oder hatte er sie sich abgebrochen, als er in die Stangen gebissen hatte? Knochen gegen Eisen. Was für ein aussichtsloser Kampf.

Sein Stiefvater antwortete nicht. Er sah ihn nur mit diesem Blick an, der ihn bis in seine Träume verfolgte.

Qual. Jedes Quäntchen davon hatte David verdient.

»Auf Samuel!« Er prostete ihm mit der Wasserflasche zu. »Denk an ihn, wenn dein Fleisch zu stinken anfängt.« Jede Sekunde aufgezwungener Lust sollte er bereuen. Jeden Schrei, zu dem er Samuel getrieben hatte, würde er selbst ausstoßen. David musste in der Verzweiflung ertrinken, die ihn in dem Moment ansprang, in dem Raven das Licht löschte und ihn allein ließ.

Noch vor wenigen Tagen hatte dieser Mistkerl an den Stäben gerüttelt und um Gnade gefleht. Jetzt nicht mehr. Auch Stimmbänder verrotteten.

David rollte sich auf die Seite und zog die Knie zum Kinn. Sein Hemd rutschte hinauf. Die Haut, die zum Vorschein kam, war übersät mit Hämatomen, Blut und getrockneter Scheiße.

»Angst macht eklig, David. Hast du das nicht gewusst?«

Die aufgesprungenen Lippen bewegten sich, brabbelten.

21

Der Eimer hinter der Futterluke war leer. Offenbar gab Davids Körper seine Funktionen endlich auf. Gut, dann musste Raven wenigstens den Dreck nicht durch einen der Schächte entsorgen, die in den See mündeten. Fluchttunnel aus längst vergangenen Zeiten. David würden sie nicht mehr in die Freiheit führen.

»Bis später, Daddy.«

Das Licht ging aus, David heulte auf. Gott, er klang wie ein sterbendes Tier.

Raven drückte mit seinem Gewicht die Tür zu, lehnte sich dagegen und kämpfte gegen das Bedürfnis an, sich zu übergeben. Er hatte sich zum Rächer seines Bruders aufgeschwungen. Warum konnte er es nicht genießen? Diese Rache war gerecht. Trotzdem fühlte es sich an, als ob er Glut schlucken musste.

Er flüchtete den Gang entlang wie jeden Tag. »Wenn ich morgen komme, sei endlich tot.«

Das Wimmern wurde leiser, es lag an der Distanz.

Und wenn er Samuel ins Vertrauen zog? Sie könnten diese stinkende, hirnzersetzende Bürde gemeinsam tragen.

Er blieb mitten auf der Kellertreppe stehen. Die Sehnsucht nach seinem Bruder drückte sein Herz ab.

Nein, Samuel sollte nie wieder mit David belastet werden. Das war seine Aufgabe und er würde sie hinter sich bringen. Allein. Wenn es vorbei war, würde er den Körper verbrennen. Dann war es endgültig vorbei.

Lautlos schloss er die Kellertür. Beide Schlüssel verschwanden in seiner Tasche. Bisher waren Erin und Finley nicht misstrauisch geworden. Ob sie seit vier Wochen nicht in den Keller mussten oder ahnten, dass er dort etwas verbarg, wusste er nicht. Sie stellten keine Fragen, taten so, als gäbe es weder dieses Gewölbe noch den Mann, den er dort unten gefangen hielt.

Schritte auf der Treppe? Raven drückte sich an die Wand.

Samuel ging an ihm vorbei. An der Haustür blieb er stehen, legte seufzend den Kopf in den Nacken.

Keine schöne Nacht für dich, Bruder? Willkommen in meinem Dasein aus Finsternis. Wo ist dein Sonnenschein? Du gehörst zu den wenigen Menschen, die ihn mit sich führen können. Warum tust du es nicht?

~*~

Türenquietschen, das Klicken des Feuerzeugs. War er der Einzige, der in dieser Nacht Geräusche verursachte? Selbst seine Schritte klangen einsam.

Samuel setzte sich auf die Bank vorm Haus und blies Rauch in den Himmel. Wenn Laurens morgen früh erwachte, war er bereits in Glasgow. Mias Arzt hatte auf einen Termin bestanden. Er wunderte sich, dass die Medikamente nicht anschlugen. Er würde sich noch mehr wundern, wenn er wüsste, dass Mia mit jedem Wort die Wahrheit erzählte.

Dieser Termin hing über ihm wie eine dunkle Wolke. Wie sollte er seiner Mutter gegenübertreten? Von Davids Tod ahnte sie nichts. Dass sie nicht verrückt war, wusste der Arzt nicht, und Samuel würde es ihm nicht begreiflich machen können.

Sollte er sie einfach aus der Klinik herausholen und hierher bringen? Und damit riskieren, dass sie erneut zusammenbrach?

Spätestens, wenn sie erfuhr, dass Raven Davids Mörder war, würde sie das garantiert.

Ein Banktermin stand ebenfalls an. Das alte Haus schluckte Geld, das nicht da war, und ihm blieb nichts anderes übrig, als sich darum zu kümmern. Sowohl um Mia als auch um alles andere.

Verdammt, es wäre eine wirklich gute Nacht gewesen, um seine Sorgen in Laurens für einen Moment zu vergessen. Die Nachricht, dass sie sich erst gegen Mittag wiedersehen würden, hatte er schweigend hingenommen. Seit der Katastrophe am See waren sie nie länger als wenige Augenblicke voneinander getrennt gewesen.

Die Tür quietschte erneut.

»Warum liegst du nicht in den Armen deines holden Ritters?« Raven verzog den Mund zu einem spöttischen Grinsen. »Frisch Verliebte sollten Nächte wie diese gemeinsam verbringen.«

»Du musst es ja wissen.« Er reichte ihm die Zigarette. Wenn ihm nach Provokation war, sollte er seinen Mund besser mit etwas Sinnvollerem beschäftigen als mit Reden.

Raven kletterte hinter ihm auf die Bank und setzte sich auf die Lehne. »Beziehungsstress?«

»Fragt das der Mann, der nie eine Beziehung hatte?«

Raven lachte. Es klang weder höhnisch noch amüsiert, höchstens traurig. »Ich nehme mir, was ich will. Von Fremden, Freunden oder meinem Bruder. Dazu benötige ich keine Beziehung.« Er inhalierte tief und blies schließlich den Rauch über Samuel hinweg. »Streich die Fremden und die Freunde. Streng genommen brauche ich nur dich. Die anderen überleben mich nur, wenn sie Glück haben.«

Samuel sah zu ihm auf. Das arrogante Spottgrinsen, das Ravens Sarkasmus normalerweise begleitete, blieb aus.

»Gratulation. Mich hast du.« Das war das Praktische an Zwillingen, sie wurden einander bereits in die Wiege gelegt.

»In letzter Zeit nicht mehr.« Raven legte ihm die Hand auf die Schulter. Nach einer Weile begannen seine Finger, über die Schuppenhaut zu streicheln. »Du lebst nur noch für Laurens.«

Im Moment würde er lieber in Laurens leben. Samuel lehnte den Kopf an Ravens Bein. Es tat gut, in dieser Nacht nicht allein vor sich hin grübeln zu müssen.

»Hegt er immer noch Bedenken, ob er dich an seinen süßen Arsch lassen soll?«

»Ran lässt er mich. Nur nicht rein.«

»Die schüchterne Jungfrau.« Die Kreise, die Ravens Fingerkuppen auf Samuels Haut zogen, wurden größer. »Du wirst ihn schon überzeugen. So etwa in hundert Jahren. Und bis dahin kannst du ihm täglich gut zureden.« Er lachte. Nur leise, aber bei diesem Thema durfte er es nicht.

Samuel wischte Ravens Hände von sich. »Mich hebt es nicht unbedingt an, wenn du in dieser Art von Laurens sprichst.« Davon abgesehen, dass es ihm egal zu sein hatte, wer wen wohin ließ oder nicht. Das war nicht sein Problem.

Raven legte zwei Finger an Samuels Kinn, drehte sein Gesicht so, dass er ihn ansehen musste. »Soll ich dich anheben, Bruder?« Seine Zungenspitze glitt über die Unterlippe. Kurz blitzten die Giftzähne auf. »Ich würde es heute Nacht gern tun.« Er strich mit dem Daumen an Samuels Kehlkopf entlang, zärtlich und verlockend. »Früher hattest du gegen einen kleinen Rausch nichts einzuwenden.«

Ein Traum aus Sinnlichkeit und Lust, durch Ravens Gift ausgelöst, in Ravens Armen genossen. Exakt das war es, was er brauchte. Das sehnsuchtsvolle Seufzen kam ihm von allein über die Lippen.

Raven lächelte verständnisvoll. »Es ist kein Verrat an deinem Liebsten, nur ein Biss.«

Sein Liebster lag oben im Bett und ließ sich nicht lieben. Trotzdem war es Verrat, sowie alles, was mit Ravens Gift zu tun hatte. Die Visionen, die es lockte, verführten. Die Gefühle, die es an die Oberfläche zwang, betrogen. Und Ravens Küsse und Zärtlichkeiten waren ohnehin der pure Verrat an Laurens.

Ob Raven seine Gewissensbisse ahnte? Er fuhr Samuel durchs Haar. Sein Blick dabei schwankte zwischen Sehnsucht und Skrupel. »Finley sagte mir, du übernähmest den Termin mit dem Seelendoktor.« Er kletterte von der Bank und zog Samuel mit hinauf. »Danke. Es würde mir schwerfallen, Mia nach all den Jahren wiederzusehen.« In seiner Stimme schwang der alte Zorn, dass sie damals nichts gegen Davids Übergriffe unternommen hatte. Er hatte ihr das nie verziehen.

Plötzlich wich sein Ärger über Ravens Spott. Hatte er ihr verziehen? Egal, wie sehr Finley und Erin sie in Schutz nahmen, sie hätte ihm helfen müssen. Mit oder ohne Beruhigungsmittel im Blut.

»An was denkst du?« Sein Bruder berührte ihn am Arm und holte ihn aus den immer ungerechter werdenden Gedanken.

»Ich stelle fest, dass es mir ebenfalls schwerfällt, Mia morgen zu besuchen.«

Raven blieb stehen, legte ihm die Hände an die Wangen und wartete.

Auf was? Dass er ihm die Erlaubnis für den Biss gab?

»Ich habe dich vermisst.« Der zarte Kuss schmeckte nach Tröstenwollen und selbst Trost brauchen.

Samuel erwiderte ihn und sein Bruder seufzte leise. Er hatte sich in letzter Zeit nicht um Raven gekümmert. Das schlechte Gewissen wucherte wie Unkraut in ihm. Wieso bemerkte er die stachligen Ranken erst jetzt?

Raven biss sich auf die Lippen und drehte sich weg. »Verzeih mir.«

»Wegen dieses einen Kusses?«

»Nein, sondern weil ich mit dem Gedanken spiele, dich in Gefahr zu bringen.«

»Wäre dir der Postbote lieber?« Ein hübscher, kleiner Skandal. Und wieder von den Mac Lamans ausgelöst. War sicher interessant, was der Arzt als Todesursache feststellen würde. Exitus durch eine unbekannte halluzinogene und nekrotisch wirkende Substanz, die dem Opfer durch zwei bissähnliche Wunden am Hals zugeführt worden war.

»Du nimmst mich oder keinen.« Wenn es eine Nacht für einen tröstenden Rausch gab, dann diese.

26

Ravens Hand lag vertraut in seiner, als sie den Weg hinunter zum See gingen. Sein Bruder hatte vor nicht allzu langer Zeit geschworen, ihn nie wieder zu beißen.

Schwüre waren geduldig. Raven offensichtlich nicht. Kaum verschwand Mhorags Manor hinter der Biegung, blieb er stehen und fuhr mit gierigen Fingern durch Samuels Haar. »Du hast es auch vermisst, gib es zu.«

Das sehnsüchtige Flüstern ließ Samuel schaudern. Warme Lippen an seiner Haut. Sie liebkosten seine Kehle, suchten die Stelle, unter der sie den Herzschlag spüren würden.

Ja, er hatte es vermisst. Das Fallenlassen in einen Zustand, der alle Regeln aufhob.

Er schlang die Arme um Raven. »Pass auf mich auf.«

Raven legte die Lippen auf Samuels. Weich, feucht, voll Zärtlichkeit. Als er sich von ihm löste, war nichts als Liebe in seinem Blick. »Das habe ich immer getan.«

Keine Erklärungen, keine Enttäuschungen. Nur ein Biss.

Ravens Zähne durchstachen die Haut, versanken in der Halsschlagader. Sanftes Saugen, der feste Griff, der ihn unter allen Umständen halten würde.

Ein Schluck, dann noch einer. Samuels Beine gaben nach.

Hitze. Sie strömte durch seinen Körper, brannte in seinen Adern. Er verlor sich in Visionen, über die sein Bruder wachte.

Ravens dankbares Stöhnen strich warm über seinen Hals. Samuel ließ sich in seine Arme sinken.

Behutsam legte ihn Raven ins Gras, zog sein Shirt aus und bettete Samuels Kopf darauf. Sein Gesicht verschwamm vor Samuels Augen. Er versuchte es zu berühren, doch seine Hand fiel zurück. Alles war schwer und schien trotzdem zu schweben.

»Schenk mir heute Nacht mehr, als nur dein Blut.« Das Wispern kam von weither. Es war Ravens Stimme, aber was wollte er von ihm? Die verschwommene Silhouette, die unendlich weit in den schwarzen Himmel ragte, zog sich die Jeans aus. Samuel blinzelte gegen den Rausch an. Die Silhouette wurde sein Bruder, der nackt und schön über ihm stand. Nicht eine Schuppe. Nur glatte Haut umhüllte sehnige Muskeln.

Raven streifte Samuels Hose ab, betrachtete ihn verträumt. Dann löste er sich wieder auf, wurde wie eine Wolke vom Wind auseinandergezogen. »Denke dir, ich sei Teil deines Traumes.« Das verlockende Flüstern perlte von seinem Mund und tropfte wie Honig auf Samuel hinab. Er leckte es sich von den Lippen, traf dort Ravens Zunge, die dasselbe tat.

»Küss mir diese Süße weiter in den Mund.« Hatte er geredet oder nur gedacht? Die Worte fühlten sich an, als hätten sie nie seinen Kopf verlassen.

»Dann liebe du mir deine Süße in den Körper. Ich kann dir nicht sagen, wie sehr ich sie brauche.« Ravens Küsse, so drängend. Wie seine Berührungen. Streicheln, Kratzen, eine entschlossene Hand, die Samuels Beine auseinander schob, ihm guttat. Traumbilder. Das Gift wirkte schnell.

»Leise.« Ravens Finger legte sich auf Samuels Mund. »Stell dir vor, ich wäre Laurens.« Er setzte sich auf seinen Schoß, benetzte sich mit Speichel.

»Raven …«

Wieder der Finger auf seinen Lippen. »Nur dieses eine Mal. Morgen denkst du, es sei nur ein Traum gewesen.«

Ein Traum. Er fühlte sich nach Realität an.

»Weißt du noch, wie du mich beim letzten Mal gebeten hast, dich zu nehmen?« Der Singsang seines Bruders hüllte ihn ein. »Du wolltest mich so dringend in dir spüren.«

Es war lange her. An einem bösen Tag. Raven hatte ihn abgewiesen. Sie wären Brüder, keine Geliebten.

»Heute bitte ich dich, mich zu lieben.«

Raven, der ihn verzweifelt küsste, ihm pulsierende Lust in den Unterleib rieb. Eine Vision? Sie klebte wie Sirup, ließ sich nicht abschütteln. Viel zu schnell senkte sich Raven auf ihn herab. Glut. Sie schoss in Samuels Lenden, scharfkantig und heiß. Raues Stöhnen aus Ravens weit offenem Mund.

Ein Traum? Niemals. Samuel kämpfte sich durch dicke Watteschichten, alle getränkt in Begierde und Sehnsucht. Er musste zurück in die Realität.

Raven über ihm. Sein Gesicht war verzerrt. Er bewegte sich zu heftig.

Samuel hielt ihn an der Hüfte fest.

Raven schlug seine Hände weg, biss sich auf die Lippe, ritt ihn noch wilder.

Nur einen Augenblick Klarheit, um diesen Irrsinn zu beenden. Samuel stemmte sich hoch und brachte ihn mit Gewalt unter sich. Sein Herz schlug bis zum Hals und kalter Schweiß brach ihm aus.

»Hör nicht auf.« Raven klammerte sich an ihn. »Ich brauche dich.«

»Nicht so.« Er versuchte sich von Raven zu lösen, aber der schlang ihm die Beine um die Hüften.

»Vergiss heute Nacht, dass ich dein Bruder bin.« Sein flehender Blick stach durch die Traumbilder, die sich über Samuel stülpten wie eine zweite Haut.

Der Körper schwer wie Blei, zitternde Arme. Ravens Beine, die sich noch fester um ihn schlangen, ihn tief in die heiße Enge hineindrückten. Eine lüsterne Stimme in ihm schrie nach Erlösung. Er vermochte es nicht, sie zum Schweigen zu bringen.

Ravens Schrei hallte in seinem Kopf, riss ihn mit sich. Der Taumel packte ihn, als sich Ravens Miene entspannte. Noch ein Stoß, dann noch einmal. Der Rausch überrollte ihn mit einer Macht, die sämtliche Schuldgefühle aus ihm herausschleuderte.

Raven hielt ihm den Mund zu. »Sei leise. Tu es Laurens nicht an.«

Laurens …

Raven stieß zischend einen Fluch aus, ersetzte endlich die Hand durch seine Lippen.

Samuel trieb fort, löste sich zwischen dem Nachthimmel und der flehenden Zärtlichkeit seines Bruders auf.

Laurens.

Er musste es ihm sagen, irgendwann, wenn er wieder klar denken konnte.

~*~

»Tom? Bist du da?«

»Miyu?« Nicht jetzt. Es war mitten in der Nacht, und Tom wälzte sich in Samuels Blut. Es spielte keine Rolle, dass es nur in seiner Fantasie stattfand. Das Gefühl war satt, fett und fraß sich in sein Herz.

»Wer sonst?« Miyus überzogen piepsige Stimme drang durch die Wohnungstür. »Tom! Herrgott noch mal! Mach auf. Ich muss morgen zeitig raus.«

»Dann hättest du früher kommen sollen.« Er legte die Hand auf die Klinke, würgte seinen Hass hinunter. Sie würde ihren Rekord im Kurzzeit-Besuchen brechen. Viereinhalb Minuten würde sie locker unterbieten können. Rein, Einkaufstüte hingestellt, einen Speed-Small-Talk und weg von dem Mann, der ihre Albträume beflügelte.

Mit einem kräftigen Ruck riss er die Tür auf. Miyu fuhr zusammen und kiekste vor Schreck.

»Langsam solltest du dich an meinen Anblick gewöhnt haben.«

»Habe ich auch.« Sie klang wütend, doch ihr Gesicht zeigte keine Regung. »Ich habe mich nur erschreckt, weil du wie ein Irrer die Tür aufgerissen hast.« Im Vorbeigehen drückte sie ihm den Kassenbon vom Supermarkt in die Hand. »Hast du es passend? Ich habe kein Wechselgeld.«

»Wenn du für mich Geld abhebst, runde ich den Betrag auf.«

Miyu rollte die Augen. »Es wird Zeit, dass du endlich einen Arzt aufsuchst. Heutzutage schafft die Chirurgie fast alles.« Ihr Blick verweilte für den Bruchteil einer Sekunde auf seiner rechten Gesichtshälfte, aber das übliche entsetzte Stirnrunzeln blieb aus.

»Was ist mit dir? Hast du eine Gesichtslähmung?«

»Ein bisschen.« Die Andeutung eines verlegenen Lächelns zeigte sich ausschließlich auf ihrem Mund. »Mein Freund fand die Falten zwischen meinen Brauen doof und da bin ich mit Becky zusammen auf eine Botox-Party gegangen.« Nebenbei streifte sie sich über die Stirn. »Der Typ meinte, diese anfängliche Reglosigkeit gehöre dazu und würde von allein verschwinden.« Erst jetzt bemerkte sie, dass der Spiegel im Holzrahmen fehlte. Er hatte seine Existenz kurz nach dem Badezimmerspiegel aufgegeben.

»Tom, ich denke, wir müssen miteinander reden.«

»Über den Spiegel?« Es gab kein sinnloseres Möbelstück.

»Über dich.« Sie drückte ihm die Tüte in den Arm und ging vor zur Küche. Wollte sie ihm gestehen, dass er sich eine andere für seine Botengänge suchen sollte?

»So geht das mit dir nicht weiter. Du musst dir helfen lassen, und ich weiß auch von wem.«

»Von deinem Botox-Spezialisten?« Wie seriös konnte ein Arzt sein, der gackernden Studentinnen Kanülen ins Gesicht jagte?

»Nicht von ihm, aber von seinem Chef. Hier.« Sie kramte einen Prospekt aus ihrem Rucksack. Vorher-Nachher-Bilder der besonderen Art. Opfer von Unfällen und Krankheiten blickten ihm entgegen. Er hätte sich in diese Riege der Aussätzigen nahtlos einreihen können. Nicht eine Aufnahme, die einem Menschen glich. Nur Monster. Wenige Seiten weiter dann das Wunder. Glattgebügelt, abgeschliffen oder poliert. Wie auch immer. Jedenfalls waren es Gesichter, bei denen niemand zusammenzucken musste.

31

Unten rechts stand die Adresse samt Foto. Das Gebäude gehörte zu einem Park und sah nach Privatklinik aus.

Miyu zuckte die Schultern. »Kannst du deine Eltern nicht um Geld bitten?«

Seine Eltern hatten keinen Schimmer. Weder von der speziellen Beziehung zu seinem Onkel noch von dem Angriff. Was sein Vater wohl dazu sagen würde, dass eine Missgeburt seinem Bruder den Kopf abgerissen hatte?

»Ein Typ, der solche Härtefälle gewohnt ist, verzweifelt auch nicht bei deiner Visage.«

Wahrscheinlich sollte das von Miyu tröstend gemeint sein.

Warum ging sie nicht einfach?

»Das ist ein Profi. Der bekommt dich hin.« Zögernd klopfte sie ihm auf die Schulter, zog danach schnell ihre Hand zurück.

Ein Freak hatte ihm die Haut vom Gesicht gezogen. Er hatte keine Lepra.

»Da unten steht etwas von seiner Praxis. Ruf wenigstens an. Vielleicht kannst du dir die Klinik sparen. Ambulant ist es garantiert billiger.«

»Vielleicht kann ich mir diesen ganzen Mist sparen.« Ein sauberer Riss und beide Hälften segelten zu Boden. Ein Arzttermin, ein Weg durch die Stadt, der Gang in die Praxis, an fremden Menschen vorbei. Tausend Gelegenheiten, angestarrt zu werden. »Keinen Schritt raus aus der Wohnung.« Bis zum Ende seines Lebens.

Miyu starrte auf die Papierfetzen. »Und wenn du ihm sagst, wie es um dich steht? Dann gibt er dir bestimmt einen Termin nach Sonnenuntergang.«

»Klar. Und gratis ein Shuttle mit blickdichten Scheiben direkt ins Behandlungszimmer.«

»Ich will dir nur helfen.«

Das war nett. Tom mühte sich um ein Lächeln, das sein Gesicht nicht noch fratzenhafter erscheinen ließ. Miyu schauderte dennoch.

Immerhin war sie hier und opferte ihre Zeit für ihn. Doch was er brauchte, war ein Wunder und Wunder waren teuer.

Das Bild eines Mädchens lächelte ihn von unten an. Er hatte es in der Mitte zerrissen. Sie war nicht schön, aber auch nicht mehr entstellt. Auf der anderen Aufnahme hatte sie grauenhaft ausgesehen.

»Es ist einen Versuch wert, Tom. Ruf ihn an.« Miyu bückte sich, hob die Hälfte mit der Adresse auf.

Dr. Jeremy Baxter. Facharzt für plastische und ästhetische Chirurgie.

»Nur ein Anruf, Tom. Wovor hast du Angst? Schlimmer kann es nicht werden, und ich habe keine Lust, für die Ewigkeit dein Kindermädchen zu spielen. Was dir dieser Köter angetan hat, ist schrecklich, doch du darfst dich deswegen nicht aufgeben.«

In den Highlands hatte ihn ein wilder Hund angefallen. Diese Geschichte hatte er Miyu erzählt. Er würde sie auch dem Arzt erzählen. Sie war gut, weil sie einfach war und viel leichter zu glauben als die Wahrheit.

Das Foto zeigte einen älteren Mann mit weichen Gesichtszügen und gutmütigem Blick. Seine schütteren, sandfarbenen Haare waren über die beginnende Glatze gekämmt. Ein guter Onkel Typ. Der verging sicher jedes Mal vor Mitleid, wenn sich ein neuer Patient bei ihm vorstellte.

Fünfhundert Pfund. Mehr besaß Tom nicht. Ob Baxter sie als Anzahlung akzeptierte? Ein Kerl wie er ließ bestimmt mit sich reden.

~*~

Etwas kitzelte auf seinem Arm. Eine Spinne. Raven wischte sie von sich. Sein Rücken fühlte sich bretthart an. Er war tatsächlich hier draußen eingeschlafen.

Von Samuel war nur die Jeans übrig, sie lag neben ihm, ganz feucht vor Tau. Er schloss die Augen, aber die Bilder der vergangenen Nacht stürmten ihn dennoch. Wie hatte er es nur so weit kommen lassen können?

»Du bist wach?« Samuel stand über ihm und schüttelte sich das Seewasser aus den Haaren. Ohne ihn weiter zu beachten, zog er sich an. Sollte er keine Ahnung davon haben, was sie vor ein paar Stunden miteinander getrieben hatten?

Samuel, da gibt es zwei Dinge, die ich dir gestehen muss. Erstens: Was du für einen erfrischend-beschämenden Traum hältst, ist wahr. Wir haben gevögelt. Es tut mir leid. Nein. Tut es nicht. Es war genau das, was ich wollte. Wärest du nicht mein Bruder, würde ich es gern täglich mit dir wiederholen. Auch wenn ich es einen Tick heftiger gebraucht hätte.

Zweitens: Ich habe David im Keller eingesperrt. In einem Käfig. Wie ein Tier. Mit etwas Glück ist er tot, wenn ich ihm nachher das Frühstück bringe.

»Alles klar?« Samuel sah erstaunt zu ihm hinunter.

»Es war nie klarer.« Er war ein Schwein. Raven ergriff Samuels Hand und ließ sich hochziehen.

Plötzlich wurden Samuels Augen schmal, der Griff um seine Finger schmerzhaft fest. »Ich weiß es.« Die Schuppenhand packte ihn im Genick, drückte zu. »Du trägst die Verantwortung, wenn ich im Rausch bin. Du musst mein Handeln steuern. Und was hast du getan?« Er zeigte auf die kleinen Bisswunden an seinem Hals. »Ich muss dir hierfür vertrauen können. Das kann ich nicht mehr. Nimm in Zukunft den Milchmann, wenn dir nach Nuckeln ist. Oder verschwinde nach London und zapf deine Freunde an. Aber von mir bekommst du keinen einzigen Schluck mehr.« Er stieß Raven von sich, drehte sich um.

34

Wollte er gehen? Einfach so? Er hatte ihn nicht gewaltsam genommen, Herrgott noch mal! Sie waren zu zweit gewesen, hatten es beide genossen. »Samuel!«

»Vergiss es!«

»Was? Dass du es warst, der oben lag?«

Ein kurzer Blick über die Schulter. Mehr hatte sein Bruder nicht für ihn übrig.

GEWAGTE ENTSCHEIDUNGEN

Oh, diese Treppe! Wieso musste er sich etwas beweisen, an dessen Existenz er nicht glaubte? Klaus Wegener war nicht in der Lage, munter wie ein Reh die Stufen hinaufzuspringen. Er war ein Kandidat für die Kiste zwischen Blumenkränzen und Orgeltönen. Seine Lunge pfiff aus dem letzten Loch, als er endlich vor dem Sekretariat seines Büros stand. Sabine würde Krisen bekommen, wenn sie ihn in diesem desolaten Zustand sah.

Erst einmal anlehnen und dem kläglichen Rest Lunge, der noch funktionierte, Sauerstoff aufdrängen. Widerlich, wie sein Schweiß stank. Nach Krankheit und Tod. Vielleicht waren es auch die Medikamente. Auf jeden Fall war er klebrig und kalt.

Klaus schüttelte sich, davon wurde ihm schwindelig. Oder lag es am Luftmangel? Wahrscheinlich beides.

»Professor Wegener!« Sabines überbesorgte Miene erschien im Türspalt. »Warum liegen Sie nicht zu Hause im Bett?«

»Weil ich noch nicht tot bin.«

»Dann nehmen Sie wenigstens den Aufzug.«

»Bewegung ist gesund.« Er hätte nur früher damit anfangen sollen.

Sabine nahm ihm die Tasche ab. »Sie gehören ans Bett gefesselt. Wie kann man nur so ignorant sein?«

»Und den eigenen Tod verdrängen? Das ist nur eine Frage stetigen Übens.« Und gelang selbst in diesem Fall nur kurz und schlecht.

»Wenn Sie schon mal hier sind, eine Studentin wartet auf Sie. Vivienne Leclerc. Sie sagt, sie wäre die Assistentin von Dr. Hendrik Johannson. Eigentlich wollte ich sie fortschicken.« Ihr mitleidiger Blick wurde zu einem optimistischen Lächeln, als sie bemerkte, dass er sie beobachtete.

Danke fürs Heucheln Süße. »Warum sollte mich die Assistentin von Johannson aufsuchen wollen?« Hendrik, der alte Spinner. Alles, was ihn anging, hatte Klaus gerade noch gefehlt.

Sabine rückte ihm den Schreibtischstuhl zurecht und er plumpste wie ein Sandsack darauf. Wo waren seine kraftstrotzenden Tage hin? Stimmte ja, die hatte er nie erlebt.

»Frau Leclerc sagt, es sei dringend.«

»Alle Termine, die auf mein Beisein angewiesen sind, sind dringend.« Den rauen Husten, der sich ihm aufdrängte, räusperte er vorläufig weg. »Länger als drei Monate wollten wir sie jedenfalls nicht hinauszögern.«

Sabines Lächeln gefror. Armes Mädchen. Er sollte in Zukunft pietätvoller mit diesem Thema umgehen. Ach richtig, Zukunft gab es ja nicht mehr für ihn. Na dann.

»Hat diese Leclerc gesagt, um was es geht?«

»Sie sagte nur, für den Fall, dass Sie sie nicht empfangen wollten, sollte ich Ihnen mitteilen, dass Dr. Johannson mit seiner Theorie recht hatte.«

Johannson und seine bescheuerten Theorien. Nun infizierte er mit dem Mist auch noch den akademischen Nachwuchs. Trieb er sich nicht in Schottland herum? Auf der Suche nach Sagengestalten und Ammenmärchen? Menschlich-tierische Zwitterwesen als theoretisch mögliche Unfälle der Natur zu bezeichnen, war das Eine. Zu behaupten, dass es sie tatsächlich gab, war etwas anderes.

Was scherte ihn das? In drei Monaten plus minus zwei bis vier Wochen ging ihn nichts mehr an, was mit diesem Leben zu tun hatte.

»Rein mit dieser Frau.« Sie konnte ihm die Zeit bis zu seinem Ableben ebenso wie jeder andere mit Schwachsinn versüßen. »Aber geben Sie mir vorweg fünf Minuten Verschnaufpause.« Die brauchte er, um in Ruhe husten und keuchen zu können. Auf Gäste machte es einen schlechten Eindruck, wenn ihnen verwitterte Bröckchen seiner Lunge entgegenflogen.

Sabine gewährte ihm beinahe eine Viertelstunde. Als er halbwegs ruhig atmen konnte und sich das Blut vom Mund und den Schweiß von der Stirn abgewischt hatte, führte sie eine bedauernswert graumausige Frau in den Raum.

Nicht die Spur Attraktivität. Nirgends.

Leise klopfte ihm das schlechte Gewissen auf die Schulter. Wer war er, dass er über andere Leute Äußeres urteilen durfte? Er selbst ähnelte längst dem wandelnden Tod.

Sabine verwies seinen Gast mit gekonnt höflicher Geste auf den Stuhl vor dem Schreibtisch. Nach einem letzten wehmütigen Blick, der wie zufällig über ihn streifte, verließ sie das Büro.

Gute Seele. Und eine hervorragende Sekretärin. Er würde sie vermissen. Vermochten Tote überhaupt, den Lebenden hinterher zu trauern?

Klaus fuhr sich übers angeschwitzte Gesicht. Er war Wissenschaftler. Was für einen Scheiß dachte er da?

»Kommen wir gleich zur Sache, Professor Wegener. Ein Kollege von Ihnen, Dr. Hendrik Johannson, ist verschwunden.« Sie klatschte eine abgegriffene Ledertasche auf poliertes Holz. »Hier drin befinden sich seine Forschungsergebnisse der letzten Expedition. Ich war Teil des Teams, bis er uns davongescheucht hat.«

Wenn alle Mitarbeiter den optischen Charme dieser Leclerc geteilt hatten, konnte er Hendrik verstehen.

Sie zündete sich eine Zigarette an, wedelte hektisch das Streichholz aus und inhalierte bis zum Hustenreiz. »Dr. Johannson ist wie vom Erdboden verschluckt. Seine Exfrau hat nichts von ihm gehört und das Institut ebenso wenig. Ihm ist etwas zugestoßen. Ich weiß es. Es hat mit seinen Forschungsergebnissen und meinen

Beobachtungen zu tun.« Sie sog so fest am Glimmstängel, dass sich ihre Wangen weit nach innen stülpten.

Das Mädchen war hysterisch wie die meisten Frauen. Bis auf Sabine, die war die Ausnahme.

»Hier. Dieser Brief lag bei den Unterlagen.«

Brief? Was sie ihm über den Tisch reichte, war nichts als ein Zettel. Klaus überflog die Zeilen. Und ob Hendrik ein Spinner gewesen war. Ein paar Kulischnörkel änderten daran nichts.

Leclerc beobachtete ihn, als erwarte sie mehr als ein Schulterzucken. »Studieren Sie bitte diese Unterlagen gründlich.« Die Glut ihrer Zigarette fraß sich durch Tabak und Papier.

Wie er diesen Dreck vermisste, der ihn täglich näher ans Grab brachte.

Seinethalben, dann würde er sich in das Projekt *Sucht Johannson* einbringen. Wenigstens lenkte ihn das von den Panikattacken ab. Die mehrten sich seit dem letzten Befund.

»Ich werde sehen, was ich tun kann. Bis dahin lassen Sie mir Johannsons Forschungsergebnisse hier.« Wenn man die hingekritzelten Träumereien Forschung nennen konnte.

»Das ist mir zu wenig.« Der entschlossene Blick verwandelte eine hässliche Frau in eine bedrohliche. »Ich hatte nie etwas für Johannson übrig, aber ich habe den Mann mit der Echsenhaut selbst gesehen. Eventuell können es auch Schlangenschuppen gewesen sein.«

Echsenhaut? Schlangenschuppen? Vielleicht war es auch nur ein Furz im Kopf. Gedanklich strich er *Sucht Johannson* mit einem dicken Rotstift von links oben nach rechts unten durch.

Leclerc sah ihn misstrauisch an. Wahrscheinlich konnte sie sein Grinsen nicht einordnen.

Er zwang seine Mundwinkel zurück in die Waagerechte. »Ist gut. Ich werde mich persönlich darum kümmern.« Er würde die Akten *persönlich* in den nächsten Reißwolf stopfen.

Zögernd schob Johannsons Assistentin ihm die Aktentasche über den Schreibtisch. »Das meiste davon sind Bilder. Ein Video ist dabei und Johannsons gesamte Notizen.« Ihr Lächeln zeigte sich nur vorübergehend. »Das Wichtigste ist eine Hautprobe. Die sollten Sie nur den Menschen zeigen, die Ihr vollkommenes Vertrauen genießen.«

»Also nur meiner Sekretärin.« Die Frage war, was Sabine damit anfangen würde. »Frau Leclerc, ich denke, Sie haben zu viele Thriller gesehen. Sie bauschen etwas auf, für das es eine harmlose und für alle verträgliche Erklärung gibt.«

Leclerc lachte auf, schrill und laut. Dafür erstaunlich kurz. »Ich brauche keine Thriller. Da drin ist ein Film, der meine Nerven über jedes Maß hinaus strapaziert hat.« Nervös biss sie in ihre Nagelbetten und blickte auf die Tasche. »Und ich gehe davon aus, dass Ihr Kollege den Mann auf dem Video umgebracht hat.«

Spontan überfiel ihn ein furchtbarer Hustenkrampf. Wo war ein Taschentuch? Die ersten roten Tropfen sprenkelten die Tischplatte.

Dieses Weib rutschte mit dem Stuhl nach hinten, starrte auf die eben noch saubere, nun besudelte Fläche.

Wie seine Lunge schmerzte! Das Gefühl, als würde sich ein Elefantenfuß auf dem Brustkorb absenken, wuchs mit jedem missglückten Atemzug.

Sabine erschien blass, aber zweckmäßig mit einem Glas Wasser bewaffnet, und klopfte ihm den Rücken. Ihr Blick glitt über den Tisch und schnell und diskret wischte sie mit einem Tempo den Beweis seines Zerfalls weg. Der Hauch der roten Schlieren lenkte nur noch die Leclerc-Gans ab.

»Hendrik soll einen Menschen umgebracht haben?«

Bei jedem Zwischenhuster zuckte Leclerc zusammen.

»Allerdings. Denn genau das war er. Ein Mensch. Auch wenn Johannson nur ein Versuchskaninchen in ihm gesehen hat.«

Wieso heulte die plötzlich? Sah er so mitleiderregend aus? Aber gut, nicht jeder konnte einem Sterbenden beim Sterben zusehen.

»Die Probe muss er dem Mann vom Körper geschnitten haben.« Die Tränen rannen schneller über die unspektakulären Wangen. »Wenn Sie die zusammen mit dem Video sehen, werden sie ebenso erschüttert sein wie ich.«

Ach so, sie heulte wegen eines Kerls, der angeblich in einer Schlangenhaut steckte. Was für eine Welt. Standen alle unter Drogen? Dieses Gespräch musste beendet werden, es strengte ihn an und sein Arzt hatte ihm sämtliche Anstrengung verboten.

»Versprechen Sie mir, dass Sie verantwortlich mit Dr. Johannsons Unterlagen umgehen.« Sie tupfte sich die Augen und erhob sich endlich.

In seinem Zustand konnte er versprechen, was er wollte, und wenn er überzeugend genug log, würde er sie mit etwas Glück nie wieder sehen. »Sie haben mein Wort.«

Leclerc nickte mit entschieden zusammengekniffenen Lippen und ging.

Klaus atmete auf. Ein Fehler. Sofort kratzte es in seiner Lunge und der Husten bahnte sich einen schmerzenden Weg in die Außenwelt.

~*~

Draußen war es zu hell. Laurens schloss die Augen und drehte sich auf die andere Seite. Nur noch ein bisschen schlafen und das Magenknurren überhören.

»Samuel?« Statt einer warmen Schulter fühlte er ein kaltes Laken. Augenblicklich war er hellwach. Samuel hatte gesagt, dass er früh aufbrechen würde. Trotzdem war da dieser Stich in seinem Herz.

Himmel, war er ein Kind? Wollte er sich von Samuel huckepack durchs Leben tragen lassen? Ständig in Kuschelnähe, immer im

Komfortbereich? Sich in regelmäßigen Abständen küssen oder sich auch gern mal einen blasen lassen? Wenn er sich wenigstens revanchieren würde, aber nein, sein Mund hatte den Weg zu Samuels beachtlichem Schwanz bisher nicht gefunden. Selbst dazu war er zu feige.

Laurens rieb sich den Frust aus dem Gesicht. Der Tag war schön, die Sonne schien und er fühlte sich beschissen. Und warum? Weil er wieder gekniffen hatte.

»Du feige Sau.« Er schlurfte ins Bad, das frisch erdachte Frust-Mantra auf den müden Lippen. »Laurens Johannson ist ein Feigling, ein kleiner Arsch, eine Memme.« Und zu allem Überfluss trug er noch ein Zelt vor sich herum. Ob sie es morgens direkt nach dem Aufwachen probieren sollten? Bevor sein Hirn mit Denken anfing?

Laurens zog den Hosenbund der Boxer vom warmen Bauch. Sein Freund machte einen beachtlichen Eindruck. »Du hast Samuels Liebe überhaupt nicht verdient, jetzt bettel nicht um Zuwendung. Von mir wirst du sie nicht bekommen.«

Das Zelt hörte nicht auf, ein Zelt zu sein, aber darum ging es nur sekundär. Er musste sich nur hinhalten. Jede Frau bekam das auf die Reihe. Beine breit und los. Okay, in seinem Fall Beine hoch und los. Oder hinknien, Hintern hoch und los.

Der bis eben noch tatendurstige Freund in seiner Shorts schrumpfte zusammen.

Das war es. Das schüchterte ihn ein. Er war kein Weib. Er konnte sich nicht hinhalten. Er war ein Mann, ein Stecher, einer der nahm und sich nicht nehmen ließ.

Sein zerknautschtes Gesicht sah ihm vorwurfsvoll aus dem Badezimmerspiegel entgegen. »Mach dir nichts vor, Laurens Johannson. Es ist nicht das *wer liegt oben und wer unten* - Spiel.« Es war Samuels schmerzverzerrtes Gesicht auf einem beschissenen Foto, das sein beschissener Vater ihm geschickt, und das dessen beschissene Assistentin heimlich aufgenommen hatte. Und was hatte diese Spannerin gefilmt? Wie Samuels beschissener Stiefvater ihn auf beschissene Weise bestieg.

Laurens quetschte die Zahnpastatube so fest, dass alles herausquoll und sich auf dem Badevorleger kringelte.

»Ich muss mich entspannen, dann geht das schon.« Sein Atem beschlug am Glas. Auch mit einer halben Flasche Gleitgel im Hintern hatte er nicht lockerlassen können. Er sollte mit jemandem über seine Hemmungen reden. Bei keiner Frau hatte er jemals derart massive Erregungswellen aushalten müssen wie unter Samuels Zuwendungen. Seit er in Mhorage Manor lebte, war seine Orgasmusrate um mindestens achthundert Prozent gestiegen. Alles hand- oder mundgemacht. Damit hatte er kein Problem. Im Gegenteil, Samuels sinnliche Lippen um sich zu spüren, war ein Traum.

Er durfte nicht daran denken. Samuel war nicht hier und sicher stand ihm nach dieser demütigenden Nacht nicht der Sinn danach, ihn für seine Feigheit auch noch zu belohnen.

Rasieren, duschen, anziehen, hinunter in die Küche gehen, um sich von einer mürrisch dreinschauenden Erin ein Spiegelei auf den Teller klatschen zu lassen. Starker Beginn für einen Sommertag in den schottischen Highlands.

Laurens stocherte im gelben Glibber. Samuel sollte stolz auf ihn sein. Im Bett, beim Schwimmen, im Alltag. Stattdessen fürchtete er sich vor dem See, sprang Samuel nicht nur von der Bettkante, sondern gern auch mal vom Schreibtisch, von der Kommode oder robbte ihm vom Teppich. Und wenn's ganz dick kam, plärrte er ihn nachts wegen seiner Albträume voll.

Ein Wunder, dass Samuel ihn nicht längst zum Teufel gejagt hatte.

Laurens stach auf die Butter ein, die im Prinzip unschuldig war. Fast so unschuldig wie er selbst. Nicht mal vögeln ließ er sich.

»Soll heute schön werden.« Erin schwappte Kaffee in seine Tasse. »Was machst du, bis Samuel zurück ist? Zeichnen?« Ein verräterischer Seitenblick streifte ihn.

Mochte sie seine Zeichnungen nicht? Er war stolz darauf, wie er es mittlerweile vermochte, das Schillern der Schuppen unter dem Einfall diverser Lichtquellen herauszuarbeiten. Sonnenlicht, Kerzenschein, Neonröhre, die Funzel an Samuels Zimmerdecke. Und erst der Übergang von Schuppen zu Haut. Vor allem an den Leisten oder der Innenseite der Oberschenkel.

Um nicht ungerecht zu sein, bohrte er diesmal die Gabel ins Ei, das nicht schuldiger als die Butter war.

Samuels Anblick war eine Herausforderung und seine Zärtlichkeiten eine Offenbarung. Und er versaute es. »Ich bin ein Versager.«

Erin nickte, ohne zu ihm herüber zu sehen. »Hm, soll vorkommen. Allerdings in deinem zarten Alter?« Mit einem Blick *das wäre uns früher niemals passiert* setzte sie Teewasser auf.

»Ich glaube, du missverstehst mich.« Seine Ohren pochten vor Hitze. »Ich meinte …«

»Ich will nicht wissen, was du meinst. Iss dein Frühstück.« Ihr strenger Tonfall legte eine Brandspur aus Scham und Reue durch seine Seele.

Samuel hatte ihn gewarnt. Er müsse leiser sein. Nur wie er das anstellen sollte, hatte er nicht gesagt. Unter dem Kissen erstickte er. Das ging nur für einen Moment. Und Samuels Küsse eigneten sich ebenfalls nicht, seine Lustschreie zu dämpfen. Egal, wie fest ihm Samuel die Lippen auf den Mund presste. Das lag an der Art, wie er küsste, wenn ihn die Lust selbst am Wickel hatte.

Nichts Zartes, nichts Beruhigendes. Oh nein. Das waren Wahnsinnsküsse. Laurens hatte noch nie vorher einem Menschen vor Erregung in den Mund gebrüllt.

45

Erins graue Strähnen wippten im Takt zu den Bewegungen, mit denen sie ein weiteres Ei in der Pfanne malträtierte. »Wusstest du, dass Samuels Schuppenhaut bei seiner Geburt durchsichtig war?« Von jetzt auf gleich verschwand die vorwurfsvolle Miene und sie lächelte liebevoll den Pfannenwender an. »Grün wurden sie erst ein paar Jahre später.« Sie schleuderte das Ei in der Pfanne, dass das Bratfett bis zur Kaffeemaschine spritzte. »Eigentlich sind es nicht die Schuppen, die grün sind. Es hat etwas mit dem Lichteinfall auf die Haut darunter zu tun. Die muss farbig sein. Ist das nicht interessant? Samuel hat bunte Haut. Wenigstens auf der einen Seite.«

Gleich würde sein Herz platzen. Vor Liebe. Vor Sehnsucht nach dem Mann, der zu viel von sich vor Fremden verstecken musste. Doch nicht vor ihm. Ihm zeigte Samuel alles. Laurens' Herz pumpte sich noch dicker auf. Garantiert bekam es bereits die ersten Risse.

»Wo wir bei deinem Lieblingsthema *Samuel* sind.« Sofort furchten sich wieder Falten durch ihre Stirn. »Wie ernst ist es dir mit ihm?«

Ganz ernst. Mir war niemals jemand wichtiger. Aber das geht dich überhaupt nichts an.

Erin schien seine Gedanken erraten zu haben. Sie zuckte mit der Schulter und drehte die Gasflamme kleiner. »Vergiss die Frage. Es geht mich nichts an.«

Genau. Hoffentlich kam sie jetzt nicht auf die Idee, sich nach seinen Zukunftsperspektiven zu erkundigen und ob sein späteres Einkommen reichen würde, Samuel ein schönes Leben zu bieten. Würde es nicht. Künstler waren arme Schweine. Seine Mutter hatte ihm diesen Satz am Tag seiner Immatrikulation ins Hirn gehämmert.

Mit einem tiefen Seufzer atmete Erin aus und sah ihn dabei an wie ein Pastor, der sein sündigstes Gemeindemitglied bekehrt. »Trotz aller Widrigkeiten, die eure Beziehung mit sich bringt, ist es gut, dass du keine Frau bist.«

Das Stück Toast, das gerade seine Kehle passieren wollte, überlegte es sich auf halber Strecke anders.

Seufzend klopfte ihm Erin unerwartet heftig zwischen die Schulterblätter und der matschige Klumpen landete auf dem Teller. Erin ignorierte diesen Zwischenfall und setzte sich zu ihm. »Weder Samuel noch Raven sind glücklich darüber, dass sie sind, was sie sind. Es wäre schrecklich, würde sich dieser Fluch von Generation zu Generation weiterverbreiten.«

Starker Tobak. Laurens nickte, um ihr sein Verständnis zu signalisieren. Die Wahrscheinlichkeit, dass er Kinder bekam, strebte zum momentanen Stand der Wissenschaft gegen null. Bei Samuel würde es nicht anders aussehen. Oder änderten Wasserwesen im Bedarfsfall ihr Geschlecht? Es gab Fische, die konnten das. Ebenfalls ein paar Froscharten.

Samuel als Frau? Die Küche begann sich zu drehen.

»Wenn ich dich näher betrachte, dann hättest du ein passables Mädchen abgegeben.« Mit schmalen Augen musterte Erin jeden Zentimeter von ihm, der sich oberhalb der Tischkante befand. »Vor allem mit deinen langen, blonden Haaren und dem fein geschnittenen Gesicht.«

Sie sah den Frauenpart in ihm. Damit war er wieder beim Thema *Hinhalten*.

»Ich bin ein Mann.« Respekt, so tief hatte seine Stimme noch nie geklungen. »Und ich mache Männerdinge.«

Erins rechte Braue wanderte zweifelnd nach oben.

»Glaubst du mir nicht?«

Erins linke Braue folgte.

»Hey, was soll das? Ich kann Reifen wechseln, Schränke aufbauen, Fahrräder reparieren, Fußball spielen, rasiere mich täglich und stehe beim Pissen.« Dass er weder Bier noch Pornos mochte und

47

vorzugsweise nackte Kommilitonen zeichnete, hatte nichts zu sagen.

»Du stehst beim Pinkeln?« Erins Lider sanken auf Halbmast. »Gut, dass ich das weiß. Ab heute lässt du das sein.«

Diese Diskussion brachte nichts.

Aus dem Küchenfenster war ein Stück vom See zu sehen.

Er könnte schwimmen gehen. Das mulmige Gefühl griff sofort nach ihm. Wollte er nicht, dass Samuel stolz auf ihn war? Wollte er nicht etwas Testosteronlastiges tun? Oder war es Adrenalin, das er brauchte? Mädchen schwimmen nicht weit raus. Mädchen empfanden Wasser als zu kalt und Mädchen fürchteten sich vor der Tiefe. »Ich geh schwimmen.«

Erin zuckte zusammen. »Willst du nicht lieber warten, bis Samuel zurück ist?«

Ja! Gute Idee! »Nein. Nur ein bisschen Training für die Kondition.« Er stürzte den Kaffee hinunter und stand mit gespielter Selbstsicherheit auf. Das Wetter war wundervoll, es war Sommer, alle gingen im Sommer schwimmen. Also würde er es auch tun.

~*~

Raven umklammerte das Gewehr, aus dem sich nicht ein einziger Schuss gelöst hatte. Er hatte angelegt. David hatte ihn angesehen. Raven hatte es gesenkt. Er hätte nur abdrücken brauchen, dann wäre alles gut gewesen. Konnte dieser Drecksack nicht von allein sterben? Stattdessen kroch er durch den Käfig, wand sich und stöhnte, aß nichts, trank kaum etwas. Der Tod wäre für ihn eine Erlösung.

Erlösung? Er wollte ihn nicht erlösen. Diese Qual hatte David verdient.

Noch einen Tag würde er warten. Er lehnte das Gewehr an die Wand und stieg die Kellertreppe hinauf. Zittrige Hände, weiche Knie und ständige Übelkeit. Diese Sache machte ihn fertig.

Hey David, tröstet es dich, dass ich mit dir leide? Du sühnst wegen Samuel, ich wegen Darren. Oder war es auch Samuel? Er durfte nicht an die Nacht denken und an Samuels Wut von heute Morgen schon gar nicht. Er musste mit ihm reden, ihm sein Verhalten erklären.

Zur Hölle, es gab nichts zu erklären. Er hatte es gebraucht. Die Nähe allein war zu wenig gewesen. Er hatte den Rausch mit ihm teilen wollen und das hatte er getan. Der Preis dafür war hoch; Samuels Hass.

Raven lehnte die Stirn an die Wand. Feuchter Putz und Kellerstaub, aber die Kühle tat gut. Noch diesen Tag überstehen, dann die Nacht. Und dann? »Stirb endlich, du Bastard.« Sein Zischen schlängelte sich die Treppe hinunter. Hoffentlich fand es David und fraß ihn auf.

Die Kellertür knarrte in den Angeln. Raven brauchte einen Moment, bis sich seine Augen ans Tageslicht gewöhnt hatten.

In der Diele stand ein Engel. Seine blonden Haare reichten ihm bis über den Nacken, die braun gebrannten Waden lugten aus einer abgeschnittenen Jeans. Ein schöner Engel. Trugen Engel Jeans? Offenbar, sogar die seines Bruders.

Er drehte sich anmutig um, lächelte. »Hey Raven! Warum warst du nicht beim Frühstück? Ich musste Erins Launen allein über mich ergehen lassen.«

Okay, er verlor den Verstand. Die Halluzination wurde zu dem, was sie war: Laurens. Ein Handtuch klemmte unter seinem Arm und eine von Samuels Shorts lag auf seiner Schulter.

Wollte er schwimmen gehen? Dann ging er erfreulich entspannt mit seinen Ängsten um.

~*~

Für was auch immer Raven die Nacht benutzt hatte, Schlaf war es nicht gewesen. Gütiger, sah der Mann fertig aus.

Laurens lächelte betont freundlich. Sein Gegenüber konnte es gebrauchen.

»Ich hatte zu tun.« Raven zeigte mit dem Daumen hinter sich, ohne sich die Mühe zu machen, Laurens' Lächeln zu erwidern. »Der Wein muss ab und zu gedreht werden.«

»Ihr habt einen Weinkeller?« Wie im Film. Herrenhäuser strotzen vor Geheimgänge, Familiengrüften und Weinkellern.

Die Gruft strich er von der Liste der Sehenswürdigkeiten von Mhorags Manor, doch der Weinkeller klang interessant. »Bietest du Führungen an?« Das würde den nächsten Punkt seines Tagesplanes auf angenehme Weise hinauszögern. Der See konnte warten. Leider lief er ihm nicht weg.

Er wollte an Raven vorbei, aber der legte ihm zwei Finger auf die Brust.

»Ein andermal. Du musst deine sommersprossige, wirklich niedliche Nase nicht in jedes Loch stecken, das Mhorags Manor bereithält.« Sein abschätzendes Grinsen zeigte einen der spitzen Eckzähne. »Es sei denn, es gehört zu Samuel. Dann darfst du natürlich alles reinstecken, was du willst.«

»Du mich auch.« Idiot. Laurens wischte Ravens Finger von sich. »Ein schlichtes Nein hätte mir genügt.« Sprach Samuel mit seinem Bruder über ihr hinkendes Liebesleben?

Gedanklich verkroch er sich in den Kragen seines nicht vorhandenen Rollkragenpullis. Sicherlich vertraute Samuel seinem Bruder alles an, was ihn bedrückte.

Mist, verdammter! Die Hitze kroch bereits über seinen Hals. Gleich würde sie die Wangen erreichen. Natürlich bemerkte es Raven.

»Du siehst niedlich aus, wenn du rot wirst. Aber ich wollte dich nicht in Verlegenheit bringen. Entschuldige.« Aus dem Grinsen wurde ein aufrichtiges Lächeln. »Ich bin in letzter Zeit etwas …«

»Unentspannt?« Waren sie das nicht alle?

Raven legte ihm den Arm um die Schulter und führte ihn zur Tür. Er blinzelte in die Sonne und seine Pupillen verengten sich zu zwei Schlitzen.

An diesen Anblick würde sich Laurens nie gewöhnen.

»Hast du immer noch Angst vor mir?« Mit einer flüchtigen Geste wies er auf seine Augen. »Ich werde mir wohl angewöhnen müssen, die Sonnenbrille auch zu Hause aufzusetzen.«

Raven hatte ihn aus dem Käfig befreit, ihn in diesen schrecklichen Tagen am Seeufer zu füttern versucht, ihm Tee eingeflößt, seine Wunden verbunden. Er war ein Freund, wenn auch ein extrem schräger.

»Sei nicht albern.« Obwohl die Ähnlichkeit mit Nosferatu in jung nicht von der Hand zu weisen war. Sie konnte aber auch schlicht von der Glatze herrühren. Andererseits hatte Ravens kahler Schädel etwas Cooles. Wie hieß der Schauspieler, der in *Star Trek – Nemesis* den Klon von Picard spielte? Egal.

»Wenn das so ist …« Raven fasste in Laurens' Hemdausschnitt und zog ihn dicht vor sich. Seine grüngelben Augen funkelten. »… dann vertraust du mir und wirst mir demzufolge einen Gefallen tun.«

»Werde ich?« Warum ließ er ihn nicht los? Das würde die Sache mit dem Vertrauen glaubhafter gestalten. Er war so nah, dass Laurens die dunkel gefärbte Haut auf den Brauenwülsten erkennen konnte. Selbst dort besaß er keine Haare.

»Versprich mir, dass du dem Keller fernbleibst.« Der starre Blick glitt langsam über Laurens' Gesicht, blieb kurz an seiner Kehle hängen. »Das Gewölbe ist uralt. Samuel würde mir den Hals herumdrehen, wenn du dich in der feuchten Dunkelheit da unten

51

verletzt.« Ebenso langsam, wie sein Blick an ihm hinabgewandert war, kroch er wieder herauf.

Er fürchtete diesen Mann nicht? Eine voreilige Aussage.

»An manchen Stellen ist der Boden durchbrochen und die Schächte, die in den See führen, sind nicht gesichert.« Ravens Singsang stellte ihm die Härchen auf. »Stell dir vor, du würdest stolpern, an den glitschigen Wänden hinabrutschen und ins eisige Wasser fallen.«

Laurens wurde schwarz vor Augen.

Raven legte ihm den Arm um die Schultern und zog ihn an sich. Es fühlte sich weniger nach Stützen als nach Schraubzwinge an.

»Der See reicht unterirdisch bis zu den Fundamenten des Hauses. Ist der Gedanke nicht erschreckend? So nah an dem Ort zu sein, der dich beinahe das Leben gekostet hätte?«

Wassermassen, die ihn erdrückten. Er sank. Es wurde dunkel. Kalt. Entsetzlich kalt.

Ravens Hand an seinem Kinn, seine Stimme direkt an Laurens' Ohr. »Du könntest schreien, wie du willst. Niemand würde dich jemals hören.«

~*~

Laurens erbleichte unter der Sommerbräune. Er wollte etwas sagen, brach jedoch ab. War sein Mund zu trocken zum Sprechen?

Raven strich über die glatte Brust, in der ein erschrockenes Herzchen schlug. Es war grausam, Laurens mit seinem schlimmsten Albtraum zu konfrontieren, aber es war notwendig. Die Neugier hatte in den meerblauen Augen zu stark gefunkelt. Sie durfte ihn nicht verleiten, sich unabsichtlich einer noch schrecklicheren Katastrophe zu stellen.

Die Haut war wund gerieben. Raven knöpfte Laurens' Hemd weiter auf. Samuels Schuppenhaut an sich heranzulassen, hinterließ

Zeichen. Zeugen für eine Nacht voller Nähe, Beweise für eine Nacht des Verrats.

Er selbst verbarg sie unter dem Shirt. Laurens durfte sie auf keinen Fall bemerken.

Ein Schlag vor seine Brust, ein zweiter in den Magen.

Raven keuchte. Hatte Laurens den Verstand verloren?

»Mach das nie wieder!« Laurens starrte ihn an, sah dann erstaunt auf seine immer noch geballte Faust. »Ich dachte, wir wären Freunde. Was soll der Scheiß, mir Angst zu machen und danach an mir herumzutatschen?«

Alle Achtung, Samuels Liebster besaß mehr Energie, als er ihm zugetraut hatte. Wie praktisch, dass ihm heute nicht nach Frühstück gewesen war. Sonst hätte er ein Wiedersehen mit Erins Spiegeleiern feiern können.

Laurens schüttelte seine Hand und verzog dabei das Gesicht. »Ich kämpfe jeden Tag darum, diesen Mist zu vergessen. Und dir fällt nichts Besseres ein, als noch mal richtig drin herumzuwühlen? Du bist ein Arsch, Raven!« Er schleuderte sich mit rührender Entschlossenheit das Handtuch über die Schultern und ließ ihn stehen.

»Schwimm nicht zu weit raus, Sonnenschein. Der See hat dich schon einmal geschluckt.«

Laurens zeigte den Mittelfinger, ohne Raven eines Blickes zu würdigen.

~*~

Konnte er den wissenschaftlichen Nachlass eines Kollegen einfach in die Mülltonne knüppeln? Klaus umschlich seinen Schreibtisch zum zigsten Mal. Unübersehbar lag die vermaledeite Aktentasche darauf. Diese Leclerc hatte es dringend gemacht und er hatte sein Wort gegeben.

Er klatschte in die gefühlsarmen Hände und rieb sie, bis sie sich aufwärmten. Auf zu einer Entdeckungsreise der fantastischen Art. Das röchelnde Lachen erstickte er mit dem Ärmel. Nicht, dass Sabine im Vorzimmer waidwund gucken musste.

Notizen, Disketten, ein Fläschchen mit einer Hautprobe.

Klaus setzte die Brille auf. Reptilienhaut. Die Schuppen glänzten dunkelgrün und wiesen schwarze Maserungen auf. Sie waren nebeneinander angeordnet und könnten von einer Seeschlange stammen. Allerdings sprach die auffällige Farbe dagegen.

Auf dem Klebeschild am Boden der Flasche stand ein Datum. Siebzehnter Juni. Der lag gut einen Monat zurück.

Klaus blätterte durch Hendriks Protokoll. Morar, der Siebzehnte. Beides war umkringelt.

Hautprobe von Davenport bekommen. Das Aas hat nur Geld, doch kein Erbarmen. Wenn ich nicht aufpasse, häutet er die Chimäre bei lebendigem Leib und vor meinen Augen. Vielleicht bin ich zu weich. Vielleicht sollte ich es zulassen. Immerhin hat dieses Biest meinen …

Hier musste etwas ausgelaufen sein. Die Schrift dünnte aus. Die Sau kleckerte tatsächlich seine Unterlagen voll.

Davenport. Nie gehört. Er schlug die bekleckste Seite um. Sie war wellig, aber lesbar. Ein Mitarbeiter von diesem Davenport hätte die Probe dem Wesen aus der Haut geschnitten.

Wesen? *Ach Hendrik, du Depp. Du hast sie doch nicht mehr alle.*

Jedenfalls nannte Johannson diesen Mitarbeiter einen verblödeten Affen, der keine Ahnung davon hätte, wie Hautproben von Probanden zu entnehmen wären.

Halb Mensch, halb Wasserwesen, mit der genauen Bestimmung der Spezies tat sich Hendrik offenbar schwer. Er vermutete Plesiosaurier-Gene im Erbgut und verwies auf ein Foto, das vermutlich den Erzeuger der Chimäre zeigte.

Sollte Hendrik wirklich daran geglaubt haben, dass er ein Tier-Mensch-Zwitterwesen gefunden hatte?

Klaus tippte die Durchwahl zu Guidos Labor. Ein bisschen Zusatzbeschäftigung lenkte die Laborratte davon ab, sich an den Ethanolflaschen zu vergreifen oder in die Kolben zu onanieren.

»Peters«, meldete sich Guido gelangweilt mit seinem Nachnamen.

»Ich bin's, Klaus.«

»Du lebst noch? Respekt!« Das trockene Lachen klang exakt nach dem Gegenteil. »Bekomme ich nach deinem Ableben deine antike Mikroskop-Sammlung?«

Blödkopp! »Nein, aber Arbeit. Und zwar bevor ich ins Gras beiße. Sabine bringt dir was runter. Zwei Bedingungen. Erstens: Hände weg von meiner Sekretärin. Zweitens: Was du auch herausfindest, ich bin der Einzige, mit dem du darüber redest. Klar?« Ach zum Teufel! Er machte sich genauso lächerlich wie Hendrik. Nebenbei blätterte er wahllos in dem Tagebuch hin und her. Der Kerl hatte es vollgekritzelt, wie ein Besessener. Kaum ein Eckchen, das noch weiß war.

... Bin verzweifelt. Laurens liebt diesen Mann, den Davenport stets Beute nennt. Kann ich zulassen, dass er wie ein Hase gejagt und geschossen wird? Er sieht aus wie ein Mensch. Warum erkennt das Davenport nicht? Muss mit dem Schuppenmann reden. Muss ihm sagen, dass er die Finger von meinem Jungen lassen und aus Morar verschwinden soll. Davenport wird vor Wut schäumen. Ich traue ihm nicht.

Habe ihn vorhin mit seinem Neffen erwischt. Deshalb hat er dieses blasse Bürschchen mitgebracht. Ich wollte pissen und da stand er. An einen Baum gelehnt und der Junge kniete vor ihm. Widerlich. Die Welt geht vor die Hunde. Kaum zu glauben, dass wir Freunde waren.

Jetzt plant er den Mann einzufangen. Mit Laurens als Lockmittel. Ich mache da nicht mit. Laurens ist mein Sohn. Auch wenn er sich von diesem Ding ...

Ich könnte kotzen.

Hendrik hatte einen Sohn. Richtig. Er hatte ihm vor langer Zeit ein Foto von einem Knirps gezeigt, der mit stolz geschwellter Brust auf einem Plastikdinosaurier in irgendeinem Freizeitpark saß.

Wie gut er sich an das Bild erinnern konnte. Erstaunlich, die Nikotin-Teer-Mischung schien seine Gehirnwindungen noch nicht erreicht zu haben. Oder es lag daran, dass sich damals beim Betrachten des Fotos sein Magen vor Neid zusammengezogen hatte. Es war ein reizendes Kerlchen gewesen mit den blonden Haaren und dem strahlenden Lächeln. Es hatte Zeiten gegeben, da hätte er den rechten Arm für einen Sohn gegeben.

~*~

Wer zum Henker hatte Raven ins Hirn geschissen? Laurens schleuderte den gefühlten tausendsten Stein auf die Wiese vor sich. Wenn er so weitermachte, würde er die Mauer um das Grundstück abtragen.

Dachte Mister Barehead, für ihn wäre das alles nur ein Witz? Überraschung! War es nicht. Es war die Katastrophe seines Lebens und jede Nacht erinnerte ihn daran.

Scheiße! Die Steine dieser mistigen Mauer drückten sich durch die Jeans in seinen Hintern. Ewig würde er nicht hier sitzen können, um seinen Beinen beim Baumeln zuzusehen.

Der See wartete blau und entsetzlich Angst einflößend unter der Morgensommersonne.

Kein Problem. Nur Wasser.

Laurens sprang von der Mauer und schnappte sich sein Handtuch. Er würde allein schwimmen, ohne Samuel, der ihn die meiste Zeit rückenschwimmend auf seinem Bauch mit sich herumtrug. Der die Arme ausbreitete, um ihn hineinschwimmen zu lassen. Der beginnende Panik sofort erkannte und ihn jedes Mal fest an seine Brust zog, wenn ihm die Erinnerungen den Atem abschnürten.

»Diesmal ohne Rettungsleine.« Wie jämmerlich dünn seine Stimme klang. Die Panik wuchs mit jedem Schritt näher zum See. Da war kein Arm, der sich um ihn legte. Keine spöttischen Fältchen um Honig-Augen, die ihm sagten, dass alles halb so schlimm war. Es war schlimm gewesen. Das war es noch.

Laurens kämpfte einen winzigen Teil der Angst hinunter, aber der üppige Rest klammerte sich mit klebrigen Tentakeln um sein Herz. Das Sinken in bodenlose Tiefe war die eine Sache. Der Käfig die andere.

Laurens schloss die Lider. Sofort stürzten die Erinnerungen auf ihn ein.

Ein Gewehrkolben. Dahinter ein gesichtsloser Mann mit einem kalten Lachen. Er holte aus, das Metall schrammte über Laurens' Körper. Samuels entsetzter Blick, dann der brennende Zorn in den Augen, die plötzlich alles verloren hatten, was an Honig erinnerte. Etwas Rundes rollte auf Laurens zu und blieb vor den Gitterstäben liegen. Ein Kopf. Auf einmal besaß der Mann ein Gesicht. Laurens würde es nie vergessen.

Er ging auf die Knie. Scheiße, war ihm schlecht. So durfte es nicht weitergehen. Er konnte sein Leben nicht in Angst verbringen. Egal, wovor. Dieses lähmende Gefühl musste verschwinden.

Nur noch ein bisschen würgen und hinunterschlucken, dann würde er sich die Angst aus der Seele ziehen, wie einen Dorn aus dem Fuß.

Und zwar ein für alle Mal.

~*~

Mrs. Mac Laman wäre noch nicht so weit, die Klinik verlassen zu können. Trotz der Medikamente hätte sich ihr Zustand nicht gebessert.

Samuel trat aufs Gas. Er wollte nur noch nach Hause, die Nase in Laurens' Haar stecken und sämtliche Sorgen vergessen. Wenigstens hatte ihn Mia erkannt und sogar angelächelt. Dabei stand sie nicht weniger unter Drogen als zu ihren schlimmsten Zeiten in Mhorags Manor.

Dr. Sattler hatte von Schizophrenie, Depression und Trauma geredet und verlangte von Samuel Informationen zum Krankheitsverlauf. Netter Witz. Was mit Mia geschah, war keine Krankheit, es war ihr Leben. Nur dass ihr das niemand außer ihrer Familie glaubte.

Er musste einen Weg finden, sie aus diesem sterilen Gefängnis zu befreien. Am liebsten hätte er sie gleich mitgenommen, doch Sattler war auf das Thema nicht gut zu sprechen gewesen.

Samuel hatte ihr die Hand gereicht, ihr zugeflüstert, einfach mit ihm wegzurennen. Es war nur eine Idee, doch besser, als dort eingeschlossen zu werden war sie allemal. Mia hatte ihm stattdessen einen Umschlag gegeben. *Lies das, wenn du dich stark fühlst.*

Also nur mit Laurens im Arm.

Für einen Moment hatte Sattler begierig auf den Umschlag gestarrt und daran erinnert, dass Mia den Brief nur unter Aufsicht hätte schreiben dürfen. Wegen des Stiftes, er wüsste schon. Immerhin wäre sie suizidgefährdet.

Mia hatte den Kopf geschüttelt und dabei Samuel angesehen. Mit ihm nach Hause fahren wollte sie trotzdem nicht. Zum Schluss reichte ihm Sattler zuerst die Hand, dann die Rechnung. Er bat um Mitarbeit, um Mias Probleme lösen zu können, um Informationen.

Von Samuel hätte Sattler exakt dieselben Geschichten gehört. Wahrscheinlich wäre er in ein Zimmer gleich neben dem seiner Mutter gesteckt worden.

Endlich tauchte hinter den Hügeln Mhorags Manor auf. Dieser Ort barg alles, was er in seinem Leben brauchte. Laurens, Schutz vor neugierigen Augen, den See.

Und Raven.

Samuel schlug aufs Lenkrad. Wie sollte er es Laurens gestehen? Gar nicht. Allein der Gedanke daran war unmöglich. Laurens entstammte einer anderen Welt mit anderen Regeln. Dort küssten sich Brüder noch nicht einmal, jedenfalls nicht so, wie Raven und er es getan hatten. Von dem Rest ganz zu schweigen.

Hoffentlich ging ihm Raven für die nächste Zeit aus dem Weg. Heute Morgen war er kurz davor gewesen, ihn niederzuschlagen.

Das alte Steinhaus wurde größer. Nacheinander hoben sich die Dächer und Schlote über die Hügel. Zusammen mit dem glitzernden See wirkte sein Zuhause wie der geheime Ort eines Märchens. Dumm gelaufen, dass er zu den Ungeheuern gehörte, die es bevölkerten. Wenigstens gab es in dieser düsteren Sage einen Prinzen. Seinen. Und der durfte unter keinen Umständen einen weiteren Grund geliefert bekommen, ihm seinen hübschen, kleinen Hintern vorzuenthalten.

Finley harkte die Rabatten vor dem Eingang. Als er den Bentley hörte, sah er auf und wartete, bis Samuel ausgestiegen war.

»Deine Mutter hat nicht mitkommen wollen, hm?« Er stützte das Kinn auf den Holzstiel und ähnelte auf verblüffende Weise einem Gartenzwerg. »Was sagt ihr Seelenklempner?«

»Dass sie noch Zeit braucht.«

Mit vorgezogener Unterlippe nickte Finley, als würde ihm für diese Diagnose jedes Honorar zu hoch sein. »Hast du es Ian gesagt?«

»Nein.« Sein kleiner Bruder hatte keine Ahnung davon, dass sein Vater von dem eigenen Stiefsohn ermordet worden war. Der vermeintliche Irrsinn seiner Mutter schien dagegen eher wie eine Lappalie.

Wie Raven diese Hürde nehmen wollte, war ihm schleierhaft, aber das war nicht mehr sein Problem. Nichts, was Raven anging, war mehr sein Problem. Seltsam, wie sehr dieser Gedanke schmerzte.

Er zog den Handschuh aus, löste die Krawatte und knöpfte sein Hemd auf. Es war zu warm, um die Maskerade aufrechtzuerhalten.

Finley warf einen prüfenden Blick auf den brandneuen Anzug. »Feines Tuch. Seit wann rennst du in so etwas herum?«

»Seit ich bei den Banken Männchen machen muss.« Der erste Kredit seines Lebens. Wenigstens konnte er jetzt Mias Klinikaufenthalt bezahlen.

»Hör mal, Junge, wenn es zu klamm wird, behalte unseren Lohn ein, bis rosigere Zeiten kommen. Hauptsache, der Kühlschrank ist voll, damit uns der Kleine nicht verhungert.«

»Ist das dein Ernst?« Laurens reichte Samuel immerhin bis zum Kinn. Dass Finley ihn *Kleiner* nannte, würde er ihm verschweigen.

Der Alte zog eine Grimasse. »Nicht wirklich, aber ich dachte, dass es dich mental etwas entlastet.«

»Danke für den Versuch. Im Augenblick würde ich mich lieber von Laurens entlasten lassen.«

»Liebe muss was Schönes sein«, grunzte Finley. »Leider kann ich mich nicht daran erinnern.«

»Frag Erin. Die weiß es sicher noch.« Als Sechsjähriger hatte er die beiden im Bügelzimmer erwischt. Sie waren so beschäftigt gewesen, dass sie sein Würgen nicht bemerkt hatten.

Mit einer knappen Geste verwarf Finley diesen Gedanken. »Laurens ist vorhin mit Handtuch bewaffnet zum See runter. Will wahrscheinlich seine nahtlose Bräune auffrischen.«

Sich an den sonnenwarmen Körper schmiegen war exakt das, was er jetzt brauchte. Zwischen die Vision eines bewegten Stilllebens mit zwei Männern drängte sich das Bild eines einsamen Stegs mit Handtuch, auf dem Laurens hätte liegen sollen, es aber nicht tat.

Samuel wurde kalt. Die Szene, wie er ihn gesucht und ihn in dem Boot dieses Bastards mehr geahnt als gesehen hatte, wühlte in seinen Eingeweiden.

Wollte dieser Tag seinen Schatten auf ihr gesamtes gemeinsames Leben werfen?

~*~

Tief, tiefer, noch tiefer. Kein Problem.

Samuel war nicht da. Auch kein Problem.

Das Ufer war zu weit weg. Na und?

Scheiße! Sein Herz raste. Egal. Einfach weiterschwimmen.

Unter seinen Füßen befand sich längst kein Grund mehr.

Und wenn schon? Dann war da eben nur gähnende Leere. Wen interessierte das?

Noch drei Stöße, dann würde er umkehren und zurück zum Ufer schwimmen.

Eins.

Seine Arme schmerzten.

Zwei.

Und was war das für ein mieses Gefühl in seinem Bein?

Drei.

Ein Krampf. Blödsinn! Er war topfit. Keine Krämpfe, keine Schwäche.

Umdrehen und zurück. Sofort.

So weit weg. So entsetzlich weit weg!

Noch ein Stoß. Seine Muskeln brannten, trotzdem zitterte er. Warum zum Teufel verschwand das enge Gefühl in seinem Hals nicht endlich? Er schnappte nach Luft. Es brachte nichts.

Noch ein Stoß. Und noch einen. Sein Herz schlug wie ein Vorschlaghammer. Es würde ihm die Rippen brechen.

Angst. Endloses Sinken. Nein. Nicht daran denken, nur an den nächsten Schwimmstoß. Einatmen, ausatmen und schnell vorwärtskommen.

Es ging nicht schnell, sondern immer langsamer. Arme und Beine fühlten sich vollkommen kraftlos an. Er konnte kaum etwas erkennen. Zu viel Wasser in den Augen. Es kam aus ihm und nicht vom See.

Bitte lass mich das Ufer erreichen.

Weiter, immer weiter. Solange er sich bewegte, blieb er oben.

~*~

Am Steg lag ein Handtuch, daneben seine Jeans und eines seiner Hemden. Aber kein Laurens. Der Schreck fraß sich in sein Herz. Ganz ruhig, irgendwo musste er sein.

War er pinkeln hinter diesem gottverdammten Schuppen? Malte er in einer Ecke etwas Unsinniges wie Gras oder Steine?

Weshalb war er nicht hier? Warum fühlte sich alles nach einem dunklen Traum an, der sich in seinem kranken Hirn wiederholte?

Samuel rannte zum Ufer. Rechts und links nichts. Hinter dem Schuppen auch nicht. Wo war er, verdammt noch mal?

Ein heller Punkt. Weit draußen auf dem Wasser. War Laurens verrückt geworden?

»Laurens!« Er hörte ihn nicht. Dann würde er ihn da herausholen und ihm auf dem Rückweg den Arsch versohlen.

Der blonde Schopf wurde größer, bekam Kontur.

Laurens machte das für ihn. Die Erkenntnis ließ seine Hände sinken, die schon seine Kleidung vom Körper reißen wollten.

Konnte es sein, dass er es satthatte, sich zu fürchten? Dass er der Held sein wollte, der seines Drachens würdig war?

Verdammter Idiot. Sein Drache war nicht mutig, er stand kurz davor, sich vor Angst ins Hemd zu pissen.

Laurens war ein miserabler Schwimmer. Was machte er so weit draußen? Und warum, zum Teufel, hatte ihm niemand bei seiner Geburt Schwimmflügel an die Arme getackert?

»Dein Drache frisst dich, wenn du das jetzt nicht durchziehst.«
Samuel biss sich auf die Lippen, um nicht zu brüllen. Laurens
schwamm gegen seine Angst an. Einen anderen Grund konnte es
nicht geben. Diesen Sieg würde er ihm nicht verderben. Doch
sobald der blonde Schopf auch nur für eine Sekunde untertauchte,
griff er ein.

~*~

Endlich Sand unter den Füßen. Laurens schluchzte vor
Erleichterung. Scheißegal, niemand war da, der ihn hören konnte.
»Lebensmüde?«
Samuel? Samuel! Er wischte sich das Wasser aus den Augen.
Samuel stand wie eine Erscheinung vor ihm. Aber warum hatte er
so seltsame Sachen an? Einen Anzug? Und wenn schon. Er war da.
Laurens stakste durchs Wasser. Sein Herz pochte ihm in den
Ohren. Ihm war übel, schwindelig. Seine Beine gaben nach, er
stürzte, spuckte weißen Schaum. Er schwamm auf den Wellen wie
Gischt.
Samuel kniete sich vor ihn und zog ihn in seine Arme.
»Verdreschen sollte man dich.« Für die deutlichen Worte klang seine
Stimme erstaunlich sanft. »Sobald du wieder atmen kannst, mache
ich das auch.«
Gute Idee, davon wurde sein Hintern bestimmt warm. Im
Moment spürte er nur noch sein Herz und seine Lunge. Beide
pfiffen aus dem letzten Loch, genau wie seine Nerven. Himmel, das
wäre fast schiefgegangen.
Samuels Atem streichelte über seine eisige Haut. Er küsste über
Laurens' Hals bis zu seiner Schlagader. Dort blieben die Lippen
ruhen. Sie fühlten sich beinahe heiß an. Wie die Hände, die ihn an
der Hüfte nahmen und auf seinen Schoß dirigierten.
»Was sollte der Blödsinn?«, fragte Samuel zu sanft.

Mist. Er war nicht stolz, sondern sauer auf ihn.

»Hat es Spaß gemacht, ein Held zu sein?«

»Weniger.« Für weitreichendere Erklärungen fehlte Laurens die Luft. Seine Lunge stand kurz vorm Kapitulieren.

»Weniger?« Samuel hielt ihn von sich weg. Sein Blick tadelte ihn nach wie vor. »Ist das alles?«

Nein, aber weder die Panikattacke noch die völlige Erschöpfung gingen ihn etwas an. Er hatte genug andere Sorgen.

Mit einem tiefen Seufzer drückte ihn Samuel an sich. Unter dem dünnen Stoff des Hemdes fühlte Laurens die einzelnen Brustplatten. Er steckte die Arme unter Samuels Jackett. Was für ein irres Gefühl; Glätte über Rauheit und die Wärme gab es gratis dazu. Am besten er verbrachte den restlichen Tag genau hier.

»Ist wirklich alles in Ordnung?« Samuel rieb über Laurens' Brust, dann ließ er seine Hand auf dem Herz liegen. »Du bist ganz blass.«

»Ich bin nicht so fit, wie ich dachte. Das ist alles.« Herrje, bei jedem Wort japste er wie ein Fisch an Land. »Mach dir keine Gedanken.« Noch einmal japsen, lächeln, als ob das normal wäre, und auf den nächsten Satz konzentrieren, obwohl sein Hirn sauerstofftechnisch massiv unterversorgt war. »Wie war der Termin in Glasgow?«

Samuels Nase verschwand in Laurens' nassen Haaren. »Ernste Gespräche über bittere Umstände. Das nächste Mal nehme ich dich mit.«

»Du hättest nur fragen brauchen.« Er wäre sofort mitgekommen und hätte sich nebenbei die Nummer mit dem Marathon-Schwimmen schenken können.

Samuel seufzte wieder, es klang nur eine Spur entspannter. »Kennst du das Bedürfnis, etwas aus dem Gedächtnis streichen zu wollen?«

»Machst du Witze?« Spontan fielen ihm exakt sieben Tage ein. Samuels Lächeln war traurig, als er ihm ins Haar fasste und ihn zu sich zog. »Nimm diese verdammte Woche und pack die gestrige Nacht inklusive des heutigen Vormittags dazu. Dann steck alles in einen Sack und versenke ihn im See.«

Laurens würde Jahre seines Lebens dafür geben.

»Mia bleibt, wo sie ist. Ich wünschte, ich könnte etwas dagegen unternehmen.«

»Die Ärzte glauben ihr nicht, hm?« Im Prinzip war es besser so. Vor allem für Samuel. Laurens schlang die Arme um dessen Hals. Wenn nur dieser resignierte Ausdruck aus seinem Gesicht verschwinden würde.

Nach einer Weile, in der Samuel schweigend über den See geschaut hatte, kletterte wenigstens einer seiner Mundwinkel ein wenig höher. »Mach was Schönes mit mir. Ich kann es brauchen.« Seine Finger wanderten über Laurens' Bauch, spielten am Hosenbund der Shorts. »Du könntest zum Beispiel dieses nasse Ding ausziehen, bevor du dich erkältest.«

»Ich sitze im kalten Wasser.« Und das schon ziemlich lange. Mittlerweile hatte er sich an die Gänsehaut gewöhnt.

Samuel biss ihn mit einem verführerischen Lächeln ins Kinn. »Nicht immer klugscheißen, Liebster.« Seine Finger schoben sich am Gummizug vorbei.

Heiße Haut auf kalter Haut tat gut, streichelte. Laurens spreizte die Beine etwas weiter. Samuels zarte Berührungen waren wundervoll. Ebenso wie dieses kleine, heimtückische Lächeln.

Samuel griff ihm tiefer zwischen die Schenkel, umfasste Laurens' sensibelste Stellen. »Ist ein bisschen klein und schrumpelig, was ich da fühle.«

Unzählige raue Schuppen stimulierten Laurens auf eine unsäglich gute Weise.

»Wie willst du mich damit beeindrucken?« Eine Augenbraue wanderte höher. Dann wurde Samuels Blick in dem Maße weicher, wie Laurens härter wurde.

An seiner Leiste, an der Innenseite seiner Schenkel, überall strich die Schuppenhaut entlang, sandte Impulse in alle Regionen seines Körpers.

»Seufze noch einmal so wie eben.« Samuels Wispern spielte so zärtlich um Laurens' Ohr, wie seine Finger zwischen den Beinen. »Es klingt nach Hingabe.« Ganz zart kostete er Laurens' Lippen, als ob er probieren wollte, ob sie zum Küssen noch zu kalt waren.

Das waren sie bis eben noch gewesen. Jetzt nicht mehr.

Samuels Zunge verschaffte sich Einlass, umschmeichelte alles, was sie fand.

Hatte ihn nicht eben noch die Angst bis zu den Haarwurzeln ausgefüllt? Jetzt war kein Platz mehr in ihm für irgendetwas anderes als dieses warme prickelnde Gefühl. Es sammelte sich in seinen Lenden und schmiegte sich drängend in Samuels Hand.

»Mmh, wieder dieses Seufzen.« Samuel rieb ihn heftiger.

Himmel, tat das gut. Laurens ließ den Kopf in den Nacken fallen und schnappte völlig umsonst nach Luft. Seine Lunge war nach den überstandenen Strapazen noch nicht bereit für eine neue Herausforderung. Der Rest von ihm schon.

Heiße Lippen auf seinem Kehlkopf. Kälte? Keine Kälte. Hitze, die in ihm brannte, die sein Becken vor- und zurückschnellen ließ.

»Samuel!« So dicht davor. Weshalb hielt er ihn plötzlich an den Hüften fest? Er wollte sich weiter an ihm bewegen, bis zum Schluss.

Samuel lachte leise an Laurens' Hals. »Sag nur, du willst, dass ich dich im Wasser erlöse.«

Und ob er das wollte. Doch er konnte das Ja bloß keuchen.

»Bitte?« Samuel neigte sich zu ihm. »Gerade habe ich dich nicht verstanden.«

Laurens versuchte es erneut.

Samuel küsste ihm die Antwort direkt von den Lippen, bevor er sich von ihm löste. »Ich lass dich aber nicht.« Er nahm seine Hand zurück, zog die Beine an und Laurens rutschte genau in die Senke zwischen Samuels Oberschenkeln und Unterbauch.

Mistkerl!

Laurens biss ihn in die Schulter, Samuel lachte nur.

»Mach weiter!« Seine Erektion pochte an Samuels Bauch. Erweckte das nicht wenigstens ein bisschen Mitleid in ihm?

»Du willst, dass ich bettele? Kein Problem.« Im Moment besaß er nicht das winzigste Quäntchen Stolz in sich, aber eine Lust, die ihn sprengen würde, wenn sie Samuel nicht sofort stillte.

Samuel nickte bedächtig. »Wäre einen Versuch wert.«

»Alles, was du willst. Nur lass mich nicht hängen.« Er nahm Samuels Hand und führte sie zu der Stelle seines Körpers, die am bedürftigsten war. »Bitte lass mich kommen. Hier im Wasser, auf deinem Bauch.« Die Vorstellung hatte etwas ungemein Erotisches.

»Du willst mir aufs Hemd spritzen?« Samuel grinste. Nur kurz, dann begannen seine Augen auf eine Weise zu leuchten, die es noch stärker in Laurens' Unterleib pochen ließ. »Du könntest es mir vorher ausziehen. Da gibt es eine Seite an mir, die sehr empfindsam reagiert.«

Dieser Blick. Laurens versank darin.

»Du wolltest mich ausziehen«, erinnerte ihn Samuel nach einer Weile.

Richtig.

Sein Hemd war vollgesogen und klebte ihm an der Brust.

Laurens strich darüber, genoss die Konturen der Schuppen an seinen Handflächen. Wie ein verwunschenes Wesen aus einer uralten Sage saß Samuel vor ihm. Der nasse Stoff konnte sein Geheimnis nicht mehr verbergen. Die Schuppenhaut schillerte hindurch. Laurens befreite sie Knopf für Knopf. »Du bist das Schönste, was ich je gesehen habe.« Wie kitschig das klang. Dennoch wurde Laurens' Kehle eng.

Samuels Lippen legten sich behutsam auf seine. »Danke«, flüsterte er in den sanften Kuss.

»Für die Wahrheit?«

»Dafür, dass du bei mir bist.«

Laurens strich über Samuels Brauen, ließ seinen Finger über den Wangenknochen gleiten bis hinunter zum Mundwinkel. Er hob sich nicht an. Auch nicht, als er ihn küsste.

Samuel fing seine Hand ein, küsste die Fingerspitzen. »Ich muss dir etwas sagen.«

Warum sah er so traurig aus? »Willst du mir gestehen, dass ich aus deinem Leben verschwinden soll, weil dir meine permanente Anhänglichkeit lästig wird?« Ein Scherz. Weshalb lächelte er nicht?

Samuel senkte den Kopf. »Das wäre das Schlimmste, was du mir antun könntest.«

So leise. Dennoch hörte Laurens die Verzweiflung heraus. Er konnte sie nicht ertragen. Samuel sollte es gut gehen. Er hatte er verdient und Laurens dachte nicht im Traum daran, ihn jemals zu verlassen. Er fuhr mit den Händen unter das nasse Hemd, streichelte über den sehnigen Rücken, spürte die Menschen- und die Schlangenhaut.

Samuel seufzte, wirkte jedoch immer noch unglücklich.

Laurens setzte die Fingernägel an. Direkt über dem linken Schulterblatt.

Samuels Pupillen weiteten sich. Er atmete tief ein, fasste in Laurens' Nacken. »Ja«, wisperte er kaum hörbar.

Laurens kämpfte um Beherrschung. Samuels Hingabe raubte ihm den Verstand. Er kratzte heftiger über den bebenden Rücken.

Samuel keuchte auf, biss sich auf die Lippen. Keine Honig-Augen mehr. Was aus seinem Blick glühte, würde Laurens bis in alle Ewigkeit versengen.

Runter mit dem Sakko, weg mit dem Hemd! Laurens biss Samuel in die Schulter. Seine Zähne schrammten über die Schuppen.

Samuel stöhnte, klammerte sich an ihn. »Mehr!« Er legte sich zurück ins Wasser, wurde hilflos unter Laurens' Berührungen.

Laurens schob sich auf ihn, biss, kratzte fester.

»Mehr!« Samuel bäumte sich auf.

Laurens leckte über die längst erigierten Brustwarzen, liebkoste den auf- und abgleitenden Kehlkopf. Er führte Samuels Hände über den Kopf, drückte sie ins Wasser und hielt sie fest.

Das Grübchen am Hals, wo sich die ersten Schuppen bildeten. Laurens saugte die zarte Haut in seinen Mund.

Samuel bebte unter ihm, zerbiss sich die Lippen und unterdrückte den Laut, den Laurens hören wollte.

Er würde ihn bekommen. Gleich.

Samuels muskulöser Bauch verschwand im Hosenbund. Unter dem Stoff wölbte sich seine Erregung. Laurens rieb darüber. Es war zu wenig. Er wollte fühlen, wie die winzigen Hornplatten über seine Zunge glitten, wollte daran saugen, bis er Samuels Lust schmeckte.

Samuel stöhnte. »Hör nicht auf. Bitte.«

»Dann komm aus dem Wasser.«

Der Blick unter schweren Lidern hervor jagte Schauder über Laurens' Rücken.

»Was du auch vorhast, mach es schnell und mach es gut.« Er presste die Lippen auf Laurens', nahm hungrig seinen Mund.

Die Hände, die gierig in Laurens' Haar wühlten, die drängende Nähe ihrer Körper.

Laurens verlor sich. Trudelte mit flirrenden Nerven um ein pulsierendes Zentrum. Als Samuel von ihm abließ, rangen sie beide um Atem.

Er kletterte von Samuels Schoß, reichte ihm die Hand. »Komm mit.« Der Bootsschuppen. Einen besseren Platz gab es nicht. Dort wären sie ungestört, Samuel könnte sich anlehnen, während er ihn auf eine Art verwöhnte, wie er es noch nie zuvor getan hatte.

»Los, komm!« Warum wurde Samuel immer langsamer? Laurens zog ihn hinter sich her. Vor der Bretterwand blieb er stehen, drückte Samuel gegen das Holz. Er sank auf die Knie, leckte über die Schuppen, die im Hosenbund verschwanden.

Samuels Bauchmuskeln zogen sich zusammen. Er krümmte sich, keuchte.

Es klang nicht nach Lust. Es klang nach Angst. Entsetzlicher Angst.

»Samuel? Was ist?«

Er war blass. Starrte auf einen Punkt, der hinter Laurens zu liegen schien. »Nicht das.« Mühsam richtete er sich auf, fühlte dabei über die Lacksplitter der Holzwand. »Mach alles mit mir, was du willst, aber nicht das.« Sein Gesicht verlor jegliche Farbe. »Ich muss hier weg«, flüsterte er und eilte den Weg zurück zum Haus.

~*~

Gott, dieser verdammte Schuppen! David hatte ihn dagegen gedrückt. Der Schmerz krallte sich in seine Lenden. Er entsprang nur der Erinnerung, war nicht real, dennoch trieb er ihm die Tränen in die Augen. Bestimmt lag in Finleys Werkstatt eine Axt. Er würde den elenden Verschlag kurz und kleinschlagen.

Laurens rannte ihm nach. Seine nackten Füße quälten sich über die spitzen Steine. Er fluchte, wurde trotzdem schneller.

Am liebsten hätte ihn Samuel fortgeschickt. Er musste allein sein.

»Willst du darüber reden?« Laurens hopste auf einem Bein neben ihm her und wischte sich kleine Steine von der Fußsohle.

»Nein.«

»Lag es an mir? Habe ich mich zu dämlich angestellt?«

»Nein.« Konnte er die Hüpferei nicht bleiben lassen?

Endlich ließ er seinen Fuß in Ruhe und stellte sich ihm in den Weg. »Raus mit der Sprache. Reden hilft.«

»Ach ja? Dann sag du mir zuerst, weshalb du meinen Schwanz nicht in deinem Arsch ertragen kannst.« Scheiße! Gedanklich schlug er sich vor die Stirn, bis der Schädelknochen knirschte.

Die Hand, die ihn gerade berühren wollte, sank. »Was hat das denn damit zu tun?«

Nichts.

»Alles!«

Laurens wich zurück. »Du willst Gründe hören?«

»Ja. Will ich. Jeden einzelnen verdammten Grund, warum du mich jedes Mal vertröstest. Warum du vor Angst weiß im Gesicht wirst, warum du dich vor mir verkriechst.« Sein Herz schlug ihm vor Wut im Hals. Er war nicht David. Vor ihm musste sich niemand fürchten. Wann begriff das Laurens endlich?

»Das mache ich doch gar nicht.« Laurens hob ratlos die Hände. »Ich hab Schiss, klar. Aber ich verkrieche mich nicht vor dir, im Gegenteil. Schon wegen meines schlechten Gewissens komme ich in deinen Arm zurück, weil ich nicht will, dass du wütend auf mich bist.«

»Schwachsinn! Rede dich nicht raus!« Verdammt noch mal, wieso schrie er ihn an? Sein Herzrasen hatte mit Laurens nichts zu tun. Die Entschuldigung lag schwer wie Blei auf seiner Zunge. Er schluckte sie hinunter. Leider nahm sie das würgende Gefühl nicht mit, das ihm das Atmen unerträglich machte. *Sag was, Samuel. Sag was Nettes zu dem Mann, den du liebst.* Seine Lippen waren wie zugeklebt.

Laurens räusperte sich. Der Schreck stand ihm immer noch im Gesicht. »Okay, du bist sauer. Aber ich dachte, wenn ich dich in meinen Mund lasse, wäre es ein Schritt in die richtige Richtung. Ich wusste nicht, dass du es nicht magst, wenn ich dir …«

»Nicht mögen?«

Davids kaltes Lächeln, bevor es zwischen Samuels Beinen verschwand. Seine Gier, seine Brutalität, mit der er ihm Gefühle aufzwang, die Samuel längst nicht mehr empfinden konnte. David

71

hatte alle Grenzen überschritten. Samuels Flehen hatte ihn nur auflachen lassen.

Er hasste es. Und er hasste sich, dass er es zugelassen hatte.

Laurens trat einen Schritt näher, nahm seine Hände und zog sie ihm aus den Haaren.

Er hatte nicht gemerkt, dass sie sich dort hineingekrallt hatten.

»Ich habe vielleicht zu viel Respekt vor deinem großen und zu allem Überfluss auch noch schuppenbewehrten Schwanz. Eventuell spukt mir auch das eine oder andere Hindernis im Hirn herum. Aber im Augenblick hat nur einer von uns beiden Angst. Und das bist du. Vor was?«

Die Antwort wartete an der Bretterwand. Sie trug Davids Gesicht.

Laurens ließ den Kopf hängen. »Verstehe.«

Wohl kaum. Samuel verstand es selbst nicht. Hatte er David nicht verdrängt? Hatte ihn sein Bruder nicht irgendwo verscharrt? Im Moment fühlte es sich an, als ob David in ihm drinsteckte und wütete.

»Lass uns reingehen. Ich brauche Wärme, und ich brauche dich.« Laurens' kalte Finger schlangen sich um seine. »Und du brauchst mich auch, jedenfalls dann, wenn ich aufgetaut bin.«

Und wie er diesen Mann brauchte, dessen nasse Strähnen sich gerade in Rastalocken verwandelten. Aber nicht mit dem Kopf in seinem Schoß.

Finley weigerte sich hochzusehen, als sie an ihm vorbeigingen. Erin ließ sich auch nicht blicken. So konnten sie wenigstens ohne Vorwürfe das Seewasser tropfenweise im Treppenhaus verteilen.

Vor der Tür zu seinem Zimmer blieb Laurens stehen. Er legte den Finger in Samuels Halsgrübchen und strich langsam bis hinunter zum Bauchnabel. Auf Samuels menschlicher Hälfte stellten sich die Härchen auf.

»Wie oft hat es David mit dir gemacht?« Er sprach das Ungeheuerliche erschreckend gelassen aus. »Mit dem Mund, meine ich.«

»Warum fragst du?« Zu oft. Viel zu oft.

Laurens neigte den Kopf zur Seite, griff in Samuels Hosenbund und zog ihn dicht zu sich heran. »Weil ich denke, dass er dir einen seelischen Knacks geblasen hat. Da du im Gegensatz zu mir kein Problem mit dem Vögeln hast, muss es wohl an seiner miesen Saug-Technik gelegen haben.«

Samuel wartete auf ein Grinsen. Vergebens.

»Es wird Zeit für eine Rosskur. Für uns beide. Dieses ewige Geziere und Gezittere hört jetzt auf. Du bist zuerst dran.« Er öffnete die Tür, ging rückwärts durchs Zimmer, ohne Samuel loszulassen. »Gib mir nur diese eine Chance, und ich vertreibe die vielen Male mit David aus deinem Kopf, aus deiner Seele und woraus du sie sonst noch vertrieben haben willst.«

»Was ist mit dir?« Sein Stiefvater kroch auch in Laurens' Hirn herum. Pünktlich, wenn sie sich lieben wollten.

»Wie gesagt, erst du, dann ich.« Dieser Blick …

Samuel konnte ihm nicht ausweichen. Diese Entschlossenheit. Dieses … Begehren? Plötzlich stieß die Bettkante an seine Beine. Laurens drückte ihn auf die Matratze und kniete sich vor ihn. »Hintern hoch.« Er öffnete das Häkchen, zog den Reißverschluss nach unten.

Wie laut ein so leises Geräusch in der Stille sein konnte.

Samuel hob die Hüfte an, und Laurens streifte ihm die Hose mitsamt der Shorts hinunter.

Vor ihm kniete Laurens. Nicht David. Sein Herz schlug schnell, dabei war noch nichts geschehen. In der Luft glitzerten Staubkörner. Nur darauf konzentrierte er sich. Nicht auf Laurens' Liebkosungen, die an der Innenseite seiner Schenkel hinaufwanderten. Auch nicht auf die Finger, die zärtlich seine Spitze umkreisten.

Nur ein Kuss auf seine Lenden. Samuel krallte sich ins Laken. Es waren Laurens' sanfte Lippen. Kein Grund, die Nerven zu verlieren. Wieder ein Kuss. Eine warme, feuchte Zunge. Sie kostete die Schuppen, behutsam, zögernd. Sie tastete sich vor, tat das, was eben noch die Finger getan hatten. Es war Laurens, der den Mund öffnete. Es war Laurens, dessen Lippen er um sich fühlte.

Laurens ...

David, der ihn zu Boden drückte. David, der brutal seine Beine spreizte. David, der nicht aufhörte, ihn zu quälen. Der hemmungslos aufstöhnte, als Samuel schrie.

»Samuel! Mach die Augen auf!«

Unter ihm der nachtkalte Sand. Vor ihm hockte David, er geiferte vor Gier nach seinem Schmerz.

Weg von ihm. Warum ging es nicht? Warum konnte er nicht fliehen? Er stieß mit dem Rücken an die Bretterwand. Der Schuppen. Er fühlte die Holzsplitter, die abblätternde Farbe.

Jemand schüttelte ihn. Laurens. Laurens? Wo war David?

Tot.

Sein Zimmer, sein Freund, der ihn erschrocken anstarrte, sein trockener Mund. Und seine Angst, die zu langsam verging.

»Gestatten?« Laurens reichte ihm die Hand. »Mein Name ist Laurens Johannson. Ich bin der Mann, dem du das Leben gerettet hast, und der dich wie verrückt liebt. Wage es nicht noch einmal, David zu rufen, wenn ich deinen Schwanz im Mund habe.«

»Tut mir leid, ich dachte ...«

»Ich weiß, was du dachtest. Und ich will, dass du es nie wieder denkst.«

Samuel presste die Handballen gegen die Schläfen. Konnte man sich Visionen aus dem Hirn quetschen? Er hörte Davids Lachen, Davids Keuchen. Es ging nicht aus seinem Kopf.

~*~

Was für eine beschissene Idee! Er hatte Samuel helfen wollen, und nun war alles noch schlimmer. Laurens setzte sich neben ihn und nahm ihn in den Arm.

Samuel atmete laut aus, sah ihm in die Augen, sah weg.

Alles schrie nach einem sofortigen Abbruch.

»Ich mache dir einen Vorschlag. Du ziehst dich aus, wir kuscheln uns unter die Decke und verschlafen diesen Scheißtag, bis uns Erin wegen des Abendessens aus den Federn prügelt.«

Samuel machte keinerlei Anstalten, diesem Vorschlag zu folgen. Auch nicht, als Laurens die Decke aufschlug. Er blieb einfach sitzen und starrte geradeaus.

Gut, dann würde er ihm die Decke um die Schultern legen, dann fror er wenigstens nicht.

»Bleib hier.« Samuel griff nach seinem Arm.

»Ich wollte nicht weg. Ich wollte nur die Decke …« Gott, dieser hilflose Blick! »Vergiss die Decke.« Er kroch dicht an ihn heran, streichelte ihm über den Rücken. Wie konnte er ihn nur aus diesem Albtraum retten?

Samuel lehnte sich an ihn, schwieg. Nach einer gefühlten Ewigkeit atmete er tief ein. »Du wolltest David aus mir rausholen. Mach das.« Er nahm Laurens' Hand und legte sie sich auf die Brust. »Ich habe wirklich keine Lust mehr auf diesen Bastard.«

Was auch immer in Samuels verschatteten Augen lauerte, Laurens wollte es nicht deuten.

»Und wenn wir es morgen versuchen? Du hast eben ausgesehen, wie frisch aus der Hölle gekrochen.« Da mussten sie keinen draufsetzen.

Samuel streichelte mit dem Daumen über Laurens' Finger, die er immer noch an sich gedrückt hielt. »Ich frage mich die ganze Zeit, warum ich mich nicht gewehrt habe.«

Anscheinend hatte er ihm nicht zugehört. Laurens räusperte sich. »Davids Jagdgewehr ist ein überzeugendes Argument fürs Stillhalten.« Mit einem Gewehrlauf vor der Nase dachte es sich nicht rational. Er wusste das am besten.

Samuel schüttelte den Kopf. »David brachte mich dazu, um den Schmerz und die Lust zu bitten.« Er ließ Laurens' Hand los. Sie rutschte über seinen Bauch bis in seinen Schoß.

»Dann ist das Bitten um mehr während wir uns lieben ein David-Ding?« Samuel ließ ihn jedes Mal bitten, bevor er ihn erlöste.

Samuel starrte ihn entgeistert an, dann schlug er die Hände vors Gesicht. »Scheiße. Ich bin vermurkster, als ich dachte.« Wie ein Häufchen Elend hockte er auf der Bettkante. »Tut mir leid. Ich zwing dir das nie wieder auf.«

»Doch, mach nur.« Es war erregend, kurz davor um den Rausch zu flehen. Und es war noch erregender, ihn noch eine kleine Weile vorenthalten zu bekommen. Außerdem bat Samuel auch, mit einer Stimme, die nach Rauch und Samt gleichzeitig klang.

Unter Laurens' Fingern regte es sich. Hatte er Samuel die ganze Zeit dort gestreichelt?

Samuels kleines Lächeln war wie der erste Sonnenstrahl nach einem Unwetter. »Du hast vorhin von einer Rosskur geredet.«

»Ja, aber ...«

Samuel nahm zärtlich Laurens' Gesicht in die Hände. »Bitte führe mich dadurch.«

»Durch die Angst?«

Samuel nickte. »Saug mir diesen Mistkerl aus.«

Wow. Zwei harte Schläge, dann ein fröhliches Traben. Laurens' Herz schwoll auf die doppelte Größe an.

Als sich Samuel zu ihm neigte und sich ihre Lippen berührten, legte sein Herz noch einen Zahn zu. Er würde ihn befreien. Aus einem dunklen Turm, der von einem abgrundtief bösen Zauberer bewacht wurde. Seine Hände tauchten in schwarze Haare, seine

Zunge streichelte über sehnsüchtige Lippen. Samuel hielt ganz still, hatte die Lider geschlossen. Nur an dem leisen Seufzen merkte Laurens, dass er die Liebkosungen genoss.

Laurens drückte ihn zurück, bis er ausgestreckt auf dem Bett lag.

Wenn sie es jetzt nicht schafften, Davids Dunkelheit zu entrinnen, dann nie.

Er küsste Samuels Lider. »Lass deine Augen zu und nimm meine Hand. Wenn es nicht mehr geht, drückst du und ich höre auf.«

Samuels Linke wanderte aus Laurens' Haaren über seine Wange, über seinen Arm bis hinunter zur Hand.

Laurens hielt sie fest.

~*~

Zartes Streicheln an seinen Schenkeln. Küsse auf seinem Bauch. Und die ganze Zeit ihre ineinander verschlungenen Finger. So ging es, so war es gut.

Laurens' warmer Atem streifte immer kleineren Schuppen. Seine feuchten Lippen umschlossen Samuels Erregung, ließen sie wachsen.

Kein Schmerz. Nicht von dem Mann, den er mehr liebte als alles andere auf der Welt. Kein Aufzwingen von Lust, keine Qual, die zu spät zu Ekstase wurde.

Laurens führte ihn. Langsam, behutsam. Ließ ihm Zeit, den Weg dahin zu genießen.

David kroch zwischen sie. Bedrohte den Moment. Sein zur Fratze verzerrtes Gesicht bleckte die Zähne.

Samuels Hand zuckte in Laurens'.

Laurens hielt inne, streichelte die sich verkrampfenden Finger, küsste über den Puls des Handgelenks. »Ich heiße immer noch Laurens Johannson.«

Lange Haare, weich zwischen seinen Fingern. Laurens' vertraute Stimme, die ihm ins Ohr flüsterte, dass alles gut war, dass die Schuppen zwar an seiner Zunge kitzelten, dass es aber ein echt erregendes Gefühl wäre. Außerdem würde sein Schwanz lecker riechen, ob er mal beißen dürfte.

Ihr gemeinsames Lachen, das sich leise in ihre Herzen schlich und Davids Silhouette zum Zittern brachte. Sie dünnte aus, verschwand hinter Laurens' gewisperten Worten.

Liebe. Überall um ihn. Liebe, die nach ihnen beiden schmeckte, als Laurens ihn küsste. Die seine Kehle entlangwanderte, seine Brustwarzen umkreiste. Liebe, die über große Schuppen leckte, dann über immer kleinere. Bis sie ihn verschlang.

~*~

Er hatte es geschafft. Samuel wand sich vor Lust. Gut, dass Laurens nicht an sich hinuntersehen konnte. Der Anblick seiner eigenen Erregung hätte ihm den letzten Rest Beherrschung geraubt.

»Tiefer!« Samuel bäumte sich auf, umklammerte Laurens' Hand fest, als wäre sie der einzige Halt in seinem Leben. »Nimm mich tiefer in deinen Mund.«

Die rau gekeuchten Worte, Samuels Griff in seinem Haar. Es gab nichts Sinnlicheres, als ihn hier zwischen seinen Beinen gutzutun. Laurens blies auf heiße, nasse Haut, wartete, verwöhnte ihn wieder, blies erneut. In seinem Mund, unter seinen Händen, überall zitterte Samuels Lust. Sie wollte hinaus, aber er blieb sanft. Bis es nicht mehr ging.

Samuel stöhnte heiser auf, flutete Laurens' Mund mit bittersüßer Ekstase.

Laurens schluckte, saugte behutsam an der zarten Spitze, schluckte ein zweites Mal. *Ich liebe dich, Samuel. Dafür, dass du dich mir anvertraut hast, und dafür, dass ich das jetzt jederzeit mit dir machen kann.*

Was für eine fantastische Vorstellung. Er schmiegte sich an Samuels Lenden, die unter dem Nachbeben vibrierten. All diese kleinen Schuppen. Er streichelte sie und verteilte den Rest seines Speichels.

»Komm hoch.« Samuel zog ihn auf sich. Er klang völlig atemlos. Geschlossene Lider, den Mund leicht geöffnet.

Laurens zeichnete die Kontur mit dem Finger nach, bis Samuel lächelte. »Hey Monster-Geliebter. Weißt du, wie sexy du aussiehst, direkt nach einem Welten erschütternden Orgasmus?«

Samuel schüttelte den Kopf. »Habe nie danach in einen Spiegel gesehen.«

»Das ist ein Fehler.« Laurens küsste über die breite Brust. Die Schuppenhaut dehnte sich, kratzte an seinen Lippen, die nicht aufhören konnten, vor Stolz zu grinsen. Diese absolute Ekstase hatte Samuel ihm zu verdanken. Doch seine eigenen Nerven flatterten ebenfalls. Samuels Lust hatte ihn überrollt wie eine Lawine.

»Und?« Samuel hob den Kopf und grinste. »Wie war's für dich?«

»Hm …« Er prüfte den Rest von Samuels Aroma im Mund. »Männlich herb im Vordergrund mit einer leicht bitteren Note im Abgang. Insgesamt hundertprozentig überzeugend.«

Samuel lachte erschöpft und ließ sich zurücksinken. »Dann habe ich dich wenigstens nicht enttäuscht.« Er schlang die Arme um ihn und drückte ihn an sich. »Oh Mann, ist mir schwindelig.«

»Zu schnell geatmet?«

»Worauf du wetten kannst.«

»Fixiere einen Punkt im Zimmer, das hilft.«

»Klugscheißer«, flüsterte es aus dem Mund, der immer noch um Küsse bettelte. »Ich halte das Zentrum meines Lebens im Arm. Was macht es schon, wenn sich der Rest der Welt dreht?«

~*~

79

Selbstverständlich wäre es möglich, einen späten Termin zu bekommen. Seinen letzten Patienten hätte er um siebzehn Uhr. Eine Stunde später könnte er vorbeikommen. Wäre ihm das recht? Ja, sicher wäre dann die Praxis leer. Bis auf sie beide natürlich, ha, ha. Nein, nach Sonnenuntergang ginge es nun wirklich nicht. Außerdem wüsste er, dass in einer Stadt wie London die Lichter niemals erloschen, oder? Aber im Ernst. Parkplätze gäbe es direkt am Haus und bestimmt besäße ein junger Mann wie er einen Kapuzenpullover, der sich etwas weiter ins Gesicht ziehen ließ. Nein, keine Sorge. Irgendwas ginge immer. Und wenn Haut vom Gesäß transplantiert werden müsste. Dort käme es ja nicht so sehr auf Makellosigkeit an, was? Doch? Nun ja. Anzahlung? Raten? Er wäre kein Bankinstitut, sondern ein Schönheitschirurg. Ach, so verzweifelt, ja? Na dann. Auch dieses kleine Problemchen würde sich lösen lassen. Ja, da wäre er zuversichtlich. Bis später.

Das Telefonat mit Dr. Baxter hätte schlechter laufen können. Er schien ein netter Kerl zu sein. Musste er wahrscheinlich in diesem Job. Lauter zerstörte Existenzen, denen er neue Gesichter schuf.

Tom wollte kein Neues. Das Alte war völlig ausreichend.

Mit tief in die Stirn gezogener Basecap hatte er sein Konto geplündert. Fünfhundert Pfund. Mehr ging nicht. Als Anzahlung musste das Baxter genügen. Und dann? Doch bei den Eltern um finanzielle Hilfe betteln? Baxter hatte ihm die Geschichte mit dem Hundebiss geglaubt. Sicher würden es seine Eltern auch.

Vor der Praxis gab es keinen Parkplatz. Verfluchter Mist! Also noch eine Runde um den Block. Am Eingang Finch Lane fand er eine Lücke. Er parkte den Wagen, stieg aber nicht aus.

Was für eine elendig schmale Straße. Wenn ihm dort jemand entgegenkäme, wäre er nah genug, um sein Gesicht zu sehen. Andererseits warfen die Häuser ihre Schatten auf den Gehweg.

Zögern half nichts. Er musste zu dieser Praxis und der kürzeste Weg führte hierdurch.

Tom wartete, bis kein Fußgänger in der Nähe war, bevor er ausstieg. Nur ein paar Schritte und er verschwand zwischen den Häuserwänden.

Eine Frau kam aus einer Seitengasse. Tom ging schneller. Als er mit ihr auf einer Höhe war, wandte er sich ab. Sie eilte vorbei.

Gleich hatte er es geschafft. Ein helles Gebäude mit einem Bogeneingang und einer altertümlichen Eisentür erschien vor ihm. Das musste es sein. Noch einmal tief einatmen, Mütze tief in die Stirn und beten, dass er die Straße zügig überqueren konnte.

Ein Auto hupte, dann noch eins. Tom wich einem Radfahrer aus. Endlich stand er vor der Tür, die eher zu einer Burg als zu einem Bürohaus gepasst hätte.

Schwitzende Hände, wacklige Knie, aber er war da.

Das Messingschild verwies in den zweiten Stock. Eine Reihe Behandlungsmethoden wurden aufgeführt, Lasern, Dermabrasion, Peelen.

Wusste Baxter, was ihn erwartete? Tom wollte sich keine Hängelider richten lassen, er brauchte ein Gesicht, das andere nicht zum Ausspeien nötigte.

Aus dem Lloyds Building gegenüber kam ein Mann in Poloshirt und mit Rucksack auf dem Rücken. Neben ihm ging ein Junge. Sie waren noch weit genug weg.

Tom drückte gegen die Tür, sie rührte sich nicht.

Die beiden näherten sich.

Er schlug auf den Klingelknopf ein. Keine Panik, Baxter hatte gesagt, dass der Termin nach seiner Sprechzeit lag. Wahrscheinlich hatte jemand beschissen Beflissenes in einem kranken Anfall von Sicherheitsbedürfnis abgeschlossen.

Sicherheit. Es gab sie nicht. Wusste das niemand außer ihm?

Die Schritte wurden lauter. Tom klingelte wieder. Nichts geschah. *Herrgott noch mal!* Auf dem Namensschild über der Praxis stand J. Baxter. Seine Privatwohnung? Tom klingelte auch dort.

»Dad, guck dir den Typen an!«

Mistbalg. Geh weiter.

»Ey, der hat voll die fiese Fratze! Das totale Pizza-Face!«

»Quentin, bitte! Nicht so laut, das kränkt den armen Jungen.«

Mach auf, mach bitte, bitte endlich auf!

»Igitt, dem läuft beim Essen bestimmt der Sabber aus dem Mund. Wie dem Zombie aus …«

Der Summer. Gott sei Dank. Tom flüchtete vor der Kinderstimme, die ihm die Wahrheit ins Hirn ätzte. Das hier war nicht sein Leben. Niemals. Sein Leben war leicht, heiter. Es spielte sich in Klubs und Hörsälen ab.

Dann war Samuel gekommen und hatte es ihm entrissen.

Tom presste die Stirn an die Glasfläche der Windfangtür. Konnte Hass einen von innen zerfressen? Der Junge da draußen hielt ihn für ein Monster. Aber das war er nicht. Samuel war es. Warum hatte ihn James nicht einfach erschossen? Weshalb dieses Spielchen mit Laurens? Er hatte sich bestens in diesem Käfig gemacht.

Oben klappte eine Tür. Tom atmete tief durch. Er würde jetzt da hochgehen und sich die Visage richten lassen. Egal, wie viel es kostete.

Dr. Baxter wartete mit freundlichem Lächeln, bis Tom vor ihm stand. Er war kaum größer als er, hatte Hängeschultern und einen Bauchansatz. »Schön, dass Sie den Weg zu mir auf sich genommen haben.« Er lächelte noch eine Spur breiter und streckte Tom die Hand hin. Sie war weich wie sein Händedruck. »Kommen Sie herein. Darf ich Ihnen einen Tee anbieten? Dann redet es sich leichter.«

Mitleid. Bei jedem Wort schwang es mit. Tom sparte sich ein Lächeln. Zum Heucheln konnte er sich nicht aufraffen und so wie Baxter ihn ansah, erwartete er es auch nicht.

Moderne Sterilität in Weiß und Metall. Die Praxis war geschmackvoll, aber unpersönlich eingerichtet. Außer ihnen schien niemand hier zu sein. Der Empfangsschalter war unbesetzt.

Baxter lotste ihn in ein Besprechungszimmer und wies auf eine Sitzecke. »Mit meinen Aushängeschildern haben Sie sich bereits vertraut gemacht?« Er nickte zu einem Prospektfächer auf dem Tisch. »Mein Kollege bringt sie unters Volk. Werbung schadet nie.« Sein Blick fiel auf den Bildschirm eines Computers. Plötzlich wurde Baxter rot, eilte zum Schreibtisch und klickte das Bild weg. Seine schlaffen Wangen bebten, als er sich wieder Tom zuwandte. »Ich hole uns erst einmal einen Tee, und Sie entspannen sich ein wenig.« Der Seitenblick, den er Tom zuwarf, wirkte gehetzt und beim Hinausgehen tupfte sich Baxter die Stirn mit einem Taschentuch.

Tom wartete, bis er keine Schritte mehr hörte und ging zum Schreibtisch. Was immer Baxter weggeklickt hatte, war ihm peinlich gewesen.

Er öffnete die Chronik und rief den obersten Link auf. Zwei Männer fickten einen Dritten. Der eine nahm sich den Arsch, der andere den Mund vor. Verdammt, war das Gekeuche laut.

Er regelte die Lautstärke nach unten.

Was für ein geiles Video. Kein Wunder, dass Baxter rot angelaufen war und fluchtartig den Raum verlassen hatte. Er musste sich wahrscheinlich in der Teeküche beruhigen. Oder sich einen runterholen. Der Mann, an dem alles weich zu sein schien, stand auf harte Jungs und noch härteren Sex.

Draußen klapperte Geschirr. Tom klickte das Video weg und setzte sich zurück auf seinen Platz.

Wieder huschte ein mitfühlendes Lächeln über Baxters Gesicht, als er mit einem Tablett das Zimmer betrat. Würde sein Doppelkinn im Takt seiner Hand mitschlackern, wenn er wichste?

Tom schüttelte es.

»Ist Ihnen zu kalt?«, fragte Baxter besorgt. »Ein Tee wird Sie wärmen.«

»Ich will keinen Tee.« Tom biss sich auf die Lippen. Er durfte nicht unverschämt wirken. Er wollte etwas von diesem Mann, also musste er ihn bei Laune halten und jetzt wusste er auch, wie. Tom schlug die Augen nieder. Hoffentlich wirkte er demütig und schützenswert. »Ich möchte dieses Gespräch einfach nur schnell hinter mich bringen. Im Moment fühle ich mich in meinen eigenen vier Wänden am sichersten. Ich hoffe, Sie versehen das.«

»Natürlich.« Mit leisem Schnaufen stellte der Arzt eine Tasse vor Tom, tätschelte dabei seine Hand. »Ich sehen, Sie waren ein sehr hübscher, junger Mann. Ich bin sicher, dass ich Ihnen helfen kann, wenigstens einen Teil ihrer beneidenswerten Attraktivität zurückzuerlangen.«

Lag da Sehnsucht in seinem Blick? Die Art, wie er den Kopf neigte, wie er mit einem gewissen Glanz in den Augen Toms linke Gesichtshälfte musterte.

Tom lächelte, wandte sich weiter rechts.

Der Glanz in Baxters Augen nahm zu. Er fuhr sich über den Mund, seufzte tiefer. »Ich liebe die Schönheit, sonst würde ich diesen Beruf nicht ausüben. Aber Ihr Fall fordert mich geradezu heraus.«

»Sie können sich nicht vorstellen, wie erleichtert ich war, als ich von ihrer Kunst gehört habe.« Noch ein bittender Augenaufschlag, noch ein leichtes Zittern in die Stimme zwingen. Hing Baxter am Haken? Was Tom eben im Video gesehen hatte, bekam er ebenfalls hin. Unter der Fuchtel seines Onkels hatte er sich zu einigem durchringen müssen.

»Ich habe nicht mehr zu hoffen gewagt, dass mir noch jemand helfen könnte. Wenn Sie wüssten, wie demütigend mein Leben ist, nachdem mich dieser Hund angefallen hat. Überall begegnen mir Spott und Hohn. Oder übertriebenes Mitgefühl, was noch viel furchtbarer für mich ist.« Er schlug die Hände vors Gesicht und wartete einen Moment, bevor er weitersprach. Das kam dramatischer. »Ich habe unzählige Male mit dem Gedanken gespielt, meinem Dasein ein Ende zu setzen.«

»Tom!« Der Stuhl knarrte, als sich Baxter aus ihm hievte, um sich vor Tom zu hocken. »Ich darf Sie doch Tom nennen?«

Tom nickte langsam.

Baxter legte eine Hand auf Toms Knie, bewegte sie leicht hin und her.

Sollte das ein Streicheln sein? Wenn er es geschickt anstellte, sparte er sich vielleicht sogar die fünfhundert Pfund.

Die Geldscheine knisterten, als er sie aus der Jackentasche zog. »Das ist alles, was ich im Moment besorgen konnte. Genügt es Ihnen als Anzahlung?«

Baxter warf einen flüchtigen Blick auf die Scheine und zuckte mit der Braue. Es reichte nicht. Natürlich nicht. Ein Mann wie er erhielt sicher für einfaches Wimpernzupfen schon so viel.

»Sie sprachen am Telefon bereits davon, Ratenzahlungen vorzuziehen. Doch ich muss Ihnen sagen, eine Behandlung Ihres Problems ist sehr langwierig, erfordert größtmögliche Sorgfalt. Mit einer Operation ist es nicht getan.« Sein Räuspern klang bedauernd, aber dennoch nach Verhandlungswillen.

Die Vorstellung, dass dieser Schwamm ihn keuchend und schwitzend ritt, stellte Tom die Härchen auf. Ficken für einen höheren Zweck? Warum nicht? Hauptsache, er bekam sein Gesicht zurück. Plötzlich verlor der Gedanke alles Abschreckende. Was war schlecht daran, unter den Fittichen eines Gönners zu stehen? James hatte von ihm nicht genug bekommen können. Baxter war sicher nur halb so anspruchsvoll. Gelang es ihm, Baxter süchtig nach seinen Zuwendungen werden zu lassen, war er gerettet. Und wenn Baxter sein Angebot empört ablehnte, konnte er immer noch den verzweifelten Jungen spielen, der in seiner Not vor nichts zurückschreckte. Letztendlich war es kein Spiel.

Zum Test spreizte er die Beine. Seine Jeans saß eng. Was sie bedeckte, konnte sich sehen lassen.

Baxters Blick wanderte sofort dorthin. Seine Miene verzog sich in einer Mischung aus Qual und Sehnsucht. »So schön«, murmelte er. Dann räusperte er sich laut und wollte sich erheben doch Tom legte seine Hand auf die des Mannes.

»Mein Onkel hat viele schlimme Dinge mit mir gemacht.« Das Zittern in der Stimme gelang ihm besser als beim ersten Mal. Wohl auch, weil er nicht log. James war oft genug ein Schwein gewesen.

Baxters Pupillen weiteten sich. Mitleid? Vielleicht. Aber auch Gier.

Tom führte die Hand auf seinem Schenkel weiter nach oben. »Ich wäre bereit, für Sie freiwillig das zu sein, was ich für meinen Onkel sein musste. Ein Studium ist teuer. Mir blieb nichts anderes übrig, als ihm zu Diensten zu sein.« Seufzend senkte er den Blick. Laut und deutlich hörte er Baxter schlucken. Tom manövrierte die mittlerweile feuchte Hand bis zu seinem Schritt und schloss die Augen. Er war lange nicht mehr dort berührt worden. Wenn er sein Kopfkino anschmiss, würde er hart werden.

Zuerst strich Baxter zögernd über die Beule. Dann rieb er fester.

Tom lehnte sich zurück. Baxter sollte Platz zum Austoben haben.

»Vergiss dein Geld, Tom.« Atemlos, wie er war, besaß seine Stimme kaum noch Substanz. »Zahle in Raten. Fang jetzt damit an.« Er drückte sein breites Gesicht in Toms Schoß, biss ihn durch die Jeans in die beginnende Erektion. Verdammt, hatte der es nötig. Tom verkniff sich ein Grinsen. Die Rolle des leidenden Jungen, der sich für seine Schönheit prostituierte, gefiel ihm. Er würde ihr treu bleiben. Außerdem stellte sich Baxter nicht dumm an. Seine Bisse erregten ihn. Hatte er das auch aus einem Video abgeschaut?

Toms Stöhnen war echt. Schwammig oder nicht, Baxter musste ihn vögeln. Er zerrte seine Kleidung von sich, präsentiert seinen harten Schwanz. »Gefällt er dir?«

Baxters Blick wurde glasig. »Ja. Oh ja. Doch ich bin Arzt. Hygiene ist mir wichtig.«

»Wo kann ich mich waschen?« Hoffentlich vögelte der Kerl ihn nicht mit Gummihandschuhen. »Oder willst du mir einen Einlauf machen?«

Der Moment des Nachdenkens währte zu lange. Baxter zog es tatsächlich in Erwägung.

»Nein, eine Dusche genügt. Komm mit.« Er ging voraus, warf jedoch immer wieder einen sehnsüchtigen Blick über die Schulter.

Hinter einer Tür mit der Aufschrift privat befand sich eine Art Ruhezimmer mit Couch, Teeküche und einer weiteren Tür. Baxter öffnete sie. Dusche, Toilette, BD.

»Ich würde dir gerne dabei zusehen.« Seine Stimme bebte.

»Gern.« Tom hauchte ihm einen Kuss auf die nach Rasierwasser duftende Wange. Sie gab nach wie ein zu kurz gekühlter Wackelpudding.

Tom stieg in die Kabine, schloss die Glastür hinter sich.

Baxter starrte durch die Scheibe.

An der Wand hing ein Spender mit medizinischer Seife.

Tom drehte das Wasser auf und schäumte sich ein. Schön langsam und sinnlich.

Sein Zuschauer leckte sich die Lippen, sein Blick glitt mit Toms Händen zusammen über den nassen Körper. Als die Scheibe beschlug, stellte er sich direkt davor, rieb sich im Schritt.

Tom drückte die Kabinentür auf. Wenn Baxter nichts erkennen konnte, lohnte sich die Showeinlage nicht.

Er präsentierte seinen halbsteifen Schwanz auf der Handfläche. »Willst du zusehen, wie es aus ihm herausspritzt?«

Baxter nickte wie in Trance.

Ausgiebig verteilte Tom den Schaum auch auf seinen Schenkeln, auf seinem Bauch, fuhr sich zwischen die Beine und glitt immer wieder über die härter werdende Erektion.

Baxter biss sich auf die Lippe, trat näher und schien nicht zu merken, dass das Duschwasser seine Kleidung besprenkelte.

Seine Geilheit war der beste Ansporn. Wann hatte ein unattraktiver Mann wie Baxter das letzte Mal so eine Show genossen? Wahrscheinlich nie. Wenn das hier vorbei war, fraß er ihm aus der Hand. Der Gedanke verstärkte das Ziehen in Toms Lenden. Er rieb sich, seine Spitze glänzte rot aus dem weißen Schaum. Noch ein wenig, und Baxter würde sabbern.

Er duschte sich einhändig die Seife vom Körper, während er es sich mit der anderen weiter besorgte.

Baxters Blick glühte. Als es in Toms Faust zuckte, öffnete er die Lippen weit genug, um den Schwanz mühelos in den Mund nehmen zu können. Doch er ging nicht auf die Knie, fuhr sich nur fahrig durchs Haar.

Tom rieb sich wild, schnellte mit dem Becken nach vorn und drückte dabei die Spitze an der Seitenwand platt. *Los, sieh hin. Das inszeniere ich nur für dich!*

Endlich. Baxter trat einen Schritt zur Seite, legte die Hände aufs Glas und ging langsam in die Knie. Er presste den Mund an die Scheibe, leckte über die kalte Fläche, hinter der Toms Lust kurz vorm Explodieren stand.

Widerlich. Und erregend, entsetzlich erregend, Baxter dort knien zu sehen. Warum blies er ihm keinen? Weshalb zog er ihn nicht aus der Dusche und vögelte ihn? Anscheinend wollte er die Illusion. Die sollte er haben. Tom stützte sich ab, war grob zu sich. Gefiel ihm das? Und ob. Baxter leckte wie ein Besessener.

Als Tom an die Scheibe spritzte, stöhnte Baxter lauter als er. Selbst durch das Wasserrauschen war es zu hören. Gierig glitt seine

Zunge über die am Glas hinabrinnende Flüssigkeit, ohne sie aufhalten zu können.

Baxter würde darum betteln, ihn ficken zu dürfen. Vielleicht bezahlte er ihn irgendwann sogar dafür. Nicht nur mit den Operationen, auch mit Geld. Ein Kinderspiel.

~*~

Ununterbrochen das Telefon anzustarren brachte nichts. Warum meldete sich Guido nicht? Er hatte Klaus aus der Leitung geschmissen, nachdem er ihn zum fünften Mal in Folge angerufen hatte.

Klaus seufzte. Die Sache wuchs ihm schon jetzt über den Kopf. Außerdem kränkte Guidos Verhalten seinen Stolz. Bis auf das Haus, sein verwaistes Bett, einen leeren Garten und Lungenkrebs besaß er sonst nichts mehr.

Guido hatte versprochen, sich zu melden. Warum zum Teufel tat er es dann nicht? Klaus blätterte in Hendriks Aufzeichnungen. Mittlerweile kannte er jede verdammte Zeile.

Schlangenhaut. Und diese Bilder dazu. Bei dem Video hatte er Herzrasen und einen scheußlichen Hustenanfall bekommen. Zu viel Aufregung, zu viel Leid, das konnte er nicht mehr verkraften.

Seine Finger tanzten stockend um die Notfallschachtel Zigaretten. Nein. Es musste ohne gehen. Wenigstens wollte er lange genug leben, um dieses Rätsel zu lösen. Rätsel waren gut, lenkten von dem eigenen Tod ab, der längst vor seiner Haustür stand und bloß noch nicht den dürren Finger auf den Klingelknopf gedrückt hatte.

Das scharfe ‚Rrrring‘ bohrte sich durch jede Nervenbahn, die noch nicht von Teer durchsetzt war.

»Guido? Rede!«

»Mir ist schlecht. Wenn ich den Mund aufmache, muss ich kotzen.«

89

»Reiß dich zusammen, ich sterbe und spreche trotzdem.«

Am anderen Ende hustete und röchelte es, dabei war er es, dem der Krebs über die verklebten Lungenbläschen kroch.

»Die DNA der oberen Hornschichten ähnelt der einer Aipysurus laevis. Aber nur entfernt.«

»Bitte?«

»Einer Riffschlangenart.«

»Sag das doch gleich.«

»Die Dinger sind beige, aber Scheiß auf die Farbe. Kann auch sein, dass ich total daneben liege, denn es kommt noch heftiger. Das Programm zeigt mir zusätzliche DNA-Sequenzen an, die ich bisher nie gesehen habe.« Schnarrend holte Guido Luft, eine Fähigkeit, um die ihn Klaus beneidete. »Und jetzt der Hammer. Die unteren Hautschichten, also die, auf denen die Schuppen aufsitzen, weisen menschliche DNA auf. Woher, zum Henker, hast du diese Probe? Das dürfte es nicht geben, nie, nirgends, unter keinen Umständen.«

Ein eklig schmieriger Schweißfilm bildete sich auf Klaus' Stirn. So vorsichtig wie möglich atmete er ein. Und hustete.

»Stirb später. Ich will wissen, was das hier ist!«, fauchte Guido wenig rücksichtsvoll. »Mir schlottern die Knie. Vor meinen inneren Augen sehe ich Sphinxen und Drachen und die Midgardschlange kam auch vorbei.«

»Die Probe stammt aus Schottland.« Der Rest des Hustenanfalls landete im Taschentuch. Inklusive roter Sprenkel. »Loch Morar. Sagt dir das was?«

Das pfeifende Geräusch kam diesmal zum Glück nicht aus seiner Lunge.

»Ich glaub's nicht«, hauchte Guido in den Hörer. »Wir haben ein Stück von Nessis Verwandtem im Röhrchen.«

War es normal, dass Klaus' Finger kälter wurden, als sie ohnehin schon waren? Dass sich der Schreibtisch nicht entschließen konnte, ruhig zu stehen? Hendrik hatte etwas gefunden. Der Mann auf dem

Video, der Tote auf dem Felsen, alles war real. Hendrik hatte etwas am Haken gehabt. Etwas Großes. »Ich will deine Ergebnisse.«

»Die Endgültigen brauchen noch ein bisschen, aber was ich bis jetzt habe, ist dein.« Guido räusperte sich. »Von was stammt die Probe?«

»Kann ich dir nicht sagen. Noch nicht.«

»Ist an das Ausgangsmaterial ranzukommen?«

Der Mann auf dem Video musste nicht tot sein, nur weil ihm ein Stümper einen Hautfetzen herausgeschnitten hatte.

»Vielleicht lebt das *Ausgangsmaterial* noch.«

Guido schnappte nach Luft. »Ich sage nur eins: Stammzellenentnahme.«

»Hast du einen Vogel?«

»Da gibt es Japaner, die können adulte Zellen in den embryonalen Zustand zurückversetzen. Steckt alles noch in den Kinderschuhen, aber stell dir vor, wir würden es schaffen, das Objekt zu klonen.«

Nein, der Telefonhörer würde Klaus nicht aus der Hand fallen. »Das Objekt ist kein Schaf. Und es heißt auch nicht Dolly.« Es hieß Samuel Mac Laman und war für einen genetischen Unfall erstaunlich attraktiv.

»Ich habe DNA isoliert, Klaus.« Guido atmete lauter, als er sprach. »Im Moment bin ich dabei, Mäuseeizellen damit zu präparieren.«

Pause. Hatte es ihm die Sprache verschlagen?

Am anderen Ende seufzte es tief. »Schon gut, du musst mir für meine Genialität und Weitsicht nicht danken.«

»Mach ich auch nicht. Wie lange muss ich auf was Elementares warten? Mir wird die Zeit knapp, wie du weißt.«

»Halte vier Monate durch.«

»Geht nicht.«

»Drei?«

»Mal sehen.«

»Okay.« Guidos Seufzen klang halbwegs erleichtert. »Kann sein, dass das alles Schwachsinn ist, was ich probiere, und vielleicht zeigt sich erst etwas, wenn das Fell wächst. Außerdem ist die Probe Mist. Ich bräuchte frisches Material. Blut.«

»Hab ich nicht.«

»Dann bete, dass das eingelegte Zeug reicht und iss brav dein Gemüse und schluck deine Tabletten.«

»Gut.« Saftsack. »Kein Wort zu irgendjemandem.« Klaus legte auf, bevor sein Kopf auf den Tisch fiel. Zeit. Genau die fehlte ihm. Doch er hatte Sabine.

Mit bemüht nicht-mitleidigem Lächeln kam sie nach dem ersten Klingeln in sein Büro.

»Sabine, ich brauche eine Telefonnummer aus Morar. Der Mann heißt Samuel Mac Laman.« Irgendwo hatte Hendrik die Adresse des Hotels notiert. Das Anwesen, das er in seinen Aufzeichnungen erwähnt hatte, musste in der Nähe sein. »Sagen Sie, Sie würden eine Volkszählung machen oder Wein verkaufen oder sonst etwas. Aber ich muss wissen, wo Mac Laman steckt.« Immer vorausgesetzt, dass er noch lebte.

Er scheuchte Sabine ins Sekretariat zurück und wählte ein weiteres Mal Guidos Nummer. »Ich verschaffe dir Proben, doch du spielst weiter herum mit dem, was du hast. Überzeuge mich, etwas Großem auf der Spur zu sein.«

»Angst vorm Tod?«

Bevor er antworten konnte, musste er warten, bis sich der Hustenkrampf gelöst hatte. »Ja.«

~*~

Musste Ians Konterfei permanent auf dem Display aufleuchten? Raven drehte das Handy herum. Der Klingelton wurde dumpfer, nervte jedoch umso mehr.

Ian rief wegen David an. Um das zu wissen, brauchte er das Gespräch nicht annehmen. Selbst Ian in seiner grenzenlosen Blauäugigkeit würde bemerkt haben, dass es ungewöhnlich war, wenn der Vater auf keine einzige Mail oder SMS reagierte.

Was sollte er ihm sagen? *Hey Kleiner, freut mich, von dir zu hören. Übrigens: Dein Daddy ist tot. Sorry aber ich habe mich nicht bremsen können. Ach warte! Stimmt ja nicht. Noch lebt er, aber glaub mir, du willst ihn jetzt nicht sehen. Nein, mach dir keine Gedanken, du musst nicht kommen, ich krieg das hin.*

Das Widerliche war, dass er es nicht hinbekam.

Raven trat das Handy weg. Es schlitterte quer durch den Flur, knallte an den Schirmständer, der Akku flog heraus. Hoffentlich hatte er nun endlich Ruhe vor Ian.

Wenn David morgen noch lebte, würde er ihn erschießen. Yieehaa. Und dann hätte er keine Skrupel dabei. »Hast du gehört, Stiefdaddy?« Er klopfte an die Kellertür, vor der er bereits seit gefühlten Ewigkeiten saß. »Richte dich darauf ein.«

Hinter sich das Entsetzliche, vor sich beruhigende Normalität, die nach Erins Bratkartoffeln roch. Der Spagat seines momentanen Alltags drohte ihn zu zerreißen.

Als Erins Schritte näherkamen, wäre er liebend gern mit der Kellertür verschmolzen.

»Verdammt, Junge! Was hast du mich erschreckt!« Sie presste sich die Hand auf die Brust. »Was sitzt du im Dunkeln und träumst? Ich dachte, der Leibhaftige will mich holen.«

Das Gefühl kannte er seit einiger Zeit sehr gut.

»Komm zum Essen und bring Samuel und Laurens mit. Sie sind oben.«

»Warum holst du die Turteltauben nicht selbst?« Samuel würde ihn hochkant aus dem Zimmer werfen. Das Ziehen im Herz, das sich bei diesem Gedanken einstellte, begleitete ihn schon den ganzen Tag.

Erins faltiger Mund spannte sich, um dann zu einer Kräusellinie zu werden. »Weil sie turteln.«

»Du könntest vorher klopfen.« Das gab den beiden die Chance, ihre Zungen rechtzeitig zu entknoten, bevor Erin ihre Nase zur Tür hineinsteckte.

Reine Theorie. Erin klopfte nicht an. Sie stürmte ungebeten fremde Privatsphären, obwohl sie sich unter Umständen damit in Gefahr brachte.

Als Teenager hatte er sie deshalb beinahe angefallen. Hoffentlich hatte sie den Zwischenfall vergessen.

»Essen. In zwei Minuten. In der Küche.« Ihre letzten Worte zu diesem Thema unterstrich sie mit einem geräuschvollen Lufteinsaugen. Sie kehrte ihm den Rücken und rauschte davon.

Die lächerliche Möglichkeit, Samuel einen Zettel unter der Tür durchzuschieben, drängte sich auf. Er verwarf sie, erhob sich mit steifen Gliedern. Die Treppe erklomm er von Stufe zu Stufe langsamer. Zum ersten Mal in seinem Leben fürchtete er sich davor, seinem Bruder zu begegnen.

Aus Samuels Zimmer drang kein Laut und auf sein Anklopfen hin rührte sich ebenfalls nichts. Waren die beiden ineinander eingeschlafen? Leise öffnete er die Tür.

Vom Bett leuchtete ihm Laurens' Hintern entgegen. Der Junge lag auf Samuel, schlief tief und fest und sabberte ihm auf die Brust. Wie entspannt und glücklich seine Miene wirkte. Kein Wunder. Er lag mit dem Ohr direkt aufs Samuels Herz. Sicher flüsterte es ihm wundervoll pathetische Dinge zu.

»Wach auf, Abendessen.« Er gab Laurens einen dezenten Klaps auf den Po. Mit ein wenig Glück schaffte er es, nur ihn zu wecken und schnell das Weite zu suchen, bevor Samuel die Lider aufschlug.

Laurens rekelte sich, rutschte von Samuel hinunter und rieb sich verschlafen die Augen. »Mann, ich habe den ganzen Nachmittag verpennt.« Er kroch aus dem Bett, tigerte zum Schrank und drehte Raven den Rücken zu, als er eine von Samuels Shorts anzog.

Raven konnte es nicht verhindern, sich bei diesem Anblick die Lippen zu lecken. »Hübscher Po. Hast du Samuel endlich daran teilhaben lassen?«

Wie von der Tarantel gestochen fuhr Laurens herum. »Das geht dich nichts an!«

Also nicht. Dabei sah Samuel so, wie er auf dem Bett lag, an der richtigen Stelle vielversprechend ausgepackt aus.

Raven berührte vorsichtig seine Wange. Wer wusste schon, wann er die nächste Gelegenheit dazu hatte? Vielleicht nie mehr. Samuels Wutblick, den er am Morgen kassiert hatte, schmerzte ihn nach wie vor. Die Angst, Samuel könnte an seiner Drohung festhalten, noch mehr.

Der Biss war unmittelbare, absolute Nähe. Ebenso das Wachen über den Rausch. Hatte er beides verspielt?

Er schob den Gedanken beiseite. Sobald David tot war, würde er mit Samuel über alles reden. Er würde ihn verstehen und ihm hoffentlich verzeihen.

Laurens griff wahllos nach einer Jeans und zupfte an dem zu weiten Hosenbund.

Raven reichte ihm einen Gürtel.

»Danke«, maulte er und zurrte die Hose fest. »Können wir?«

»Willst du Samuel nicht wecken?«

Die tiefe Stirnfalte verschwand, als Laurens zu Samuel schaute, und machte einem liebevollen Lächeln Platz. Es deckte Samuel wie eine weiche, schwerelose Decke zu.

Es musste wunderbar sein, auf diese Weise angesehen zu werden. Sein Bruder würde es bis in seine Träume spüren.

»Lieber nicht.« Mr. Sunshine wühlte sich durch Samuels getragene Shirts, die den Weg zu Erins Waschküche nicht von allein gefunden hatten. »Vorhin haben wir während eines gemeinsamen Kraftaktes euren Stiefvater getötet. Das hat Samuel ziemlich zugesetzt.«

»Was?« Wie konnte Laurens lachen? Ein Gefühl, wie Eiswürfel im Hemd, glitt ihm über den Rücken.

Laurens hielt sich den Finger an die Lippen. »Nicht so laut. Im übertragenen Sinn natürlich.« Der Schlag auf die Schulter kam unerwartet kräftig. »Guck nicht so erschrocken. Du hast den Job doch längst erledigt. Vergessen?«

Habe ich nicht. Ein Biss war eine Sache. Ein Lebewesen zu erschießen, das sich nicht wehren konnte, eine andere.

Laurens strich sich mit dem Daumen übers Kinn, das die ersten Stoppeln zeigte. »Was hast du dabei gefühlt?«

»Hass.« Zumindest bei dem Biss. Was er beim Abdrücken fühlen würde, wollte er sich nicht ausmalen.

Laurens nickte. »Gehasst habe ich David, seit ich wusste, was er Samuel angetan hat. Jetzt ist es besser.« Sein Lächeln ließ die Sonne im Zimmer aufgehen. »Und Samuel verfolgt er auch nicht mehr. Weder an diesem Schuppen noch sonst wo.« Er zog sich das Shirt über den Kopf und ging vor. Im Vorbeigehen hörte Raven seinen Magen knurren.

»Ich beneide dich um diese Liebe, Bruder.«

Samuel lächelte im Schlaf. Er sah glücklich aus. Keine Spur von Zorn.

Unmöglich, bis morgen zu warten. David musste sofort sterben, damit Samuel und Laurens endgültig von ihm befreit wären.

~*~

Sie sollte nach Schottland fliegen und den Mann mit der Schuppenhaut finden. Er wäre in Morar, Wegener hätte mit seiner Haushälterin telefoniert.

Vivienne klappte das Handy zu.

Samuel lebte. Ihr Herz begann zu holpern. Sie drückte die Hand darauf, aber es wurde nicht besser. Sie würde ihn wiedersehen. Diesmal von Angesicht zu Angesicht und nicht durch die Linse einer Kamera. Wegener hatte ihr geschworen, dass Samuel kein Haar gekrümmt werden würde. Er benötigte lediglich ein paar frische Proben, und da sie von dem Vorfall wusste und er keinen anderen ins Vertrauen ziehen wollte, bla, bla, bla ...

Im Gegenzug gab's ein Stipendium. Das nannte man wohl Erpressung. Wegener war klar, dass sie Skrupel hatte, und er wollte sie davon freikaufen. *Sei nicht naiv, Vivienne Leclerc. Wegener weiß, was er tut.* Und es war wichtiger als das Leben von Hendrik Johannson. Sie hatte nach ihm gefragt. Wegener war ausgewichen. Das wäre im Moment zweitrangig.

Zweitrangig? Vivienne wühlte in ihren Haaren. Wo war sie nur hineingeraten?

Sie sollte keine Gelegenheit verpassen, Mac Laman nahezukommen. Haare, Blut, Sperma. Alles, was sie für die Probenentnahme brauchte, sollte sie sich bei ihm im Büro abholen.

Anscheinend würde sie doch Haare krümmen müssen.

Sperma. Bei ihrer permanent abwesenden Attraktivität und der Tatsache, dass der Typ höchstwahrscheinlich auf Männer stand, stellte diese Probe ihre größte Herausforderung dar. Mac Laman ein paar Haare abzuschneiden, erschien um Längen simpler.

Zwischen ihren Fingern flatterten ihre eigenen Haare. Ausgerissen.

Ach ja, die Kühlkette durfte sie auch nicht unterbrechen.

Ihr Lachen klang staubig. Gut, dass sie allein in der Wohnung war. Wie immer. Egal. Kein Trübsinn. Kühlketten waren wichtig bei organischen Proben. »Hey Schöner! Wichs mir mal in das Röhrchen hier oder willst du lieber mich dafür?« Nein, bestimmt nicht. Außerdem hätte ihre Körperinnentemperatur von knapp 37 °C nichts mit einer Kühlkette zu tun. Verflucht, was bebten ihre

Hände. Wenn sie noch einmal das Wort *Kühlkette* dachte, würde sie sich übergeben.

Die Spermaprobe fiel aus. Definitiv. Es war sicherer, sie konzentrierte sich gleich auf eine Blutprobe.

Neben dem Nachtsichtgerät und den Handwärmern lag die Pappschachtel mit Blasrohr und Betäubungspfeilen. Sie hatte es für eine größenwahnsinnige Spinnerei gehalten, nie gedacht, dass sie die Dinger jemals brauchen würde.

Einem narkotisierten Mann war es egal, ob eine hässliche Frau ihn zur Ader ließ oder eine schöne.

Der flache Karton landete in ihrem Koffer.

Sie war bereit.

UNABSEHBARES

Was für eine Funzel! Das Dämmerlicht der Glühlampe erhellte kaum die Stufen.

Raven schloss die Tür hinter sich. *Bitte sei tot, David. Tu uns beiden den Gefallen.* Erstaunlich, wie langsam man eine Kellertreppe hinunter gehen konnte, ohne das Gleichgewicht zu verlieren.

Zwei Türen rechts, eine links, dann die Biegung und an dem Durchgang zum Lagerraum vorbei, wo alte Whisky-Fässer unter dicken Staubschichten verschwanden. Jeder Tropfen dieses Zeugs würde seinen Job heute Nacht angenehmer gestalten. Wahrscheinlich war bereits alles verdunstet. Wie lange lagerten die Dinger bereits? Jahrzehnte? Jahrhunderte? Ob sein Vorfahr geahnt hatte, dass sich sein Nachkomme eines Tages einen Mord schönsaufen musste?

Er sehnte sich nach Samuel. Ihn in diesem Moment neben sich zu wissen, wäre mehr als gut gewesen.

Raven verdrängte den Stich im Herz. Auch den Druck im Magen. *Sei tot, David.*

Er war es nicht. Klägliches Wimmern drang aus seinem Gefängnis. Raven blieb stehen, sammelte Mut. Aus dem Kellerraum jammerte es erneut.

Diesmal zuckte David nicht zusammen, als er das Licht anschaltete. Er hatte die Arme aus den Gitterstäben gestreckt und versuchte, die Wasserflasche zu greifen, die umgestürzt außerhalb seiner Reichweite lag. Seine Lippen waren rissig, der Blick aus eitrigen Augen verzweifelt.

»Soll ich dich erlösen, David?« An der Wand lehnte das Gewehr. Hinübergehen, anlegen, abdrücken. Raven starrte auf die gekrümmten Finger. Ein Henkersmahl aus Wasser war mager genug. Wenigstens das sollte er haben.

Raven bückte sich. Die Flasche war kalt, staubig.

David fauchte.

»Ganz ruhig. Ich will dir helfen.« *Und dich danach erschießen.*

Die Eisenstäbe knarrten in den Verankerungen. David presste sich dagegen, streckte seinen Arm weiter hinaus.

Knotige Finger packten Ravens Handgelenk, zerrten daran.

Der Käfig raste auf ihn zu. Sein Kopf schlug dagegen. Der dumpfe Schmerz nahm ihm die Sicht. Ein stechender Schmerz in seinem Arm.

David! Er hatte ihn gebissen?

Raven versuchte, die Benommenheit abzuschütteln.

David umklammerte sein Gelenk immer noch, fletschte die Zähne, hieb sie erneut in Ravens Fleisch.

Was zur Hölle ... »Weg mit dir!« Er schlug nach ihm. Umsonst. Die gekrümmten Finger hielten ihn fest, kratzten ihm über die Haut.

Was machte dieses Biest mit ihm? War das noch David? Triefende grüne Augen, verhornte Brauenwülste.

Nicht menschlich. Weder das Gesicht noch die Klauen, die ihn festhielten.

Raven brach zusammen. Schmerz sprengte seinen Kopf, versengte seinen Arm.

Staub. Mörtel. Da, ein Mauerstein. Er brüllte, schlug auf die knotigen Finger ein.

Das Vieh schrie auf, ließ los. Es kroch in die Mitte des Käfigs, leckte über die blutende Hand.

Elende Bestie. »Verreck endlich!«

Der Kellerraum drehte sich. Er musste raus.

Licht aus. David kreischte, versank in Finsternis. Aber nicht der Schmerz in Ravens Arm.

Der Gang schwankte unter seinen Füßen, die Treppe sah er kaum noch. Am Geländer musste er sich Stufe für Stufe hinaufziehen.

Oh Gott, er hatte ein Monster geschaffen, statt eines zu töten.

~*~

Warum war es so kalt? Weshalb war er nackt? Tom rappelte sich auf.

Baxters Ruheraum. Es war dunkel bis auf das Wenige an Licht, das durch die Straßenbeleuchtung ins Zimmer drang.

Seine Kleidung lag ordentlich zusammengefaltet auf einem Stuhl, die Decke auf dem Boden. Sie musste ihm hinuntergerutscht sein. Tom bückte sich nach ihr. Im selben Moment sprang ihn der Schmerz mitsamt der Erinnerung an.

Baxter war über ihn hergefallen, hatte ebenso viele Kondome in seiner Hast zerrissen, wie er sie sich übergestülpt hatte. Und die Worte, die er ihm ins Ohr gekeucht hatte.

Tom schüttelte es. Baxter hatte wahrscheinlich die Hälfte seiner Lieblingsvideos mit ihm nachgespielt. Sein Hintern brannte wie Feuer. Auch der restliche Körper fühlte sich an, als wäre er zwischen Zahnräder gekommen. Durchgewalkt, von oben bis unten.

Tom stand vorsichtig auf, streckte die wunden Muskeln.

In der Praxis war es totenstill. Baxter war weg, dafür lag einer der Prospekte und eine Tube auf Toms Kleiderbündel. Quer über das restaurierte Gesicht eines jungen Mannes war mit schwarzem Edding etwas geschrieben worden.

Danke für diese wunderbare Nacht. Es werden noch viele folgen. Nutze bitte die Wundsalbe, denn wir sehen uns bald wieder.

P.S. Hinterlasse deine Telefonnummer. Ohne Ratenzahlungen keine Operationen.

Vor seinen Augen blitzten Sterne. So ein Schwein, so ein widerliches Schwein! Wie viele Ratenzahlungen würde es geben?

101

Wann würden die Behandlungen anfangen? Der Kerl verarschte ihn doch.

Und wenn nicht? Hinterhältig war ihm Baxter nicht erschienen. Eher massiv übermotiviert. Er hatte auf ihm und in ihm herumgeplanscht wie ein Kleinkind, das zum ersten Mal in einem Schaumbad sitzt.

Tom zog sich langsam an. Das planschende Balg hatte einen verdammt großen Schwanz. Damit musste er sich für die nächste Zeit offenbar arrangieren.

Jede Stufe wurde zur Qual. Der Gang zum Wagen ebenfalls.

Wo war seine Basecap? Sie musste noch oben liegen, in einem dieser nicht mehr sterilen Räume.

»Viel Spaß beim Aufwischen, du Bastard.« Seiner Putzfrau konnte Baxter die Sauerei kaum überlassen.

Eines musste er ihm anrechnen. Er hatte ihn mit seiner brachialen Gewalt oft kommen lassen.

Tom setzte sich behutsam hinters Steuer.

Verdammt, er hatte die Salbe vergessen.

~*~

Ein kleines Nickerchen oder einen großen Kaffee. Vivienne blinzelte gegen die Müdigkeit an. Kein Schlaf, die ganze Nacht nicht. Mann, hatte sie der Typ von der Autovermietung mürrisch angeschaut, weil sie ihm bereits so früh am Tag Arbeit aufzwang.

Sollte er meckern, sie machte auch nur ihren Job.

Unglaublich, wie schön diese Landschaft war, wild und romantisch. Ein Mann wie Samuel konnte nur an einem Ort wie diesem leben.

Er kam über die Hügel auf sie zu, seine Haare wehten im Wind, sein Hemd flatterte um die muskulöse Brust. Natürlich war es aus unerfindlichen Gründen bis zum Bauchnabel aufgeknöpft und selbstverständlich steckten seine langen Beine in hautengen Hosen.

Er schloss sie in seine starken Arme und wisperte ihr ins Ohr, wie dankbar er ihr wäre, dass sie ihn vor dem übermächtigen Feind mit Reiterjacke und Gewehr gerettet hätte. Wie sehr er darunter gelitten hätte, sich von ihm gewaltsam nehmen zu lassen, und dass er eigentlich auf Frauen stehen würde. Ach ja, falls sie es noch nicht wüsste, sein sehnlichster Wunsch wäre es, sie glücklich zu machen.

Ihr Kopfkino ratterte seit Wochen, warum sollte sie es ausgerechnet hier abschalten? Die deftigeren Varianten mit viel Blut, einem beinahe sterbenden Helden und ihr, wie sie Wilson den Gewehrlauf in den Arsch schob, ließ sie heute aus. Dazu war es zu früh am Tag.

Samuel lebte. Sie könnte ihm sagen, dass ...

Nein, konnte sie nicht. Sie würde kein Wort darüber verlieren, dass sie damals Zeugin dieser furchtbaren Tat gewesen war.

Schnell den Job erledigen, anschließend nach Inverness, ins Flugzeug und nach Hamburg. Nebenbei Samuel zurück in ihren Kopf bannen. Es genügte, wenn er ihr dort seine Liebe gestand.

Die Kühlbox wackelte auf der Rückbank hin und her. Die Tasche mit den Kanülen und Blutabnahmeröhrchen inklusive Betäubungspfeilen lag daneben. Samuel war kein Nashorn, das man fing, um ihm eine Plakette ins Ohr zu tackern. Johannson hatte damals anscheinend genau mit diesem Gedanken gespielt. Der alte Sack hätte Samuel erst angegurtet in einem Labor zu sich kommen lassen.

Da vorn war das Haus.

Verflixte Nervosität, ihre Hände wurden nass und glitschten übers Lenkrad. Was sollte sie sagen? Dass sie für die Zeitschrift *Schöner Wohnen* einen Artikel über schottische Landsitze schrieb und gerne in Mhorags Manor ein paar Fotos schießen würde?

Bekloppter Plan. Jeder Depp würde sofort nach einem Ausweis fragen. Alles, was sie vorzuweisen hatte, war eine semi-professionelle Fotoausrüstung. Und wenn schon.

Erst einmal musste Samuel dort sein, bevor er sie auslachen und wegschicken konnte.

Oder ein Stolpern vortäuschen, dabei in seine Arme fallen und ihm zufällig den Pfeil in die Brust jagen? Anschließend die Kanüle setzen, Blut zapfen und weg.

Kein genialer Plan, aber eine eventuell funktionierende Option.

~*~

Seltsam, dass er nicht verglühte. Hing sein Arm noch an der Schulter oder war der längst verkohlt? Raven streckte sich auf seinem Bett. Es war nass vor Schweiß. Vielleicht lag es an dem Wasser, dass er trotz der Hitze lebte. Es umspülte ihn. Trieb er im See?

Nein, nur ein Traum.

Am Fußende des Bettes stand Samuel und lächelte ihn an. An der Hand hielt er Laurens.

Raven blinzelte und beide verschwanden. Das Zimmer war leer wie sein Kopf. Wie das Innere des Schranks, das sich plötzlich ausstülpte, um ihn zu verschlingen. Oder war es die Leere unter seinem Bett, die den Staub ignorierte? Seltsame Gedanken. Sie huschten hin und her.

Auf der Seite lag es sich besser als auf dem Rücken. Lag er überhaupt? Nein, er schwebte.

Sein Lachen klang furchtbar. Laurens hätte sich davor gefürchtet. Das sollte er nicht. Samuel hatte auch keine Angst. Er liebte ihn, sie waren Brüder. Unzertrennlich. Jetzt nicht mehr.

Er war weg.

Hätte er Haare gehabt, er hätte sie sich gerauft.

Das Bett dehnte sich, bis es die Wände des Raumes berührte. Wie klein er darauf war. Erin würde ihn aus dem Fenster schütteln, wenn sie die Decken lüftete. Ob er sich festhalten konnte? Er schloss eine Faust. Es fühlte sich kraftlos an.

Samuel hasste ihn.

Wie sollte er jemals wieder stark sein können? Das Ding im Keller war stark. Es wuchs täglich. Muskeln, Schuppen, Zähne. Ob es Schwimmhäute zwischen Fingern und Zehen hatte? Lustige Vorstellung. Samuel hatte keine. Und ihr Vater?

Wenn er schnell kroch, konnte er den Rand der Matratze erreichen, bevor es Nacht wurde. Er war weit weg, würde Stunden dafür brauchen.

Ein Knie nach vorn, dann das andere. Er durfte die Arme nicht vergessen. Und die Hände. Damit hatte er Samuel gestreichelt. Über diese wunderbaren Schuppen, über sein wunderbares Gesicht. »Du fehlst mir.«

»Echt?« Eine Alte mit strengem Blick stand in einem eckigen schwarzen Loch in der Wand. »Dann solltest du aus dieser Gruft kommen. Unten wartet eine Frau. Sie will Samuel sprechen.«

»Das will ich auch. Wo ist er?«

Die Alte breitete die Arme aus, sie reichten bis zum Horizont. »Er schläft noch.«

Erstaunlich, wie sie die tellergroßen Augen rollte. Raven versuchte es ebenfalls. Plötzlich standen zwei alte Frauen vor ihm.

»Hast du was genommen? Du wirkst vollkommen durcheinander.« Eine trockene Hand klatschte auf seine Stirn. »Ziemlich heiß. Du hast Fieber.« Keine Feststellung, eine Drohung.

Warum ging sie nicht und ließ ihn mit seinen Träumen allein?

Sie blieb. Dann konnte er auch mit ihr reden, obwohl seine Lippen es nicht wollten. »Was ist das für eine Frau, die zu Samuel will?«

105

Erin! Die Alte hieß Erin. Der Name tanzte eine Zeit lang um ihren Kopf, bis sich die einzelnen Buchstaben sachte auf ihren Schultern ablegten.

»Eine Journalistin. Sie will Fotos machen und sagt, sie hätte mit Samuel telefoniert.«

Diese Frau log. Samuel würde niemals einen Fremden ins Haus lassen. »Ich sehe sie mir an.« Wenn nur die Beine aus dem riesigen Bett herausfinden würden.

Das Ende kam zu schnell. Raven schlug mit den Knien auf.

Wieder waren es diese trockenen Hände, die ihn hochhievten. »Brauchst du Hilfe?«

»Nein.« Das Zimmer wurde zu einem Karussell. Warum stoppte es Erin nicht?

Stattdessen hielt sie sich den Mund zu. Hatte sie Angst, ihr Gebiss würde herausfallen? Oder war es das schon? Dann musste er aufpassen, dass er es nicht aus Versehen zertrat.

»Ich mache mir Sorgen um dich, Raven. Du siehst furchtbar aus.«

Die Hand war weg. Dafür bewegten sich schmale Lippen.

Er wartete, bis die Wände nicht mehr schwankten, und erhob sich. »Mach dir keine Sorgen.« Mit dem beißenden Monster im Keller kam er klar. Es liebte sein Blut so sehr, wie er Samuels liebte. Laurens wäre auch köstlich. Ob er ihm einen Schluck von sich abgeben würde?

Nein, er war Samuels Juwel und die Schatulle, in der sein Bruder ihn aufbewahrte, ein Hochsicherheitstrakt.

Erin reichte ihm die Sonnenbrille. Ihr Blick befahl *aufsetzen!*

Schritt vor Schritt. Keine Eile. Die Treppe, der Flur. Unten klaffte eine Tür. Aus dem Bauch dieses Hauses rief eine Altmännerstimme nach Erin. Sie sollte ihm endlich beim Frühstückmachen helfen.

Sie fluchte, ihre Schritte wurden leiser.

Nur noch er. Und die Tür. Und die Fremde, die darin aufragte.

106

»Verzeihen Sie, wenn ich störe, aber ich müsste dringend Mr. Samuel Mac Laman sprechen.«

Wie ihre Hand durch die Luft flatterte. Wie ein verängstigter Vogel. Zu viel Bewegung für seine müden Augen. Raven lehnte sich an. Der Boden unter seinen Füßen wurde weich. Stand er auf Treibsand? Hier? In Morar?

Die Frau sah ihn aus kleinen Augen an. »Ist er da?«

»Nicht wirklich.« Ob sie verstand, dass es wichtiger war, neben seiner Liebe zu schlafen, als irgendwelche Fotografinnen zu begrüßen? »Sagen Sie mir, worum es geht, und ich überlege mir, ob ich Ihnen helfen will.« *Wir könnten zusammen in den Keller gehen. Ich würde dir gerne meinen neuen Freund vorstellen. Er wird dich lieben.*

Sie verzog den schmalen Mund. »Ich muss Mr. Mac Laman persönlich sprechen.«

»Das tun Sie. Ich bin Samuels Bruder.« Wie viele Mister Mac Lamans wollte sie noch? Sollte er Ian herzitieren? Dann könnte er ihm bei dieser Gelegenheit gestehen, dass sein geliebter Vater eine unerfreuliche Metamorphose durchmachte.

»Brüder?«, hauchte sie und trat einen Schritt näher. »Sie sehen ihm nicht ähnlich.«

»Wir haben uns die Last des Erbes geteilt.« Er nahm ihr Gesicht in die Hände und führte es dicht an seines heran. »Sind Sie mutig?«

Ihr Nicken sagte ja, ihr nervöses Lidzucken brüllte nein.

»Nehmen Sie mir die Brille ab.« Das war ein Fehler. Es war nicht sein erster und bestimmt nicht sein letzter.

Die Frau gehorchte, erstarrte und schrie nicht.

Ziemlich cool.

»Ihre Augen ...«

»Ja, ich mag sie auch. Blicken Sie ein bisschen länger hinein und Sie erkennen ihre Zukunft darin.« Einen Moment Ekstase, ein paar Milliliter Blut weniger.

Die Frau roch gut. Wann hatte er zuletzt den metallischen Geschmack auf der Zunge gefühlt? Als er Samuel verführt hatte. Samuel ließ sich nicht mehr verführen, also rutschte diese Frau auf den ersten Platz der Warteschlange.

»Vielleicht können Sie mir tatsächlich helfen.« Sie befreite sich mit einem nervösen Lächeln und zeigte hinter sich. »Leider habe ich eine Motorpanne. Mein Wagen steht dort vor der Einfahrt. Wenn Sie kurz mitkommen könnten?«

~*~

»Ihr seid schon wach?« Als ob es ein Vergehen wäre, morgens frühstücken zu wollen, blickte ihnen Erin finster entgegen. »So früh kommt ihr nie vom Mist gekrochen.«

»Das war Samuels Idee.« Wäre es nach Laurens gegangen, hätte er noch stundenlang schlafen können, aber Samuels Magen hatte in einer Tour geknurrt.

»Hunger, hm?« Erin nickte zum Frühstückstisch. »Wer das Abendessen verschläft, hat selber Schuld.«

»Danke für die Belehrung. Gibt's auch Speck zu meinen Eiern?« Samuel registrierte mit zusammengezogenen Brauen die noch leeren und sauberen Bratpfannen. Offenbar hatte Erin wirklich noch nicht mit ihnen gerechnet.

Samuel nahm sich einen Kaffee und sah Erin dabei zu, wie sie das Gas andrehte und Öl in die Pfannen goss. »Wo ist Raven?«

»Er wimmelt eine Frau ab, die das Haus fotografieren will. Sie kommt aus Deutschland, jedenfalls klingt sie so.«

Samuel sah auf. »Spinnt die?«

»Weil sie aus Deutschland kommt?«

»Weil sie meint, in fremden Häusern herumschnüffeln zu dürfen.«

»Sie macht das für eine Zeitung«, murmelte Erin den Eiern zu. »Geh mal Raven holen.«

Da sich Samuel nicht in Bewegung setzte, sondern stattdessen seine Stirn in noch tiefere Falten warf, galt Erins Befehl offenbar ihm. Laurens fügte sich seufzend. Er riss sich nicht darum, Samuels schrägem Bruder öfter als nötig unter die Augen zu treten.

»Raven?« Seine Stimme hallte durch die Eingangshalle. Als er keine Antwort erhielt, sah er vor der Haustür nach.

Weder eine Fotografin noch Raven. Dasselbe traf für die Einfahrt, fürs Treppenhaus, für Ravens Zimmer und die Bibliothek zu. Auf dem Rückweg schaute er noch in den kleinen Salon; auch leer.

»Der wird sich schon einfinden«, kommentierte Samuel die Botschaft, dass sein Bruder verschwunden war. »Leiste mir Gesellschaft, sonst muss ich ganz allein essen. Erin plündert den Gemüsegarten und mit etwas Glück haben wir vorläufig unsere Ruhe vor ihr.« Er saß am Tisch, sein linkes Bein war angezogen und die schuppigen Zehen tippten auf der Sitzfläche des Küchenstuhls. Er schaufelte sich seine Rühreier hinein und schmierte in den Kaupausen Marmeladenbrötchen.

Was für ein geniales Motiv. Automatisch suchten Laurens' Finger den Kontakt zu Papier und Stift. Auf dem Sideboard lag der Notizblock für die Einkaufszettel samt Kuli.

Hervorragend. Nur ein paar Striche, das musste reichen. Der Fuß würde eine Herausforderung, selbst schuppenfrei fiel es Laurens schwer, Zehen zu zeichnen.

Die Schultern, der leicht gekrümmte Rücken, die elegante Linie am Hals entlang bis zum Kinn. Aber etwas fehlte noch; eine verträumte Dynamik oder ein lässiges Versunkensein in den Moment. Beides war typisch für Samuel.

»Nimm mal die Teetasse.« Jedenfalls sähe sie in seiner Hand besser aus als die eierverklebte Gabel.

Samuel schaute von der Zeitung hoch, die er nebenbei durchblätterte, ohne sich jedoch auf einen Artikel länger als zwei Sekunden zu konzentrieren. »Warum?« Statt nach der Tasse zu greifen, hielt er ihm ein angebissenes Marmeladenbrötchen vor die Nase. Die Unterseite war mit Eipampe und ausgelassenem Fett vollgesogen.

Kein kultivierter Mensch aß Rührei und Marmeladenbrötchen vom selben Teller. Es wurde Zeit sich einzugestehen, dass Samuels Gene zur Hälfte aus vorzivilisierten Epochen stammten.

»Na los.« Samuels aufmunterndes Lächeln passte nicht zu Laurens' flauem Gefühl im Magen. »Du bist mir zu dünn.«

»Ach ja? Wo?« Weder seine Schultern noch seine Knie waren übertrieben knochig. Einen sichtbaren Bizeps konnte er genauso vorweisen wie ein angedeutetes Sixpack. Für seinen Hintern musste er sich ebenfalls nicht schämen. Was wollte Samuel noch?

»Hast du wirklich Angst, dass du mir nicht gefällst?« Samuel schwenkte das Brötchen immer noch vor Laurens' Nase hin und her. »Keine Sorge. Du bist das Leckerste, was ich jemals probieren durfte.« Seine Zungenspitze erschien kurz im Mundwinkel.

Laurens verkniff es sich, sich stolz in die Brust zu werfen. Vom begehrenswertesten Mann auf der Welt als begehrenswert angesehen zu werden, war schon was.

»Abbeißen.« Samuel grinste.

Gut. Wenn es ihn glücklich machte. Laurens ignorierte den penetranten Eigeschmack und schluckte schnell. »Los jetzt, Tasse in die Hand. Ich will fertig werden. Das Bild wird Frühstück mit Nessi heißen.«

Sein Kunstprofessor würde ihn dafür massakrieren. Piller verabscheute Surrealismus zutiefst und nannte Dali einen psychopathischen Egomanen. Theoretisch hätte Laurens die Schuppen übersehen und sich nur auf Samuels restliche Schönheit konzentrieren können. Doch Samuel ohne Schuppen war Sonnenbaden ohne Sonnenbrand oder Kaffee ohne Koffein. Eins gehörte einfach zum anderen dazu.

Samuel warf einen lustlosen Blick in die Teetasse. »Sie ist längst leer.«

Meine Güte, es ging nur um die Bildwirkung. Laurens goss sie randvoll. »Dann jetzt.«

Samuel lachte, posierte artig mit der Tasse.

»Nicht so.« Hatte er denn nichts gelernt? »Es muss wie zufällig aussehen. Als ob du nicht wüsstest, dass du von mir gezeichnet wirst.«

»Ich kann aber nicht verdrängen, dass du neben mir sitzt, mich ansiehst und mich malst.« Über sein Knie hinweg beugte sich Samuel zu ihm. Er schnappte zärtlich nach Laurens' Unterlippe und knabberte daran. »Ich will überhaupt nichts von dir verdrängen.«

Ein neckender Kuss, dann ein Biss in die Oberlippe. Der gewagte Mix aus Ei und Orangenmarmelade, der seinem sinnlichen Mund anhaftete, störte seltsamerweise nicht.

Laurens öffnete die Lippen ein wenig weiter. Sofort schlich sich Samuels Zunge dazwischen, streichelte über seine, spielte mit ihr.

Zeichnen? Später.

An einer seit Wochen übersensiblen Stelle gesellte sich zu einem stärker werdenden Pulsieren ein angenehmes Vibrieren. Laurens spreizte die Beine. Diese sanften Schwingungen taten gut und befanden sich fast an der richtigen Stelle.

»Dein Handy klingelt«, wisperte Samuel in Laurens' Mund.

Das mochte sein, doch wenn Samuel weiterküsste, konnte es bis zum Jüngsten Tag klingeln. Hauptsache, es vibrierte auch dabei.

»Willst du nicht rangehen?«

Eigentlich nicht.

»Dann mache ich das für dich.« Erschreckend schnell verschwand seine Hand in Laurens' Hosentasche, wühlte und kam mit dem Handy zum Vorschein. »Da steht eine lange Nummer.«

»Drück weg.« Im Zweifel war es Jarek, der wissen wollte, wann er zurück nach London käme, um für ihn den Kühlschrank zu füllen.

111

Samuel zog die Stirn kraus. »Und wenn es wichtig ist?«

»Ist es nicht.«

»Na dann schauen wir mal.« Der Kerl nahm tatsächlich das Gespräch an.

»Spinnst du? Das ist privat.«

»Na und?« Mit der einen Hand hielt er Laurens auf Abstand, mit der anderen drückte er das Handy ans Ohr.

Fein, dann konnte Jarek ihm vorheulen, wie abgebrannt und nah am Hungertod er war.

»Ja bitte?« Mit übertrieben ernster Miene hörte Samuel einer relativ hohen Stimme zu. Sie klang aufgeregt, doch was sie genau sagte, verstand Laurens nicht.

»Tut mir leid. Mr. Johannson ist im Moment nicht zu sprechen. Kann ich ihm was ausrichten?«

Mist, es schien tatsächlich wichtig zu sein. Laurens angelte nach dem Handy, aber statt es ihm zu geben, stand Samuel auf und lief in der Küche auf und ab.

»Können Sie das wiederholen? Ihr Englisch ist furchtbar. Wer hier spricht? Mr. Johannsons Privatsekretär.« Mit stummem Feixen hielt er Laurens weiter auf Abstand. »Doch in meinem Nebenberuf als erster Koordinator der Glasgower Terrarien finde ich mehr Erfüllung. Halten Sie zufällig einen Gecko nicht artgerecht in ihrem Pissoir?«

Hatte er den Verstand verloren?

Mit gerunzelter Stirn heuchelte er Besorgnis wegen seiner stammbaumtechnisch weit entfernten Verwandten. »Haben Sie nicht? Gut für Sie. Warum rufen Sie dann an?«

Aus dem Handy klang es hysterisch. Samuel hielt es weiter vom Ohr weg. »Sie möchten mit meinem Meister sprechen? Dazu benötigen Sie einen Termin. Und jetzt hören Sie auf, mir ins Ohr zu schreien.« Seine Stimme bebte vor gespielter Empörung. »Ich werde sehen, was ich tun kann. Er ist momentan sehr beschäftigt. In den

Sommermonaten muss er fünfmal am Tag mit mir ausreiten. Sprint-Warane brauchen viel Bewegung. Da bleibt für Geschäftliches wenig Zeit. Versuchen Sie es im November. Da falle ich für gewöhnlich in die Winterstarre.«

Das reichte. »Handy her!«

»Fang!«

Das Ding flog auf ihn zu, das Gespräch war weggedrückt.

»Sag mal, hast du sie noch alle?«

Samuel lachte, während er sich einen Schlag auf die Brust einfing. »Oh Laurens. Du bist so süß, wenn du fuchsteufelswild wirst.«

Hinter Laurens klappte eine Tür.

»Kann ich helfen?« Erins Stimme verriet ein gewisses Misstrauen. Sie erfasste die Situation, während sie kopfschüttelnd zum Herd schlurfte.

Samuel wartete, bis sie ihnen den Rücken zugekehrt hatte, dann fasste er Laurens in die Haare und zog ihn zu sich. »Sei nicht sauer. Ich platze vor Glück. Offensichtlich fällt es mir schwer, damit umzugehen.« Als ob ihm Erins Anwesenheit entgangen wäre, schenkte er Laurens einen tiefen, langen Kuss. Er schmeckte nach mehr, aber das ließ mit der stummen Zeugin im Hintergrund schlecht machen.

Obwohl die Schmatzgeräusche in Erins unmittelbarer Nähe irritierten, wurden Laurens' Knie weich. Wären sie allein gewesen ...

Samuel lächelte ihn liebevoll an. »Du seufzt schon wieder so sehnsüchtig.«

Wenigstens hatte er leise gesprochen.

~*~

Oh Gott! Sie hatte es getan! Vivienne zitterte die Kanüle vom Blutentnahmeröhrchen, verschloss es und legte es zu seinen drei

113

Vorgängern. Besser zu viel als zu wenig. Noch einmal würde sie diesen Stress nicht durchstehen.

Vier Proben von einem Kerl, der keine Schuppen, dafür aber Schlangenaugen hatte. Und er war der Bruder. Das war ebenso gut. Bis Wegener nicht von selbst darauf kam, würde sie nichts dazu sagen.

Der Kerl lag zur Hälfte im Kofferraum. Sie hatte ihm den Pfeil einfach in den Hintern gerammt. Wie er sie angesehen hatte, als er sich das Ding herauszog.

Was für ein leerer Blick. Er schien noch nicht einmal verwirrt gewesen zu sein. Dann war er zusammengebrochen.

Vivienne rannte zum Ende der Mauer und sah vorsichtig um die Ecke. Im Haus war alles ruhig. Bevor einer nach ihm suchen würde, musste sie weit weg sein.

Sie zerrte den schlaffen Körper aus dem Wagen. Dass ein Mensch so schwer sein konnte. Kaum war die Stoßstange passiert, schlug er auf.

Mist, der Stauschlauch. Den hatte sie vergessen. Deshalb lief es andauernd weiter aus der Ader. Wo waren ihre Nerven? Sie saute alles ein. Das musste an dem Schreck liegen, diese eklige Wunde an seinem Arm gefunden zu haben. Wie die aussah! Alles verschmiert, nichts verarztet. Etwas hatte diesen Mann gebissen. Mein Gott! Nachher war es sein eigener Bruder gewesen.

Die wesentlichen Passagen ihres Kopfkinos brachen zusammen. Sollte sie um den Falschen gebangt haben?

Immerhin hatte sie diesem hier einen sauberen Verband um den Arm gewickelt. Die Verbandspäckchen lagen im Kofferraum verteilt. Scheiß der Hund drauf. Niemand würde ruhige Hände in so einer abgedrehten Situation erwarten. Sie zitterte immer noch. Keine idealen Bedingungen, um eine Ader anzustechen, aber nach dem dritten Versuch hatte es geklappt.

Die erste Kompresse landete im Dreck, die zweite zusammengerollt inklusive Pflaster auf der Einstichstelle. Da sollte einer behaupten, sie würde sich nicht um ihre Versuchstiere kümmern.

Was dachte sie da? Sie hatte keine! Vor ihr lag ein narkotisierter Mann mit interessanter Physiognomie und Glatze, der mit Abstand die sinnlichsten Lippen besaß, die ihr je unter die Augen gekommen waren.

Würde ihn ein kleiner Kuss stören? Er merkte es ja nicht.

Das Blut schoss ihr in den Kopf, als sie sich zu ihm hinunterbeugte. Sein Mund nahm ihren Kuss widerspruchslos an. Kunststück, was blieb ihm auch sonst übrig? Vivienne küsste ihn ein zweites Mal.

Was für wundervolle Lippen. Sie streichelte über seine Wange. Die Haut war glatt, keine Stoppeln, nichts. »Hast du nirgends Haare?« Da waren Wimpern und Brauen.

Nein, keine Brauen. Statt über Härchen strich ihr Finger über etwas rauere, dunkle Haut. »Habt ihr beide eure Kindheit zu dicht an einem Atomkraftwerk verbracht?« Dann waren es keine Hybriden, sondern Mutanten. Allerdings war das nicht weniger spektakulär.

Sie fuhr mit der Hand unter sein Shirt. Keine Brustbehaarung, keine Stoppeln, die sich einer eventuellen Rasur verweigerten. Glatt wie ein Kinderpopo.

Sie musste es einfach wissen. In Windeseile flogen ihre Finger über die Jeansknöpfe.

Keine Haare. Klasse.

Seufzend knöpfte sie die Hose zu. Wer wusste schon, wie lange die Narkose bei einem Typen wie ihm anhielt? Besser, sie verschwand schleunigst. Aber vorher gab es noch einen Abschiedskuss. In den Genuss solch fantastischer Lippen würde sie so schnell nicht mehr kommen.

Die schlaffe Zunge, spitze Zähne ...

Ihr Herz setzte aus. Was war das?

Sie drückte den Mund weiter auf. Rechts und links im Oberkiefer prangten nadelspitze Zähne. Sie sahen aus wie ...

Oh Gott, natürlich! Der Kerl hatte Schlangenaugen, der Bruder steckte zur Hälfte in einer Schuppenhaut, dann waren das hier unter Garantie auch Schlangenzähne.

Mit Giftdrüsen oder ohne?

Wo war der verdammte *coffee to go* Becher hin? Im Fußraum, dreckig. Eine grobe Reinigung mit Mineralwasser musste genügen. Hatte sie nicht eine Kotz-Tüte für den Notfall eingesteckt? Im vorderen Fach dieses verflixten Rucksackes?

Vivienne riss das Haargummi aus dem Zopf, spannte die Tüte über den Becher und fixierte sie mit dem Gummi. Sie drückte die Kiefer des Mannes auseinander, presste die Folie gegen die Zähne, bis sie sie durchstachen. Ein durchsichtiger, leicht gelblicher Tropfen sammelte sich an der Zahnspitze.

Sie hatte es gewusst. Giftzähne. Wegener wäre begeistert, würde ihr eine Doktorarbeit anbieten. Nein, besser nicht. Er starb bald, so wie er ausgesehen hatte.

Ein zweiter Tropfen löste sich. Erst am linken, dann am rechten Zahn. Kam noch mehr? Sah nicht so aus. Ob es etwas half, wenn sie den Kopf des Mannes schüttelte?

Da, noch ein Tropfen pro Zahn. Vivienne zog die Flüssigkeit in eines der Blutabnahmeröhrchen. 0,5 Milliliter, immerhin.

Okay, jetzt nichts wie weg und nur nicht vor Stress den Rückwärtsgang einlegen, dann war der Kerl Mus.

Sie stürzte ins Auto, verpackte die Proben in der Kühlbox und drehte den Schlüssel. Nur abhauen! Nicht umsehen. Wenn Wegener berühmt wurde, wurde sie es auch.

Hey, das lieferte Stoff für einen Wissenschaftskrimi. Vielleicht wurde diese Story verfilmt, vielleicht wurde sie dafür interviewt. Oder getötet.

~*~

Ein silbriges Aufblitzen, wenn ein Sonnenstrahl auf den Löffel traf. Schwierig, Licht zu malen. Dann blieb diese winzige Stelle am Löffelstiel eben weiß. Laurens schraffierte die Umgebung zum Ausgleich dunkler.

Gar nicht so schlecht.

Samuel rührte in seinem Tee und der Lichtklecks tanzte über die Wand. »Was ich dich fragen wollte ...«

Ein kleines Zucken im Mundwinkel wurde zu einem Lächeln. Aber warum sah es schüchtern aus? Laurens krümmte die noch gerade Mundlinie mit einem dickeren Strich.

»Wenn ich ein Frosch wäre, würdest du mich dann so lange küssen, bis ich ein Prinz bin?« Samuel sah hoch, wich Laurens' Blick aus und beobachtete Erin, die mittlerweile Zwiebeln schnitt und dicke Tränen aufs Schneidbrett tropfte.

Oh Mann, das konnte unmöglich sein Ernst sein. »Du bist kein Frosch. Du bist ein Seeungeheuer.« Dessen Ohr zu weit aus den Haaren herausschaute. Laurens zeichnete eine Strähne darüber. Besser.

»Gelten für die andere Regeln?« Samuels Augenbrauen schoben sich zusammen.

Nein, Laurens würde nicht zum zigsten Mal die Mimik ändern. »Guck mal wieder so wie vorhin.« Irgendwie wirkte Samuels Versunkenheit zu dynamisch.

Samuel leckte den Löffel ab und zuckte die Schulter. »Schade. Ich hätte mich gern von dir zum Prinzen küssen lassen.« Dieser Hauch

Resignation in der Stimme und der Anflug von Melancholie in seinem Blick.

Laurens legte den Stift beiseite. Samuel war zu schön für eine schnöde Zeichnung. Bevor er reden konnte, musste er seinen persönlichen Frosch im Hals wegräuspern. »Du hast gestern erlebt, was ich bereit bin, für dich zu tun. Aber deine Schuppen hast du immer noch.«

Samuel nickte mit gerunzelter Stirn, als würde er ernsthaft über dieses Problem nachdenken. »Dann anders gefragt. Würdest du mich auch lieben, wenn ich normal wäre?«

»So wie ich?«

»Du bist nicht normal. Du bist mein Wunder.«

Eigentlich hatte er zum Stift greifen und weiterzeichnen wollen. Plötzlich ging das nicht mehr. Samuels Worte nisteten sich in seinem Herz ein, wuchsen dort zu etwas Großem und Bedeutendem heran. Er war Samuels Wunder.

Unauffällig blinzelte er eine Träne weg, schüttelte ein paar Strähnen ins Gesicht. Lange Haare waren in solchen Momenten praktisch.

Samuel streckte die langen Beine unter dem Tisch aus und wartete auf eine Antwort.

Konnte Erin nicht kurz aufs Klo gehen? Sie ließ sich bei ihrem Tun nicht im Geringsten stören und schnappte sich stattdessen sogar noch eine weitere Zwiebel.

Dann würde er der Liebe seines Lebens das Liebesgeständnis des Jahrhunderts eben vor ihren neugierigen Ohren darbringen.

Er holte tief Luft. Plötzlich klopfte sein Herz einen Takt schneller. »Ich würde dich immer lieben. Auch ohne deine Schuppen. Aber mir würde etwas fehlen. Das Wundschubbern gehört dazu. Davon abgesehen, dass sie dir einen verdammt verwegenen Look verpassen.«

Samuel bedachte ihn mit einem Seitenblick, der viel mehr nach brüllendem Triumph als bescheidener Dankbarkeit aussah. Er schnippte den Löffel in die Luft, fing ihn lässig auf und seine Lippen formten dabei ein lautloses *Yeah!*

Der Anblick, wie er verletzt und gedemütigt an einer Londoner Wohnungswand kauerte, voll Angst, Laurens würde vor Entsetzen schreien, wenn er die Schuppen bemerkte, rutschte in einen weit entfernten Winkel seines Bewusstseins. Dort konnte er seinetwegen Moos ansetzen.

Themenwechsel! Die nächste Rührungsträne würde er nicht wegblinzeln können. Um einen Grund zu haben, sich umzudrehen, ging er ans Fenster und sah angestrengt hinaus. Beim nächsten Wimpernschlag würde die Träne rollen. Sie hing schon tropfbereit im Augenwinkel.

»Sag mir wenigstens, wer es war.« Verflixt, seine Stimme klang eindeutig nach einem Kloß im Hals.

»Wer?« Samuel stellte sich hinter ihn, strich ihm die Haare aus dem Genick und blies auf die frei gewordene Haut. Warm und prickelnd.

Laurens neigte den Kopf weiter nach vorn.

Samuels leises Lachen verriet, dass er den Wunsch nach Wiederholung verstanden hatte. Aber statt ihn noch einmal mit seinem Atem zu streicheln, berührte er ihn mit seinen Schuppenfingern, zog kleine Kreise unter dem Haaransatz, die ganz langsam den Nacken hinabwanderten.

»Deine Härchen stellen sich auf«, flüsterte er. »Ich liebe es, dich zu berühren, und zu sehen, wie sehr es dir gefällt.«

Wollte er nicht etwas fragen? Nein, er wollte Erin zum Teufel schicken, sich von Samuel ausziehen lassen und diese raue, fantastische Stimulation überall an sich spüren. Laurens unterdrückte das dankbare Seufzen. Warum löste sich Erin nicht einfach in Luft auf?

»Der Anrufer. Du hast mir eben ein Gespräch geklaut. Schon verdrängt?« Seine Stimme war nach wie vor weit davon entfernt, fest zu klingen.

»Ich verdränge gerade meine Lust auf dich.« Samuels Wispern folgte ein winziges Lecken an Laurens' Ohr. »Da wir gestern eingeschlafen sind, sind wir gar nicht zum zweiten Teil unserer gemeinsamen Schnell-Therapie gekommen.« Seine Hände wanderten an Laurens' Hüfte, streichelten über den Jeansstoff, während er sich an ihn drängte.

Wärme, ein intensives Prickeln, das unterhalb seines Steißbeins begann und sich nach und nach in seinem Körper ausbreitete. Laurens atmete gegen die Erregung an, die Samuels Berührung in ihm auslöste. Völlig umsonst.

»Diese Frau am Telefon ...« Samuel nuschelte mit Laurens' Ohrläppchen im Mund. »Ihr Dialekt war schlimmer als deiner. Ich habe kaum ein Wort von dem verstanden, was sie gesagt hat.«

Konnte er nicht für einen Moment sein Ohr in Ruhe lassen? Es war auch so schwer genug, sich auf etwas anderes als seine Nähe zu konzentrieren. Laurens rief die Liste der Anrufe auf.

Scheiße! Ganz oben prangte die Nummer seiner Mutter. »Toll gemacht, Samuel. Eben hast du meine Mutter verarscht.«

Das Knabbern am Ohr hörte augenblicklich auf.

Was würde er sich von Claudia bloß anhören müssen? Am besten stand er den Rückruf gleich durch. Wann hatten sie das letzte Mal miteinander telefoniert? Es musste ewig her sein.

»Was ist los?« Verspielt drehte Samuel eine von Laurens' Strähnen um den Zeigefinger. »Denkst du, sie nimmt es mir übel?«

»Sie weiß nichts von dir und offenbar auch nichts von mir.« So eine Rabenmutter. Was alles in dieser Zeit geschehen war. Er hatte sich verliebt, er war entführt, gequält und gedemütigt worden, wäre beinahe verhungert, wäre fast ertrunken, hatte den ersten Blowjob seines Lebens mit Bravour über die Bühne gebracht und seine eigene Mutter meldete sich erst jetzt.

Laurens hackte auf die Rückruftaste. Claudia konnte sich auf was gefasst machen!

Samuels Nasenspitze streichelte seinen Nacken. »Du riechst so gut nach dir.« Das leise Lachen war noch zärtlicher als die Berührung.

Aus dem Handy drang der Signalton penetrant laut, während Samuel an Laurens' Hals schnupperte und sich bis zum Schlüsselbein vorküsste.

Dieser blöde Piepton. Warum ließ er sich auf ein Gespräch mit seiner Mutter ein?

Samuels Haare kitzelten und erst der sanfte Lufthauch, der jedem Kuss voranging ...

»Leg das Telefon weg«, bat Samuel mit einer Stimme, die ein Ganzkörperkribbeln auslöste. »Ich will kein Piepen hören, sondern dich, wie du mich bittest, dich zu lieben.«

»Bitten? Wollten wir alles, was mit David zusammenhängt, nicht weglassen?«

Von unten schob sich eine warme Hand unter sein Hemd.

»Ich liebe die Art, wie du mich dabei ansiehst.« Samuels Stimme drang in sein Ohr, schlängelte sich durch ihn hindurch direkt zum wachsenden Zentrum seiner Lust. »Und ich liebe das Gefühl, das dein Blick in diesen Momenten in mir weckt.« Ganz sacht bewegte er sich an ihm, seufzte auf eine Weise, die das Kribbeln in Laurens' Körper verstärkte.

Erin räusperte sich. Sie hätte die Kartoffeln vergessen und müsste wohl noch mal in den Schuppen.

Hoffentlich war der weit genug weg. Samuel war erregt, das war nicht zu überfühlen. Aber es war nichts im Vergleich zu Laurens' Zustand.

Was tutete ständig?

Die Küchentür klappte zu. Sehr laut, sehr deutlich. Sofort drückte sich Samuel fester an ihn.

»Ja bitte?« Claudias nasale Stimme ersetzte den Piepton.

»Claudia? Ich bin's.«

Samuels Nackenbiss ... fordernd und verführend. Und so viel verlockender als ein Telefongespräch.

»Laurens, wer zum Teufel war dieser Spinner?«

Der Spinner zupfte Laurens' Shirt aus der Hose, streichelte über die Härchen, die bis zum Nabel wuchsen.

»Ein Kommilitone. Wir arbeiten an einer Hausarbeit zum Thema frühhellenistische Kunst und ihre Auswirkung auf das Fin de siècle.«

»Aha, klingt interessant«, stellte Claudia völlig uninteressiert fest.

Samuel gluckste hinter ihm. Er neigte sich ihm über die Schulter und spielte mit der Zungenspitze in Laurens' Mundwinkel.

Laurens presste den Finger aufs Mikro. »Samuel, bitte! Hör auf. Ich muss telefonieren.«

»Soll ich das wirklich?« Die schuppigen Fingerspitzen strichen über Laurens' Bauch bis zum Hosenbund.

Nein, sollte er nicht. Laurens fasste nach hinten, erwischte Samuels Oberschenkel und hielt sich daran fest.

Samuel öffnete den obersten Knopf von Laurens' Jeans und nutzte den zusätzlichen Spielraum intensiv aus.

Himmel, tat das gut.

»Laurens? Rede gefälligst mit mir. Ich bin deine Mutter, Herrgott noch mal.«

Sanftes Streicheln, dazu Samuels schneller werdendes Atmen direkt an seinem Ohr. Und diese Schuppen, die zart über seine Haut kratzten. Laurens stellte sich breitbeiniger hin. »Mach das noch mal.«

Samuel schmiegte seine Wange an Laurens'. »Das hier?« Er strich zärtlich vom Schaft bis zur Spitze und wieder zurück.

Laurens verbiss sich ein Keuchen. Verdammt, er liebte diese Schuppen.

»Laurens!«, keifte Claudia in ein beginnendes Pulsieren. Dank Samuel scherte es sich nicht darum.

»Tut mir leid, Claudia. Ich bin etwas abgelenkt. Wie geht's dir?« Hoffentlich atmete er nicht zu laut.

»Miserabel! Mein Sohn lässt mich von einem seiner Kunst-Fuzzis verarschen. Was denkst du dir eigentlich?«

»Denken fällt mir im Moment massiv schwer.« Dazu war nicht genug Blut im Hirn. Es strömte ausschließlich unter zärtlichen Schuppenfingern. »Ruf später noch mal an. Ich kann jetzt nicht.« Er musste das Telefonat sofort beenden. Was Samuel mit ihm machte, ließ sich nicht lautlos ertragen.

»Laurens, treib es nicht zu weit! Jareks Mutter hat mir erzählt, dass Jarek zurzeit allein in eurer Wohnung lebt, und dass sie nicht daran dächte, deswegen die gesamte Miete zu zahlen. Also raus mit der Sprache: Wo steckst du, zum Himmeldonnerwetter?«

Ein wesentlicher Teil von mir steckt in der Hand meines ungeheuerlichen Geliebten und zuckt vor Erregung. Aber sonst geht's mir gut. »Ich bin in Schottland.« Laurens hielt das Mikrofon zu. Beinahe hätte er Claudia ins Ohr gestöhnt. Stumm zählte er bis drei, versuchte, sich auf das Gespräch zu konzentrieren, während Samuel den Reißverschluss nach unten zog und mit einem geschickten Griff alles befreite, was sich eben noch in der Jeans eingeengt gefühlt hatte.

»Sieh ihn dir an«, schnurrte er leise. »Er mag mich. Er weiß, dass ich es gut mit ihm meine.« Seine Finger schlossen sich fester um Laurens' Erregung.

»Oh Gott ...« Dieser unglaublich zärtliche Daumen, der kreisend zarteste Haut verwöhnte. »Ich halte das nicht mehr aus.« Laurens legte den Kopf zurück, bis er Samuels Schulter fand.

»Laurens! Werde nicht dramatisch. So furchtbar kann Schottland nicht sein. Ich habe erst kürzlich einen Liebesroman gelesen, der dort ...«

»Hilf mir!« Das Flüstern galt allein Samuel. Und nur Samuel konnte ihn von diesem kaum zu ertragenden Druck befreien.

»Bitte? Jetzt reiß dich zusammen! Du bist erwachsen!«

Mist, er war mit dem Finger vom Mikro gerutscht.

Samuel lachte und drückte für einen Moment zu fest zu.

Den archaischen Laut, der voll Inbrunst aus Laurens herauswollte, presste er zurück in die Kehle. »Lass es uns kurz machen, Claudia. Mein Freund und ich stecken mitten in der Arbeit.« Ihm ging die Luft aus. »Bitte«, flehte er tonlos Samuels markantes Kinn an. »Gönn mir nur einen Augenblick Pause.«

Samuel schüttelte den Kopf. »Sag deiner Mutter einen schönen Gruß. Dein Freund würde nicht in der Arbeit, sondern gleich in dir stecken.« Das Wispern war rauer als die Schuppenhaut. »Und ob du dabei telefonieren würdest oder nicht, sei ihm vollkommen gleichgültig.« Er nahm Laurens' Hand, führte sie nach hinten und ließ ihn den Grad seiner Erregung spüren.

Sie war massiv, zweifellos.

»Claudia, ich schreib dir eine Karte, sobald ich Zeit habe.«

»Eine Karte? Vergiss es!«

Samuel stöhnte auf. Viel zu laut. Er drückte Laurens' Oberkörper nach vorn, pflückte Laurens' Hand von sich, die es nicht hatte verhindern können, ihn zu reiben, und legte sie auf das Fensterbrett. »Stütz dich ab. Ich kann nicht mehr warten.« Keines seiner Worte kam ohne ein Keuchen aus seinem Mund.

Laurens' Herz fiel wie ein Stein in seine Lenden und klopfte dort wie wahnsinnig. Samuel konnte doch nicht ernsthaft vorhaben, ihn in diesem Moment zu verführen?

»Wer quatscht denn da im Hintergrund? Ist mir auch egal. Hör mir zu, Sohn. Ich muss dringend mit dir reden.«

Hinter ihm klirrte Samuels Gürtelschnalle. Er würde ihn vögeln, mitten in Erins Küche, mit Claudia am Ohr.

Scheiß Angst. Sie glomm auf, setzte sein Herz in Brand.

Laurens riss das Fenster auf. Er brauchte frische Luft.

»Ich liebe dich«, raunte Samuel. »Bitte weise mich nicht ab. Nicht jetzt.«

Verzweifelte Küsse in seinem Nacken und Samuels erregter Körper an sich. Zum Teufel mit der Angst. David war weg. Geschluckt, verdaut und ausgeschissen. Wenn Samuels Erektion nur nicht so einschüchternd wäre.

Sie stieß an ihn. Sofort verkrampfte er sich.

»Ich rufe wegen deines Vaters an. Ich kann ihn nirgends erreichen. Seine Kollegen aus dem Institut nerven mich täglich und eine hysterische Studentin von ihm faselt wirres Zeug.«

Welche Studentin, welches Institut? Ach ja, die Kryptozoologen. Sein Vater würde etwas mit sieben Beinen oder Köpfen nachjagen.

»Hast du was von Hendrik gehört? Das Letzte, was er geruhte, mir mitzuteilen, war, dass er dir etwas zeigen wollte.«

Ja, dass er Mhorag aufgespürt hatte. Zufällig stand Mhorag, beziehungsweise einer seiner Nachkommen, hinter ihm und war dabei, ihm die Jeans bis zur Mitte der Oberschenkel hinunterzuziehen.

Samuel biss in den Kragen von Laurens' Shirt, es ratschte.

Laurens wollte sich umdrehen, doch Samuel ließ es nicht zu.

»Du reißt mir das Shirt vom Leib?« Schon spürte er Samuels sehnsüchtige Küsse, die seinen Rücken hinabwanderten.

»Welches Shirt?«, keifte Claudia. »Kannst du dich jetzt endlich auf das Telefonat konzentrieren? Dein Vater wird vermisst!«

»Oh …« Diese Zunge, die an seinem Rückgrat entlangglitt, sein Steißbein liebkoste … »Oh … verdammt!«

»Oh? Das reicht mir nicht! Hendrik war kein Vorzeigevater, aber ich erwarte mehr von dir als ein läppisches *Oh*. Er ist im gefährlichen Alter. Wenn er mit einem Herzinfarkt irgendwo herumliegt, will ich das wissen. Schon allein wegen der Lebensversicherung.«

Laurens gab auf. Was Samuel mit ihm machte, war zu gut. Unanständig gut. Diese Zunge … oder waren das nasse Küsse? Laurens klammerte sich an die Fensterbank, ging noch etwas weiter ins Hohlkreuz. Es war die Zunge, eindeutig. Mehr davon. Viel mehr.

»Claudia, tut mir leid. Ich muss aufhören.« Er keuchte zu laut. Er wusste es.

Samuel nahm das Handy und warf es aus dem Küchenfenster. Dann ließ er sich wieder an Laurens' Rücken hinabgleiten.

Hoffentlich waren die Kartoffeln in einem anderen Universum und Erin würde vor dem fünfundzwanzigsten Jahrhundert nicht mehr in die Küche zurückkommen.

Als Samuel zusätzlich Laurens' steinharte Erektion massierte, drangen Laute aus Laurens' Kehle, die er von sich nicht kannte.

»Dein Keuchen …« Samuels vor Lust heisere Stimme umschlich Laurens' Hüfte. »Bedeutet das, dass du mich in dir willst?«

Diese Zunge. Was, um Himmels willen, machte sie da?

»Ich fasse es nicht. Hast du kein Schamgefühl?«

»Im Augenblick nicht.« Samuel biss ihn in den Po und lachte leise, als Laurens aufstöhnte.

Warum kam Samuel wieder hoch? Weshalb hörte er auf, ihm gut zu tun? Stattdessen umschlang er ihn mit seinen Armen, dass er sich kaum noch bewegen konnte.

»Es ist nur Spucke, aber das geht auch.«

Spucke? »Nein, Samuel, das geht nicht. Ich weiß, dass das nicht geht. Neben deinem Bett ist dieser Spender. Ich will …«

»Weder du noch ich werden ihn jetzt holen.« Samuel drückte mit dem Knie Laurens' Beine weiter auseinander, bis der Hosenbund in die Oberschenkel schnitt. Gleichzeitig schob er seine Spitze zwischen Laurens' Backen.

Laurens' Knie wurden weich. Dafür donnerte sein Herz, als ob es zerspringen wollte.

Nur nicht kneifen. Er wollte es. Sein Körper schrie es ihm zu. Verflixtes Herzrasen! Verdammter Schwindel! Sein Atem ging zu schnell. Er konnte nichts dagegen tun.

»Laurens.« Samuels Wispern hüllte ihn warm und zärtlich ein. Er legte ihm eine Hand auf die Brust, massierte sanft die Stelle, unter der sich Laurens' Herz aufgab. »Weißt du noch, wie ich dich in London vor diesem Klub gehalten habe?«

Das würde er nie vergessen. In Samuels Armen hätte er sterben können, ohne auch nur einen Funken Angst zu empfinden.

»Jetzt halte ich dich auch. Genau wie damals.« Samuel schmiegte sich an seinen Rücken, küsste ihm den Nacken. »Alles, was ich will, ist dir nah sein.« Die Sanftheit seiner Worte, die Liebe, die in ihnen mitschwang.

Laurens ließ sich darin treiben. In diesen Armen konnte ihm nichts geschehen. Sie hatten ihn aus den Tiefen des Sees geborgen, sich um ihn gelegt, ihn warmgehalten. In ihnen würde er nur Gutes erfahren.

»Laurens.«

Dieses Flüstern ...

»Lass mich dir nah sein.«

An ihm zuckte Samuels Lust. Erregend massiv, beängstigend groß.

Er presste Samuels Hand fester auf seine Brust »Sei mir nah. Aber lass mich dabei nicht los. Auch nicht für einen Moment.« Er würde sich sonst verlieren, in diesem Gefühlschaos, das immer mächtiger in ihm tobte.

Samuel seufzte. Es klang so sehnsüchtig, so dankbar. »Eine Hand hält dein Herz. Konzentriere dich nur auf sie. Die andere macht es uns beiden leichter.«

Eine warme Schuppenhand, die sein Herz beschützte. Eine warme Menschenhand, die ihn zärtlich berührte, mit Feuchtigkeit benetzte.

»Fühle mich.« Samuels Lust zitterte in den Worten. »Tief in dir.«

Der Druck nahm zu, schaffte sich Platz, tat weh. »Samuel!«

Samuel verharrte. Atmete beinahe so laut wie er selbst. »Du hast dich an meine Schuppen gewöhnt, an die Kratzer, die sie auf deiner Haut hinterlassen. Gewöhn dich jetzt an mich. Ganz und gar.« Er hielt ihn fest, schob sich tiefer.

Schmerz. Er ging nicht weg, wurde stärker. »Samuel!«

»Ich halte dich«, keuchte Samuel. »Es ist alles gut.«

Zu viel Druck. Alles war zu groß, passte nicht. »Samuel, bitte!« Die Küche kreiste um ihn.

~*~

Langsam, behutsam.

Samuel spürte Laurens' hart schlagendes Herz. Er hielt es so fest, wie er konnte. »Ganz ruhig.«

Laurens nickte. Seine Fingerknöchel wurden weiß, als er sich an die Kante des Fensterbretts klammerte. Trotzdem wich er ihm nicht aus, nicht mehr. Er nahm ihn an, zögernd, mit verhaltenem Keuchen.

Samuel kämpfte gegen den brennenden Wunsch an, sich in ihm schnell und wild zu erlösen. Die Enge berauschte. Wie lange konnte er sich beherrschen? Der Mann in seinen Armen war noch nicht so weit. Aber er war weit genug, um endlich Lust empfinden zu können.

Vorsichtig versenkte er sich tiefer.

Laurens stöhnte auf, fasste nach Samuels Schenkel. »Langsam.«
Oh Liebster, wenn du wüsstest, was du von mir verlangst. »Ich kann nicht
mehr langsam sein.« Und er konnte auch nicht mehr behutsam sein.
Alles, was er war, was er fühlte, drängte in diesen geschmeidigen,
zitternden Körper vor ihm.

Tiefere Stöße. Sie ließen Laurens in seinen Armen erbeben.
»Samuel, bitte!«

»Ich kann nicht.« Dieser Duft nach Erregung und Angst, diese
kaum zu ertragende Enge.

Er biss Laurens in die Schulter. Ein Gegenschmerz, der ihn
ablenken musste.

Laurens zuckte zurück, Samuel hielt ihn noch fester, versuchte
sich zu beruhigen. Vergeblich. Keine Gedanken mehr, nur noch
Lust. Sie wollte raus. In den Mann, der sich unter ihm krümmte.

Laurens keuchte auf, tief, kehlig. Er warf den Kopf in den
Nacken, hörte nicht auf zu keuchen. Lauter, hilfloser, je schneller
ihn Samuel nahm.

Sengende Ekstase, Unmengen an Liebe. Alles zerrte an ihm,
drängte ihn von Laurens weg, stieß ihn zu ihm zurück.

Laurens kam ihm entgegen, bei jedem Stoß heftiger. Keine
Kontrolle mehr, nur Sehnsucht, sich in ihm aufzulösen.

Laurens kam mit einem heiseren Schrei, riss ihn mit sich in den
Strudel, der sich tosend um sie drehte.

Kein Samuel, kein Laurens. Nur etwas Glühendes in ihrer Mitte,
das sie miteinander verschmolz.

Laurens presste sich gegen ihn, stöhnte erlöst, als sich Samuel in
ihm ergoss.

Weiche Knie, ein rasendes Herz und Laurens geborgen in seinem
Arm. Samuel schluchzte vor Glück, zog ihn mit sich auf den
Küchenboden und hielt ihn zitternd umklammert.

Schweiß auf der Haut, die an seiner glühte. Er küsste über den
Geschmack aus Salz und Liebe.

»Bleib in mir.« Laurens klammerte sich an Samuels Unterarm. »Bis es nicht mehr geht.«

»Oder bis Erin zurückkommt.«

Das Lachen klang wundervoll abgekämpft.

Er rutschte aus Laurens hinaus. Nur ein bisschen Blut. Es würde schnell heilen. Er küsste den schmalen Nacken, bis sich Laurens zu ihm herumdrehte.

Dieser sinnliche Mund, der nach Luft schnappte, dieser glühend verwirrte Blick, der verriet, dass er immer noch nicht wusste, wie ihm geschehen war.

Samuel küsste ihm den Rest Leidenschaft von den Lippen.

Sie hatten es getan. Sie hatten es endlich getan. Eine satte, durch und durch befriedigte Trägheit hielt ihn am Boden fest. Jetzt einschlafen, mit Laurens im Arm, seinen Atem spüren, wie er ihm über die Haut strich, sein Gesicht in den verschwitzen, blonden Haaren versenken. Was für eine verlockende Vorstellung.

»Oh Mann, Erin macht uns fertig.« Laurens sah zur Wand unter dem Fenster, wo der Beweis seines durchlebten Rausches teils auf den Boden tropfte, teils in die Tapete sickerte. »Lass uns lieber verschwinden.« Er rappelte sich auf, versuchte, seine Jeans hochzuziehen und wäre beinahe dabei umgekippt.

Samuel half ihm, genoss es, als sich Laurens seufzend an ihn lehnte. »Eine Dusche zu zweit und einen Kaffee für den Kreislauf?«

Laurens nickte matt und ließ sich von ihm die Treppe hinaufhelfen. Am liebsten hätte Samuel ihn auf jeder Stufe geküsst. Er sah auf so süße Weise durchgenommen aus.

Vor dem Bad blieb Laurens stehen und legte ihm die Hände in den Nacken. »Danke für den Überfall.« Der kaum spürbare Kuss hinterließ ein Kribbeln auf Samuels Lippen. »Mach das wieder mit mir.«

»Wann ich will?« In seinem Kopf entstanden spannende Szenen.

Laurens grinste und rümpfte dabei ein kleines bisschen die Nase. »Ich scheine nicht zu den Menschen zu gehören, die sich zu so etwas frei entscheiden können. Es ist wie beim Bungeespringen. Schubs mich einfach über die Klippe. Sonst springe ich nie.«

»Solange du unten heil ankommst und mir danach sagst, dass du das Fallen genossen hast, komme ich deinem Wunsch liebend gerne nach.« Der Tag war jung. Wie oft ließ sich Laurens wohl noch über die Klippen schubsen?

Ein zarter Biss riss ihn aus seinen Tagträumen.

»Ich brauche eine Dusche. Ehrlich.« Laurens zog ihn ins Bad, verriegelte die Tür und lehnte sich an die Kacheln. »Du hast mich angezogen, ziehst du mich auch aus?« Er schloss die Augen und seufzte behaglich. »Nimm mich dann einfach unter den Arm und mach mit mir, was du für nötig hältst. Duschen, abtrocknen, anziehen oder auch nicht anziehen. Ich bin raus für heute.«

Die Jeans landete im Wäschekorb, das zerrissene Shirt im Mülleimer.

Nackt und abgekämpft stand Laurens vor ihm. Samuel strich ihm über die Schultern, genoss das seidige Gefühl der blonden Haare an seiner Haut.

Was für ein betörender Anblick. Sein Laurens, sein Sonnenschein. Er schluckte, es brachte nichts. Seine Kehle blieb eng, aber vor Glück.

Laurens sank gegen ihn und legte ihm die Arme um den Hals. »Ich laufe aus. Wir sollten duschen.«

»Sagst du mir vorher, dass du mich liebst?« Er musste es unbedingt hören, aus diesem schönen Mund, der sich an seinen Hals schmiegte.

»Dusch mich erst. Ich tropfe auf die Fliesen.«

Was machte das schon? Samuel zog sich aus, stellte das Wasser an und holte Laurens zu sich unter den Strahl. »Ich schäume dich ein, als wärst du ein rohes Ei.«

Laurens grinste unter den Wasserperlen. »Exakt so fühle ich mich auch.« Er lehnte sich an ihn und ließ zu, dass er ihn behutsam wusch. Erst als er ihn in ein Handtuch wickelte und versuchte, die Mengen blonder Haare einzufangen und auszuwringen, übernahm er die Initiative.

Mit wenigen Handgriffen wickelte er sich einen Turban um den Kopf und wischte den beschlagenen Spiegel frei, um sich anzugrinsen.

Samuel legte das Kinn auf Laurens' Schulter. Ihre Blicke trafen sich durch das Glas.

»Wenn ich dir sage, dass ich dich liebe, reicht das nicht.« Laurens streichelte über die Arme, die ihn umschlungen hielten. »Es ist viel mehr. Ich kann es nur nicht ausdrücken.«

Samuels Herz dehnte sich über seinen Körper hinaus aus, als Laurens sich zu ihm drehte und ihn zärtlich küsste. Jeder Kuss schmeckte nach Hingabe, nach bedingungslosem Vertrauen.

Zu viel Glück, um es fassen zu können. Noch schlug sein Herz in der Brust, doch gleich würde es die Badezimmerdecke berühren.

~*~

Große, flache Steinplatten. In den Ritzen wuchsen Blumen. Die Sonne blendete, dann Dunkelheit, Träume. Seine Lippen an Samuels Hals, seine Zähne in Laurens' Kehle.

Nein, das war verboten. Dann eben nicht.

Ein Auto, eine Frau. Sie wollte zu Samuel.

Raven rappelte sich auf, lehnte sich an die Mauer. Der Wagen war weg. Sein Kreislauf auch. Dafür steckte ein einsamer Pappbecher im Ginster.

Stück für Stück huschten die Erinnerungen wie kleine Eidechsen über die Steine. Die Frau hatte etwas von ihm gewollt. Und ihn in den Hintern gestochen. Plötzlich war die Auslegware des Kofferraumes erschreckend schnell nähergekommen.

Wieder quälte ihn Sonnenlicht. Es stach in seinen Augen. Sein Arm brannte. Wer hatte ihn verbunden? Auf dem anderen Arm, direkt in der Beuge, klebte ein Pflaster. Hatte ihm die Irre Blut abgenommen? Er unterdrückte den Impuls seines Magens, sich umzustülpen. Die Frau hatte ihn betäubt, ihn angezapft, war weggefahren. Was wusste sie?

Schwankend kam er auf die Beine. Er zog die Ärmel des Shirts so weit es ging hinunter und schleppte sich ins Haus. Um die Treppe zu erklimmen, brauchte er Mut. Er schnappte nach Luft, aber das war zu viel Sauerstoff. Die Stufen verschwammen, das Geländer wurde weich. Er musste ins Bett. Mit etwas Glück starb es sich dort ganz gemütlich.

Der Gang wurde immer länger, wackelte. Verfluchter Mist. Bis zum Ende musste er kommen, dort war sein Zimmer, sein Bett.

Butterweiche Beine, und sein Herz machte in seiner Brust irgendetwas Falsches.

Vor ihm tauchte eine Klinke auf. Seine? Nein. Gut, weiter. Nur noch wenige Schritte, gleich. Rein, Tür zu, rauf aufs Bett.

Jemand musste dieses Vieh erschießen. Eklig, wie der Gedanke durch sein Hirn kroch und Schlieren zog. Nur ein bisschen ausruhen, dann würde er in den Keller stürmen und blind auf den Käfig schießen.

Sein Lachen drehte eine einsame Runde im Zimmer, um vor ihm erschöpft auf die Matratze zu fallen. In diesem jämmerlichen Zustand konnte er die Waffe nicht mal halten.

Schritte auf dem Flur. Sie verstummten vor seiner Tür. Jemand klopfte leise. Damit schied Erin aus.

»Störe ich?« Samuel schlenderte, ohne eine Antwort abzuwarten, durchs Zimmer und legte sich zu ihm. »Du warst nicht beim Frühstück. Was ist los?«

War das ein Friedensangebot oder nur ein Waffenstillstand? Es spielte keine Rolle. Samuel lag neben ihm. Wäre sein Herz nicht so träge gewesen, hätte es vor Freude gehüpft.

Samuel sah zu ihm herüber und zog die Brauen hoch. »Du siehst erbärmlich aus.«

»Danke. Du nicht.« Er schien von innen zu leuchten. Voll Glück, voll Zufriedenheit.

»Eigentlich wollte ich dich fragen, ob du mit mir einen Kaffee trinken willst. Aber wenn du zu müde bist, lasse ich dich lieber allein.« Samuel schwang sich aus dem Bett.

Raven erwischte seine Hand. »Nicht gehen. Du fehlst mir.« Und wenn er auf dem Weg zur Küche zusammenbrach, diesen verdammten Kaffee wollte er unbedingt mit ihm trinken.

Sein Bruder runzelte die Stirn und befreite sich aus seinem Griff. »Dramatisiere nicht den Umstand, dass ich dir für einen Tag aus dem Weg gegangen bin.«

»Ich dramatisiere den Umstand, dass ich dich dazu gebracht habe, Laurens zu betrügen. Das tut mir leid. Der Fick nicht. Er hat mir gutgetan.« Scheiß auf die Moral. Früher hatte sich Samuel auch nicht darum geschert. Oder doch? Die Erinnerungen verrutschten in seinem Kopf.

Warum sah er ihn so gequält an? Eben war er glücklich gewesen.

»Ich habe Laurens noch nichts davon gesagt.«

»Dann lass es.« Das Sonnenscheinchen musste nicht alles wissen.

»Ich liebe ihn.« Samuel fuhr sich seufzend durch die Haare.

Ein schöner Anblick. Raven berührte ihn am Arm, aber Samuel bemerkte es nicht.

»Ich will ihn nicht anlügen. Aber ich habe Angst, dass er ...«

»... ausflippen könnte?« Das war zu vermuten. »Lass uns hinuntergehen. Bei einem Kaffee kann ich besser solche komplizierten Probleme wälzen. Wo ist Laurens überhaupt?«

134

»Er schläft.« Samuels Seitenblick barg ein wundervolles Geheimnis. Leider verriet er nicht, welches.

Auf dem Weg hinunter diente ihm der Rücken seines Bruders als Fixpunkt in einer Welt, die nur aus Watte und anschwellendem Schmerz bestand. Die Wunde pochte. Wie sein Herz. Kaffee würde es zum Explodieren bringen.

Weshalb verschwand Samuel in der Besenkammer? Raven stützte sich an der Wand ab und verbiss sich einen Fluch, der längst auf seine Chance wartete.

Mit Wischmopp und Eimer kam Samuel heraus, schlenderte pfeifend zur Küche und ließ Wasser einlaufen.

Was war in ihn gefahren? Wozu bezahlten sie Finley und Erin? Raven hangelte sich am Küchentresen bis zur Kaffeemaschine vor. Der Wassertank tanzte vor seinen Augen und das Rauschen aus dem Hahn klang zu laut. Er hätte im Bett bleiben sollen.

Nein. Samuel wollte sich mit ihm versöhnen. Das war jedes Opfer wert. Auch den eigenen Tod, der sich erstaunlich nah anfühlte.

Samuel wrang den Mopp aus und wischte sich zum Fenster vor. »Ich habe vorhin mit was gekleckert. Ich will nicht, dass jemand darauf ausrutscht.«

»Nur zu.« Raven lehnte sich an den Tresen und ignorierte, dass sich die Welt permanent um ihn drehte.

Nach ein paar Minuten glich die Küche einem See. Samuel tauschte den Wischeiner mit einer Kaffeetasse, legte Raven den Arm um die Schulter und führte ihn in den Garten. »Hast du Mhorags Manor jemals so friedlich erlebt?« Er setzte sich auf den Rasen und sah verträumt zu den Rosenbeeten, aus denen Finley fluchend Brombeerranken riss. »Es wird endlich ein Zuhause.«

Wenn da noch die eine, letzte Kleinigkeit erledigt wurde. Die Sätze *Samuel, hilf mir, ich muss unseren Stiefvater töten, weil ich beim ersten Versuch versagt habe und außerdem fängt mein Blut an zu kochen. Schnapp dir die Jagdflinte und erschieß alles außer dir und mir, das dir komisch vorkommt* lagen ihm auf der Zunge. Aber sie blieben dort. Sprechen war ohnehin zu anstrengend. Raven ließ sich ins Gras fallen, hörte lieber Samuels Plaudern zu, das leiser und leiser wurde.

~*~

Noch zwei weitere Raten und Baxter überwies ihn in diese piekfeine Klinik. Tom warf das Handy aufs Bett. Baxter hatte ihm per SMS mitgeteilt, wann er sich für den nächsten Fick bereithalten sollte.

Tom schmeckte Galle und schluckte. Von den widerlich wabbligen Armen umschlungen zu werden war ähnlich berauschend, wie mit einer Qualle zu knutschen. Aber sein Gönner bluffte nicht. Er hatte in der Klinik angerufen und nach seinem Termin gefragt. Die Schwester wusste Bescheid. Sie erwartete ihn nächste Woche Freitag.

Tom stellte sich ans Fenster und beobachtete fremde Menschen bei ihrem Alltag.

Am Morgen war er kurz davor gewesen, seinen Eltern wenigstens die Hundebiss-Lüge aufzutischen. Fast hatte er sich nach dem aufkreischenden Mitleid seiner Mutter gesehnt, die früher bei aufgeschrammten Knien mit Ohnmachtsanfällen gekämpft hatte. Wenn seine Eltern ihm finanziell unter die Arme greifen würden, wäre er Baxters Zudringlichkeit los.

Doch sein Vater war ihm telefonisch zuvorgekommen.

Auf der Strecke nach Limoges hätte sie ein Laster gerammt. Seine Mutter wäre mit einem Schock ins Krankenhaus eingeliefert worden und der Wagen ein Totalschaden. Scheiße aber auch, dabei hatten sie sich so auf die Reise gefreut gehabt. Jetzt spielte die Versicherung verrückt. Na ja, er hatte ein bisschen Wein zum Essen getrunken. Vielleicht war es auch ein bisschen mehr gewesen, aber die verdammten Franzosen müssten dafür Verständnis haben.

Hatten sie offenbar nicht. Und die Versicherungsgesellschaft noch weniger.

Dann müssten sie eben in nächster Zeit alle den Gürtel etwas enger schnallen. Wäre ja kein Problem. In seiner Jugend wären ihm schließlich auch nicht die Tauben in den Mund geflogen. Ob sich Tom einen Ferienjob suchen könnte?

Nein, konnte er nicht. Höchstens in der Geisterbahn eines Vergnügungsparks, doch das hatte er nur gedacht. Gesagt hatte er seinem Vater, dass es ihm leidtäte, dass er Mutter grüßen sollte und dass er sich keine Sorgen machen bräuchte. Einen Job hätte er bereits. Sogar einen sehr lukrativen.

Morgen Abend nach Praxisschluss erwartete ihn Baxter.

~*~

Kaffee? Der letzte kulinarische Traum hatte nach Erdbeeren geschmeckt und sich bis in die Realität ausgedehnt. Aber dieser Kaffeetraum fühlte sich ebenfalls gut an. Irgendwo schmerzte es, doch das war nicht wichtig.

Mühsam öffnete Laurens ein Auge. Eine dunkle Haarsträhne glitt ins Bild. An den Rändern wurde der Traum heller, ähnelte immer mehr Samuel.

Er saß neben ihm und nippte an einer Tasse. »Heute schlafen anscheinend alle mitten am Tag. Wenigstens liegst du im Bett. Raven pennt unterm Birnbaum. Hunger?« Er sah so zufrieden und glücklich aus, wie sich Laurens' Traum angefühlt hatte. »Erin pfeift auf dem Kochlöffel. Ihre Laune hat was Explosives. Wir sollten sie nicht warten lassen.«

»Haben wir nicht eben erst gefrühstückt?«

Samuel streichelte ihm über die Wange und sein Grinsen wurde zu einem liebevollen Lächeln. »Schlafmütze. Mittag ist längst vorbei.«

Laurens öffnete auch das andere Auge. Sofort umarmte ihn die Erinnerung an das massivste und erregendste Gefühl seines Lebens. Mann! Wahnsinn! Scheiße, tat ihm der Arsch weh! Die Reue blieb aus. Das war es wert gewesen. Vorsichtig setzte er sich auf.

Samuel lächelte mitfühlend. »Ich habe versucht, mich zu bremsen. Aber es ging nicht.«

»Aha.« Nach bremsen hatte sich nichts von dem angefühlt, was er mit ihm gemacht hatte.

Samuel hielt ihm die Tasse an die Lippen. »Ich dachte, ich werde irre in dir.« Diese dunkle Stimme, dieser verschleierte Blick. Der Kaffee schwappte bedrohlich nah an den Tassenrand, als der Lustschauer über Laurens' Rücken fegte. Dabei war es nur das Echo der unglaublichen Ekstase, die ihn aus Samuels Augen ansah.

»Ich werde dich niemals langsam lieben können. Ich verliere in dir jegliche Kontrolle.«

Knarrendes Eichenholz. Anders ließ sich das Timbre nicht beschreiben. Dieser Mann würde ihn fertigmachen und die kleinen elastischen Schuppen, die seinen beeindruckenden Schwanz überzogen, halfen ihm dabei.

Laurens fühlte sie jetzt noch in sich. Er versenkte seine Hände in Samuels Haaren. Beim nächsten Mal würden sie sich dabei in die Augen sehen. Der Gedanke daran ließ seinen Körper brennen. Er würde sich an Samuel schmiegen, so wie jetzt. Würde ihn küssen und sanft nach hinten drücken. Dann würde er ihm mit schnellen Handgriffen die Jeans öffnen.

Genau so wie jetzt.

Samuel spreizte die Beine, zog Laurens' Knie dazwischen, bis es ihm fest gegen den Schritt drückte. Er sah ihn dabei an, auch als er sich an ihm bewegte, auch als ein leises Stöhnen über seine Lippen kam.

Oh verdammt! Auch wenn die Lust in ihm schon wieder hochkochte, keinesfalls durfte Samuel ihn heute noch einmal auf diese Weise lieben. Nicht wenn er wollte, dass er beim Essen sitzen konnte. Aber vielleicht wollte Samuel das gar nicht. So wie er ihn ansah, so wie er sich bewegte ...

»Zieh mich aus.« Samuels Augen flackerten vor Glut. »Wir haben nicht viel Zeit. Also beeil dich.«

Laurens würde verbrennen, lichterloh. Es begann bereits. In seinem Unterleib, in seinem Bauch. Überall züngelten Flammen.

Samuel wollte sich nehmen lassen. Die Sehnsucht, ihn in sich zu spüren, stand ihm im Gesicht.

Laurens zerrte die Jeans von Samuels Hüfte. Er tauchte zwischen die langen Beine ab, inhalierte blanke Lust.

Samuel stöhnte, gönnte ihm nur einen Moment, bevor er ihn auf sich zog. »Du musst nichts weiter mit mir machen.« Atemlos schnappte er die Worte aus der Luft. »Ich bin froh, wenn ich nicht nach zwei Sekunden komme.«

Die Schwere von Samuels Beinen auf den Schultern zu fühlen, dem Blick standhalten, der ihn versengte. Gott, war er nervös. Nur ein bisschen nach vorn rutschen, dann vorsichtig und langsam in den Mann gleiten, der sich vor Erregung ins Laken krallte.

Laurens angelte nach dem Gelspender.

Schon beim Verteilen atmete Samuel lauter. So wie seine Härte zuckte, brauchte er keine weitere Vorbereitung. Oder doch?

»Sag mir, was ich machen soll.« Auf keinen Fall wollte er ihm unnötig wehtun.

»Laurens ...« Ein gewispertes Flehen, eine Hand, die ihm die Richtung vorgab. »Tu es einfach.«

Glitschig, eng. Berauschend eng.

Samuels Pupillen weiteten sich. Er presste den Kopf ins Kissen, keuchte. »Laurens ...«

Oh Gott. Besser als mit Julia. Besser als alles Handgemachte.

Samuel hatte in ihm die Beherrschung verloren? Dasselbe Schicksal drohte nun Laurens.

Hektische Schritte auf der Treppe. »Samuel! Laurens! Essen!« Das donnernde Klopfen an der Tür war beinahe so laut wie Laurens' Herzschlag. »Ich werde nicht ewig zwischen Töpfen und Pfannen auf euch warten!«

Verflucht noch eins! Das Zetern hatte nicht nur ihn erschreckt. Das sichtbare Zeichen seiner Lust schrumpfte und verweigerte den Dienst.

»Erin.« Samuel biss die Zähne zusammen. Die vorspringenden Wangenmuskeln verliehen ihm noch mehr Männlichkeit. »Ich fresse sie noch mal.«

»Denkst du, sie stürmt hier herein?« Wo zum Henker lag seine Hose? Im Wäschekorb. Mist.

»Zuzutrauen wär's ihr.« Samuel warf ihm eine Shorts zu, die er zwischen dem Bettzeug hervorgezaubert hatte. Er selbst zwängte sich zurück in seine Jeans. Offensichtlich war seine Erregung durch Erins Gekeife nur halb so eingeschüchtert. »Ich habe ein Problem mit den Bildern, die sich gerade in meinem Kopf abspulen«, erklärte er die Situation. »Ich stelle mir vor, wie du über mich herfällst, während ich Erin den Hals herumdrehe.« Seine Grimasse sprach von echter Seelenpein. »Mich erregt beides. Sollte ich mir deshalb Gedanken machen?«

Laurens musste lachen, auch wenn ihn Samuel unglücklich ansah. »Komm, lass uns Arglosigkeit heucheln. Je weniger wir Erin reizen, desto besser.« Dazu gehörte ebenfalls, dass er sich ordentlich anzog. Nur in Shorts konnte er ihr nicht unter die Augen treten.

Laurens wählte aus Samuels Schrank eine Jeans samt Shirt. Etwas fehlte noch. »Mein Handy! Es liegt im Beet vor dem Küchenfenster.«

Samuel grinste. »Du hättest deine Mutter viel früher abwürgen müssen. Was blieb mir für eine Wahl?« Er küsste ihn sanft auf den Mund. »Zuerst haken wir Erin ab, dann holen wir das Handy. Komm.«

Wie die Schwerverbrecher schlichen sie die Treppe hinunter.

»Hm, riecht es hier lecker.« Samuel küsste Erin beim Vorbeigehen auf die Wange. Als ihn ein tadelnder Blick traf, schaute er noch freundlicher. »Was gibt es denn?«

»Chili.« Ihr diabolisches Lächeln war für Laurens bestimmt. Sie schnappte sich einen Teller und über zwei winzige Kartoffelstücke häufte sie kellenweise der scharfen Soße. »Kein Fleisch, Laurens. Keine Angst. Nur gesundes Gemüse.«

Angst hatte er dennoch. Vor dem Gemüse. Es war kleingeschnippelt, rot und grün und würde ihm spätestens morgen früh den Hintern versengen.

Samuel erriet seine Gedanken und kniff in vorweggenommenem Mitgefühl die Augen zusammen. »Ich hole dir dein Handy.« Er flankte aus dem Küchenfenster, verschwand im Blumenbeet und kletterte schließlich mit dem Gesuchten zurück.

Erin schüttelte stumm den Kopf und knallte auch ihm einen Chiliberg auf den Teller. »Ruf Raven. Er isst nicht genug. Kein Wunder, dass er so schlecht aussieht.«

Mitten auf dem Weg zwischen Topf und Teller fing Samuel die Suppenkelle Kelle ab. »Der wird sich schon melden, wenn er Hunger bekommt.«

Was hatten alle nur plötzlich mit Raven? Laurens riss sich nicht um seine Anwesenheit. Seinetwegen konnte er sich sonst wo verkriechen.

Erin wand Samuel schnaubend den Henkel der Kelle aus der Hand. Auf einmal verschwand die Strenge aus ihrem Gesicht. »Ich mache mir Sorgen um ihn. Er ist in letzter Zeit so fahrig und launisch, neulich hat er mich sogar angeschrien.«

Samuel hob erstaunt die Brauen. »Dich? Nie!«

»Doch! Und krank aussehen tut er auch. Ihm fehlt etwas. Ich weiß es.«

»Unsinn. Weder ich noch er waren jemals krank. Zu irgendetwas muss das Schlangen-Gen ja taugen.«

Krank? Laurens fiel die in Schärfe getränkte Kartoffel von der Gabel. Sie hatten kein Gummi benutzt. Warum zum Geier hatte er daran nicht gedacht? Seit Wochen stand das Gleitgel parat, aber kein Gummi weit und breit. Über diesen Punkt mussten sie in aller Ruhe reden, und zwar vor dem nächsten Mal. Samuel hatte gesagt, dass er im Regelfall weder mit Frauen noch mit Männern schlief. Es gäbe nur wenige Ausnahmen. Sein Stiefvater war eine davon. Und wenn der herumgehurt hatte? Wer seinen Stiefsohn vögelte, besaß auch sonst keine Moral.

Samuel bei einem Aidstest wäre bestimmt der Hammer.

Lieber Mr. Mac Laman, zwar sind Sie HIV negativ, dafür haben wir eine frühe Form von Echsenräude bei ihnen festgestellt. Es könnte auch Schlangenpest sein, das wissen wir noch nicht genau. Machen Sie sich bitte frei.

»Laurens? Alles gut?« Samuel nahm seine Hand und schaute ihn besorgt an. »Du guckst so bestürzt. Mach dir um Raven keine Sorgen. Der ist öfter unentspannt.«

Wir müssen reden, sagte er lautlos.

Samuel hob erstaunt die Brauen. *Worüber?*, fragte er stumm zurück.

Laurens nickte zu Samuels Mitte.

Samuel runzelte die Stirn, folgte seinem Blick. *Darüber?*

Laurens nickte. *Aber später.* Das war kein Thema, das in der Nähe von Erins neugierigen Ohren erläutert werden musste.

Argloses Schulterzucken. *Wenn du meinst.*

Allerdings. Wie konnte Samuel so naiv sein? Als ob er nie ein Wässerchen getrübt hätte, widmete er sich dem Essen. Für zwei Sekunden. Dann lief er rot an.

»Hilfe, Erin!« Die Gabel, die eben noch in seinem Mund gesteckt hatte, fiel auf den Tellerrand. Der Griff zum Wasserglas war schnell wie ein Reflex. »Was hat dich denn geritten?«

142

»Mich? Nichts.« Ein moralisch tadelnder Blick peitschte Samuel, dann holte Erin noch einmal aus und die imaginären Riemen klatschten auf Laurens' geschundenen Hintern. »Ich muss mich um die Wäsche kümmern. Guten Appetit, Jungs.«

Kaum war sie raus, sprang Samuel auf, schnappte Laurens Teller und wischte den Inhalt in den Mülleimer. »Das isst du auf keinen Fall. Was für ein Biest! So viel Bosheit hätte ich der alten Frau nicht zugetraut.«

Das Schamgefühl brannte auf Laurens' Wangen und breitete sich auf seine gesamte Existenz aus. Sollten sie sich noch einmal in Erins Einzugsbereich lieben, würde er auf einen ihrer Kochlöffel beißen.

»Hier, damit du nicht verhungerst.« Eine Schüssel mit Frühstücksflocken und Milch landete vor ihm. »Ich mache es wieder gut. Versprochen.« Er setzte sich zu ihm, lächelte ihn an, und begann lustlos in seinem Essen herumzustochern. »Gefällt dir Mhorags Manor?« Nebenbei tropfte er Soße auf ein Kartoffelstück.

»Klar, ist nett hier.« Wenn er nicht entführt wurde und Köpfe rollten. Laurens wurde kalt im Magen. Er legte den Löffel beiseite und schob die Schüssel von sich. Er würde niemals Loch Morar ansehen können, ohne an das Schreckliche zu denken, das an, auf und in diesem See geschehen war. Nur für Samuel riss er sich zusammen. Es wurde Zeit, dass sie nach London zurückkehrten.

»Dann bleib doch.« Samuel sah von seinem Essen hoch. Sein Lächeln war ebenso schüchtern, wie seine Frage klang.

Bleiben? Auf keinen Fall. Aber wie sollte er es ihm erklären, ohne ihn zu kränken? Es war Samuels Zuhause. Dass es bei Laurens Albträume auslöste, war nicht seine Schuld.

»War nur so eine Idee.« Samuel räusperte sich und räumte seinen Teller weg. Sein flüchtiger Seitenblick verriet, wie enttäuscht er war. »Ist dir Morar zu einsam? Zu weit ab vom Schuss?« Er grinste schief und sah dabei dermaßen attraktiv aus, dass Laurens am liebsten zu ihm gegangen und in seinen Armen geschmolzen wäre.

Oh Mann. Geschmolzen? Er versank hinter seinen Unterarmen. So weit war es mit ihm gekommen. Männer schmolzen nicht. In niemandes Arm.

Du schon, Laurens Johannson. Jedes Mal, wenn du dich von Samuel verwöhnen lässt. Und heute Morgen ganz besonders. Erinnerst du dich? Du dachtest, du würdest dich im gesamten Universum auflösen. Wenn das kein Schmelzen ist, weiß ich es auch nicht. Die leise Stimme höhnte zuerst in seinem Kopf, dann rutschte sie in seinen Schritt und schlug ihm das Echo ihrer Worte noch einmal um die Ohren.

Ja bitte. Es gab nichts Besseres, als in Samuels Armen zu schmelzen. Gerne auch mit seinem Schuppenschwanz im Hintern, aber nicht zwingend in Mhorags Manor. Jede Wette, in London ließ es sich doppelt so gut vögeln. Ohne eine neugierige Erin, sondern nur mit einem rasenden Jarek, der sicherlich vor Entsetzen die Tür eintreten und Samuel aus ihm herausziehen würde. Vorher musste Laurens ihm beibringen, dass es okay war, wenn sich zwei Männer liebten. In Jareks Universum gab es diese Art der Zuneigung wahrscheinlich nicht.

»Du könntest in Inverness studieren.« Samuel lehnte sich an die Geschirrspülerklappe und drückte sie zu. »Das wäre viel näher und wir könnten uns oft besuchen. Jedes Wochenende oder immer dann, wenn uns danach ist.«

Laurens konzentrierte sich auf einen tiefen Kratzer in der Tischplatte. Am besten, er klärte die Situation gleich.

Inverness kam nicht infrage. In London schlug das künstlerische Herz Britanniens. Er liebte diese Stadt und dorthin würde er zurückgehen. Um zu studieren. Um niemals reich zu werden und um seinen Eltern noch bis in alle Ewigkeit auf der Tasche zu hängen.

»Komm mit mir nach London zurück.«

Samuel stand am Tresen, den Blick gesenkt. Wenigstens widersprach er nicht sofort.

»Du bräuchtest keine eigene Wohnung. Du könntest bei mir wohnen.« Die Vorstellung, ihn jeden Tag zu sehen, mit ihm abends durch die Pubs zu ziehen, nachts neben ihm zu liegen, ihn jederzeit lieben zu können, ließ sein Herz hüpfen.

Aber nur für einen Moment. Als Samuel den Kopf schüttelte, hörte das Hüpfen schlagartig auf.

»Ich will mich nicht länger verstecken.« Er hob seine Schuppenhand. »Ich will nicht im Hochsommer mit Handschuh herumrennen. Ich will in den See springen, wenn ich Nässe brauche, und mich nicht unter eine Dusche quetschen. Und ich will mit nacktem Oberkörper im offenen Fenster sitzen, um den Abendwind zu spüren. Ohne Gaffer, die wegen meines Anblicks vor Laternenpfähle rennen oder von Bussen überfahren werden.«

»Verständlich.« Samuel halb nackt auf der Fensterbank, die Schuppen glänzend in der Abendsonne. Laurens wäre der Erste, der beim Halsverrenken mindestens eine Litfaßsäule küssen würde.

»Samuel? Kannst du mir helfen?« Finleys staubiges Gesicht zeigte sich im Türspalt, und nachdem er sie beide ausgiebig gemustert hatte, versetzte er seine Augenbrauen drei Stirnfalten nach oben. »Dicke Luft?«

»Ach was. Nur anstrengendes Planen einer vagen gemeinsamen Zukunft.« Samuel zog einen Mundwinkel hoch. Es war weit von einem Lächeln entfernt. »Ich versuche, Laurens dieses entzückende Örtchen nah genug zu bringen, dass er es dem völlig überschätzten London vorzieht.«

»Mach das später. Jetzt musst du mir helfen. Das Dach vom Nebengebäude ist undicht.«

»Hatten wir nicht eine Firma beauftragt?«

»Zu teuer«, murrte Finley durch die emotionalen Nebelschwaden. »Was wir selbst erledigen, müssen wir nicht bezahlen.«

Samuel drückte sich vom Tresen ab, zwinkerte Laurens zu, aber auch das wirkte nicht sonderlich fröhlich. »Bis nachher,

145

Sonnenschein. Vielleicht überlegst du es dir ja noch.« Er verließ mit Finley die Küche und gab Laurens' schlechtem Gewissen damit ausreichend Gelegenheit, sich auszubreiten.

Mhorags Manor? In diesem Kaff lag der Hund meilentief begraben. Auch ohne böse Erinnerungen. Es musste einen Weg geben, Samuel nach London zurückzulocken.

In seiner Hosentasche vibrierte das Handy. Claudias erneuter Versuch, ihn auszuhorchen? Zum Glück war es diesmal Miyu.

»Hi Laurens! Stell dir vor, Dragon Lords ist fertig! Die Testspieler sind begeistert! Wir können loslegen!«

Noch ein wenig mehr Enthusiasmus, und Miyus Stimme würde sich überschlagen.

»Ich habe eine Party geplant. Und sogar ein paar Sponsoren für den Server gefunden. Ist das nicht Wahnsinn?«

Das Onlinespiel. Daran hatte gar nicht mehr gedacht.

»Ich wollte dich persönlich damit überraschen, aber Jarek sagte, du seist im Urlaub. Wo steckst du?«

»Schottland.« Mit Urlaub hatte sein Aufenthalt jedoch wenig gemeinsam.

»Cool! Allein?«

»Ich wohne bei Samuel.«

Die winzige Pause, die Miyu einlegte, verriet, dass ihre grauen Zellen ratterten. »Samuel? Kenne ich den?«

»Nein.«

»Ein Freund?«

»Ja.« Himmel, war sie neugierig.

»Gut. Dann verabschiede dich von deinem Kumpel und schwing deinen Hintern nach Hause. Der Erfolg ruft.«

Schweigen für drei Herzschläge.

»Ist dieser Sebastian süß?«

»Samuel. Mein Freund heißt Samuel.« Herrje! »Und süß ist die falsche Bezeichnung.«

»Attraktiv?«

Aus der Erinnerung heraus sah ihn Samuel mit glühendem Blick an. Die sinnlichen Lippen verzogen sich zu einem verführerischen Lächeln, das nicht erobern wollte, sondern die Schlacht längst gewonnen hatte.

Laurens' Herz schlug aus dem Takt. Diesem Mann hatte er sich heute endgültig ergeben. »Er ist wahnsinnig attraktiv, Miyu. Ganz und gar hinreißend.«

Am anderen Ende seufzte es verzückt. »Oh wie süß! Er ist dein Lover. Das hätte ich mir denken können. Du warst immer sensibler und viel netter als andere Jungs.«

War er das?

»Dann ist dein Freund natürlich ebenfalls eingeladen. Ihr beiden müsst unbedingt kommen.« Wieder ein tiefes Seufzen. »Jarek hat mir gar nichts davon erzählt. Dem werde ich die Leviten lesen!«

»Jarek weiß nichts davon, und es wäre mir lieber, dass es vorerst so bleibt.« Er musste ihn auf das Thema behutsam vorbereiten. Nicht, dass Jarek es als Vertrauensbruch verbuchte, wenn er von Dritten erfuhr, dass sein bester Freund schwul war.

»Jammerschade«, zwitscherte Miyu. »Das wäre die Neuigkeit. Aber wie du willst, von mir erfährt niemand etwas. Hauptsache ihr kommt. Ist schon schlimm genug, dass sich Tom heraushalten wird.«

»Tom?« Natürlich! Er war an der Entwicklung des Onlinespiels ebenso beteiligt gewesen. Laurens wurde flau. Wenn Tom über die Ereignisse am Loch Morar reden würde, wären sie geliefert. Er könnte sich als das von Davenport missbrauchte Opfer darstellen und schon wären Raven und Samuel dran. Beide hatten getötet. Aus Notwehr. Doch wenn diese Geschichte aufflog, würde ihnen ihr Motiv nicht mehr helfen. Laurens hatte Samuel nicht umsonst vor Hendrik gerettet. Grauenhafte Vorstellung, dass der eigene Vater den Freund seines Sohnes als Präparat sehen wollte.

147

»Der arme Tom. Dem geht es ganz furchtbar. Stell dir vor, in den Ferien ist er von einem wilden Hund angefallen worden. In den Highlands. Er sieht grässlich aus, dabei ist er früher so ein Hübscher gewesen.«

Der wilde Hund hieß Samuel. Laurens schloss die Augen. Toms blutüberströmtes Gesicht hatte sich ebenso wie Davenports abgerissener Kopf in sein Gedächtnis gebrannt. »Oh, das tut mir leid«, war alles, was er dazu sagen konnte.

»Ja, das ist wirklich ein Albtraum für ihn. Er verlässt die Wohnung kaum noch, lässt sich von niemandem außer mir besuchen.«

»Klingt furchtbar.« Dass Tom seinen Onkel auf Samuel gehetzt hatte, war allerdings um Längen schlimmer gewesen.

Rachsüchtige kleine Ratte! Laurens versuchte, einen Funken Mitleid für Tom in sich zu finden. Vergeblich.

»Na ja, ist nicht zu ändern. Vielleicht wird für ihn eines Tages alles wieder gut. Er hat Kontakt zu einem Schönheitschirurgen aufgenommen. Der will ihm helfen. Aber jetzt muss ich Schluss machen. Grüße deinen Süßen unbekannterweise von mir und sag ihm, ich würde euch beide auf der Party erwarten. Küsschen rechts, Küsschen links und Küsschen auch für Sebastian!«

»Samuel.« Und der wäre nicht scharf auf Miyus Küsschen.

Miyu kicherte und legte auf.

Die plötzliche Stille war überwältigend.

Laurens schaufelte den Ceralien-Milch-Matsch in sich hinein. Die Flocken hatten ihre Konsistenz längst aufgegeben.

Was Samuel wohl von dieser Feier halten würde? Wahrscheinlich nicht viel, aber bestimmt wäre er stolz auf ihn. Immerhin waren es seine Kreationen, die mit Schwertern und Schuppenpanzern dem Übel einer fiktiven postapokalyptischen Welt den Kampf ansagten.

Würde Samuels Stolz ausreichen, um mit ihm nach London zu fahren?

Laurens räumte die Schüssel in den Geschirrspüler.

Sollte er fragen, ob er beim Reparieren des Daches helfen konnte? Finley würde ihm einen Vogel zeigen, aber Samuel hätte sicher nichts gegen seine Gesellschaft, auch wenn sie arbeitstechnisch sinnfrei war. Weder hatte Laurens jemals einen Ziegel in der Hand gehalten, noch hatte er auf einem Dach gestanden. Doch er könnte nebenbei Samuel Miyus Einladung nahebringen. Waren sie erst gemeinsam in London, würde ihm schon etwas einfallen, um ihn dort zu halten.

EIN HOHER PREIS

»Tom! Gut, dass du anrufst.« Miyu klang grässlich motiviert. »Was hat Dr. Baxter gesagt? Kann er dir helfen?«

»Ja.«

»Fantastisch! Wie viel kostet ein neues Gesicht?«

»Sehr viel.«

»Oh.«

»Kein Problem. Er akzeptiert Ratenzahlungen. Die erste habe ich bereits beglichen.« Zum unbemerkten Würgen hielt er das Handy weiter weg. Das letzte Mal hatte ihn Baxter von vorn genommen. Er war dabei, sämtliche Spielarten mit ihm durchzuprobieren. Als Baxter endlich gekommen war, hatte sich sein weiches Gesicht zu einer grinsenden Fratze verzogen.

»Wow! Er muss ja ein Heiliger sein«, plapperte Miyu. »Ich dachte, solche Koryphäen interessieren sich nur für Mammon und den eigenen Ruhm.«

»Nein, dieser nicht. Er hat ein intensives und tief gehendes Interesse an mir bewiesen.«

»Ich freue mich für dich, Tom. Jetzt wird alles gut, wirst schon sehen.«

»Ja, bestimmt.« Bis dahin musste er jede Übelkeitswelle hinunterwürgen, bevor sie Baxters Gesicht traf.

»Wo wir bei guten Nachrichten sind«, schnatterte Miyu weiter. »Ich habe eben mit Laurens telefoniert und ihm erzählt, dass Dragon Lords fertig ist.«

Tom musste erneut würgen.

Laurens, der Zeuge seines Leides. Das alte Steinhaus, indem die runzlige Frau versucht hatte, seine Wunden zu versorgen. Zum Teufel mit ihr. Zum Teufel mit ihnen allen.

»Der Beta-Test ist durch, noch ein winziger letzter Schliff, und wir können es veröffentlichen.«

Der Käfig, darin Laurens, blutend. Samuels Blick. James' Kopf. Sein eigenes, zerstörtes Gesicht. Laurens, der tagelang nichts gegessen und nur nach Samuel geschrien hatte. Samuel, der sich in Luft aufgelöst hatte.

Hoffentlich war er verreckt.

Auf der Straße verteilte ein Clown mit geheuchelter Fröhlichkeit Ballons. Werbung für einen Schnellimbiss.

Wie gelang es Laurens, nach allem, was er erlebt hatte, Normalität zu heucheln?

»Er ist noch in Schottland bei seinem Freund.« Miyu kicherte albern. »Hast du gewusst, dass er auf Männer steht?«

»Keinen Schimmer.« Seine Kehle zog sich zu.

»Er heißt Sebastian. Schöner Name, nicht?«

»Er heißt Samuel.« Samuel Mac Laman. Dieser Name konnte nicht verwechselt werden. Er war in kalten Hass getaucht.

»Du kennst ihn?«

»Flüchtig.«

Samuel war zurück und Laurens hatte ihm verziehen. Sie lebten glücklich, während seine Welt in Schmerz und Chaos versank. Das durfte nicht sein.

Wie ließ sich ein Mann töten, der meilenweit fort war? Noch einmal in seine Nähe? Noch einmal Samuel in die Augen sehen? Niemals. Tom schauderte es.

»Übrigens habe ich die beiden auf meine Party eingeladen.« Sie seufzte. Klang es nach Glück? Dieses Gefühl war ihm mittlerweile völlig fremd geworden.

»Ich bin so aufgeregt, Tom. Stell dir vor, das ist wie eine Premiere. Unser Baby geht on. Wenn nur ...«

Tom drückte das Geschnatter weg. Der bittere Geschmack in seinem Mund erhielt eine süße Note.

Samuel hatte sein Gesicht genommen.

Dafür würde er ihm die Liebe seines Lebens nehmen.

Samuel sollte verzweifeln, ebenso wie er verzweifelt war.

Tom fuhr sich in die Haare, riss daran, bis die Kopfhaut brannte. Sein Leben hatte endlich wieder einen Sinn. Er würde ihn mit allen Mitteln verfolgen.

~*~

Nach fünf Minuten war klar gewesen, dass sich Laurens nicht zum Dachdecker eignete. Samuel hatte ihm die wenig überraschende Neuigkeit mit einem Kuss versüßt, Finley hatte ihn schlicht vom Dach gescheucht. Es wäre für weitere Krankenhausrechnungen kein Geld da und er sollte lieber Erin in der Küche helfen.

Alter Mistknochen!

Laurens war in größtmöglichem Abstand um die Küche herumgeschlichen und hatte sich ausnahmsweise in sein und nicht in Samuels Zimmer verkrochen.

Frühstück mit Nessi. Das angefangene Blatt lag vor ihm und wartete auf Vollendung. Eigentlich hätte es Frühstück mit Mhorag heißen müssen, aber *Nessi* transportierte mehr Mystik.

Und wenn sich Samuel trotz massiver Überredungsversuche nicht auf London einließ? Lief es dann auf eine Wochenendbeziehung hinaus? Schon das Wort klang muffig. Sie würden sich Freitagnacht oder Samstagmorgen treffen, waren glücklich, liebten sich, und kaum war der Samstag vorbei, kam die Angst vor dem Abschied.

Ein leeres Bett, frustrierendes Onanieren ohne begleitendes Telefonat, nicht ganz so frustrierendes Onanieren mit begleitendem Telefonat. Aber eine Stimme war nur eine Stimme. Auch wenn sie Samuel gehörte. Er wäre nicht neben ihm. Nicht in ihm. Doch genau da gehörte er hin.

Der Gedanke daran kitzelte großflächig in seinem Unterleib. Erst danach im Bauch und schließlich im Herz.

Er wollte Samuel lieben, jede Nacht. Oder sich jede Nacht von ihm lieben lassen. Oder beides hintereinander.

Apropos. Fünf Uhr dreißig abends. Der Supermarkt war noch geöffnet. Wenn er Samuels Auto nahm, konnte er rasch ein, zwei oder zehn Päckchen Kondome kaufen.

»Warum bist du hier?« Samuel stand in der Tür. »Ich habe dich drüben bei mir gesucht.«

Laurens fiel das Portemonnaie aus der Hand. Himmel, was hatte er ihn erschreckt.

»Planänderung. Wir gehen essen.«

»Wie, auswärts?«

Samuel nickte, entledigte sich nebenbei seiner dreckigen Sachen. »In Mallaig gibt's ein Fischrestaurant. Ich war lange nicht dort. Es ist sehr schick. Mit Kerzenschein und schweren Stoffservietten. Mit ein bisschen Glück sind die Kellner diskret genug, um zu übersehen, wenn ich dir unterm Tisch nicht nur das Knie tätschele.«

Dinieren? Steife Krägen, Bundfaltenhosen und gekämmte Haare. Laurens schluckte. »Ich habe nichts zum Anziehen.« Mit Jeans und T-Shirt konnte er nicht in einem edlen Restaurant aufkreuzen.

Samuel schenkte ihm einen Blick voll Liebe mit einer Prise Spott. »Bleib locker. Wir teilen uns meinen neuen Anzug. Du bekommst das Jackett, ich die Hose.« Der aufmunternde Schlag auf Laurens' brachte ihn für einen Moment aus dem Gleichgewicht.

Samuel konnte leicht locker bleiben. Er sah mit allem genial aus. Vor allem ohne alles.

Samuel zog ihn hinter sich her in sein Zimmer und ließ ihn erst vor seinem Kleiderschrank los. »Eigentlich brauchst du nur ein weißes Shirt und eine ordentliche Jeans.« Mit prüfendem Kennerblick hielt er Laurens das Jackett an.

Ordentliche Jeans? In seiner Reisetasche knitterten nur ausgewaschene, die an den Säumen ausfransten; allerdings nicht aus Absicht, sondern aus Alter.

Laurens zeigte sie, und Samuel nickte seine Wahl gnädig ab.

»Ein akzeptabler Stilbruch. Du wirst klasse damit aussehen.« Er schob ihn vor den Spiegel und begutachtete ihn über den Wuschelkopf. »Beeil dich. Mir ist nach einem Dutzend Besteckteilen, von denen ich nur die Hälfte ihrer Funktion zuordnen kann.«

Klang nicht nach gemütlichem Abend. »Ist das nicht furchtbar teuer?«, wagte Laurens einen dezenten Vorstoß.

Samuel zuckte die verdammt breiten Schultern, die unter einem weißen Hemd verschwanden. Seine Schuppen schimmerten hindurch. Sie würden sich fantastisch durch den dünnen Stoff anfühlen.

Laurens wurde heiß.

»Magst du Muscheln?« Professionelle Handgriffe schnappten sich die Tuchhose und schlossen den Reißverschluss unterhalb der verführerisch schlanken Taille.

Wie trocken seine Kehle plötzlich war. Laurens versuchte zu schlucken. Nichts ging.

Samuels Schuppen schillerten bei jeder winzigen Bewegung in unterschiedlichen Nuancen von Grün.

Samuel bemerkte seinen Blick. Ein verspieltes Lächeln tanzte um die Lippen, die Laurens nicht nur an seinem Mund fühlen wollte.

Katastrophal langsam zog Samuel den Reißverschluss wieder hinab, strich sich über die Haut, die mit immer kleineren Schuppen bedeckt war und unter schwarzem Stoff verschwand.

~*~

Laurens ging auf die Knie. Schneller, als Samuel ihn aufhalten konnte. Er hielt ihn an der Hüfte fest, küsste ihn gierig über den Unterbauch.

Winzige Elektroschocks auf jeder berührten Stelle. Samuel genoss jeden Einzelnen.

Er vergrub die Finger in Laurens' Mähne. Die Anzughose rutschte an den Beinen hinunter, schlängelte sich um seine Knöchel. War es gestern gewesen, dass ihm Laurens dieses wahnsinnige Gefühl in den Körper liebkost hatte? Mit seinen zärtlichen Lippen, seinem warmen, feuchten Mund.

Er könnte sich an den Schrank lehnen und alles andere Laurens überlassen. Er könnte sich in dieser Flut blonder Haare festkrallen und sich ihm hingeben.

Und auf die Muscheln verzichten.

Verdammt, sie konnten nicht ständig übereinander herfallen. »Laurens, nicht jetzt.« Wer bitte saß ihm im Hirn und soufflierte solchen Unsinn? Doch jetzt. Und immer wieder jetzt. Samuel streckte sich nach hinten und war kurz davor, Laurens' Gesicht fester an sich zu pressen und ihm den Weg zu zeigen, den sein Mund noch zurücklegen musste.

Aber nein. Erst das Essen. Wenigstens die Reihenfolge seines ersten offiziellen Dates würde er wahren. »Laurens, hör auf.« Er versuchte sich auf die albernen Worte zu konzentrieren, die längst nicht mehr aus seinem Mund wollten. »Ich will dich ausführen. Liebende tun so was.«

Laurens' Mund hatte den Weg allein gefunden und saugte sanft, so sanft.

Samuel biss die Zähne zusammen, bevor er weitersprach. »Wir sind ein Paar.«

Laurens' Zunge zog Kreise.

Samuel wurde schwindelig. Noch ein bisschen und er würde sich keuchend über ihn beugen und dafür sorgen, dass wenigstens er etwas in den Magen bekam. Aber nein. So ging das nicht weiter. »Stopp. Bitte! Paare gehen essen, sehen Videos, zanken. Ich habe so lange auf eine Beziehung gewartet, ich will das volle Programm, nicht nur die Rosinen.« Obwohl die Rosinen von Sekunde zu Sekunde köstlicher schmeckten, und warum sollte er sich mit Laurens zanken wollen? Sein Sonnenschein war nicht zum Zanken da, er war zum Lieben da, zum Küssen, zum ... *Oh Gott.*

Zärtliche Bisse, die Impulse schossen durch seinen Körper, ließen kein Zentrum aus. Weder Lust noch Schmerz. Laurens spielte mit seinen Nerven, setzte ihn nach und nach unter Strom.

»Ich kann dein Bitten nicht hören«, flüsterte es von unten.

Lachte er dabei? Es klang beinahe heimtückisch.

»Räche dich nach dem Essen an mir.« Dann hätten sie die ganze Nacht.

»Bitte mich.« Laurens sah an ihm hinauf. Reine Glut im Blick.

Nein, diesmal würde er nicht bitten. Erst Essen, dann Lieben. Er schüttelte den Kopf und schlug sich gedanklich dafür vor die Stirn.

»Na warte, ich krieg dich schon dazu.«

Dass ein Flüstern gleichermaßen bedrohlich und erregend sein konnte?

Wieder diese verstandesraubenden Lippen an ihm, sie führten ihn an wohlbekannte Grenzen, verweigerten ihm jedoch den Schritt darüber hinweg.

Laurens' Finger krallten sich in seine Backen. Zumindest die linke Seite stand in Flammen. Samuel keuchte auf, spürte jeden Fingernagel einzeln.

Laurens schob die pulsierende Lust direkt in seinen süßen gierigen Mund.

Es war vorbei, Samuel lehnte sich an und schloss die Augen. »Wir werden verhungern, Liebster.«

Von unten kam ein wonnevolles Grunzen.

»Wirklich, wir sollten wenigstens so tun, als ob unsere Beziehung normal wäre.«

Laurens ließ von ihm ab. Ohne Vorwarnung, mittendrin. »Wenn dir glibberige Muscheln und steife Servietten lieber sind, als ein ekstatisches Dinner mit mir, bei dem du mein Hauptgang wärst, ist das deine Entscheidung.« Seufzend stand er auf, zog sich Jeans und Jackett an und krempelte die zu langen Ärmel lässig hoch.

Samuel sackte am Schrank zusammen. Wie konnte sein Liebster derart grausam sein?

»Du willst das volle Programm einer Beziehung? Bitte sehr!« Laurens' Grinsen blieb seinem Gesicht auch dann noch treu, als er sich die Turnschuhe anzog und den Sitz des Jacketts vor dem Spiegel prüfte. »Können wir?«

»Moment. Gleich.« Wie sollte er jetzt runterkommen?

Laurens lächelte kühl auf ihn herab und griff nach den Autoschlüsseln. »Ich warte im Wagen.« Dem flüchtigen Luftkuss folgte ein mahnender Blick über die Schulter. »Und mach in der Zwischenzeit nichts, was ich bei dir besser tun könnte.«

Der Gedanke war Samuel tatsächlich gekommen.

»Laurens?« Er erwischte Laurens' Hosenbein mit zwei Fingern und hielt es fest. »Versprich mir, dass du nach dem Essen genau da weitermachst, wo du eben aufgehört hast.« Es würde ein schnelles Dinner werden. Ein Gang musste genügen. Hauptsache, er war nahrhaft.

Laurens lächelte verschlagen. »Mal sehen, vielleicht bin ich aber auch zu müde dazu. Oder zu satt.«

Wehe! Samuel atmete tief durch und ordnete seine Angelegenheiten, um wenigstens diesen verflixten Reißverschluss schließen zu können.

~*~

158

Es war zu heiß. Raven warf die Decke von sich. Wie war er zurück ins Bett gekommen? Hatte er nicht eben noch auf der Wiese gelegen? Neben Samuel?

Überall Schweiß, er kühlte nicht. Weshalb spürte er seine Hände nicht mehr? Nicht einmal ein Prickeln. Warum hatte er das Gefühl, sein Kopf müsse platzen? Raven wühlte in den Laken, suchte Halt, fand ihn nicht. Die Wunde pochte unter dem Verband. Die fremde Frau hatte ihm Blut abgenommen. Wieso?

Er hätte sie David zum Fraß vorwerfen sollen. Hätte er sie auch gepackt? So wie ihn? Mit diesen knotigen Fingern? Sie hatten Wülste, Verhärtungen. Schuppen? Nein, bitte nicht.

Samuel. Er musste ihm helfen. Doch er durfte nicht in den Keller. Nicht in die Nähe von diesem Etwas. Das durfte niemand.

Auf allen Vieren kroch er zur Tür, doch er konnte sich nicht aufrichten. Sein Herz raste. Noch ein bisschen schneller und es würde den Geist aufgeben.

Sein Gift in Davids Adern. Aber es tötete nicht David, es tötete ihn. Was für eine nette Idee. Er würde sie Samuel erzählen. Dann brauchte er die letzten Atemzüge nicht allein in diesem Raum verbringen. »Samuel!« Ob er kam, wenn er laut genug rief? »Samuel!«

Klopfen? Sein Bruder sollte nicht höflich sein, er sollte ihn retten. »Samuel, bitte!«

»Raven? Darf ich reinkommen?«

Laurens. Raven schluckte schwer an der Enttäuschung.

Jeans, schwarzes Jackett. Wollte er auf eine Beerdigung? Auf Ravens? *Noch ein bisschen Geduld, Sonnenschein, dann lässt sich das einrichten.*

»Was machst du auf dem Boden?« Laurens kniete sich zu ihm, fühlte seine Stirn. »Scheiße aber auch! Du glühst!«

»Ist mir klar.« Raven probierte sich an einem Lachen. So wie Laurens ihn ansah, hatte es nicht funktioniert.

»Komm hoch, du gehörst ins Bett.« Er zog ihn auf die Beine.

Seit wann war Samuels Sonnenscheinchen so stark? Raven lehnte sich an Laurens' Schulter, die so viel kühler war als er. »Tut mir leid, wenn ich dir Brandblasen verpasse.«

»Ist okay.«

Und warum verkrampfte er sich und begann, nach Angst zu riechen?

Nichts ist okay, was von mir kommt, Laurens. David ist der Beweis. Samuel auch. Frag ihn nicht. Was er zu sagen hat, willst du niemals hören.

»Dein Bruder zieht sich um. Wir wollten essen gehen.« Laurens schob ihn zum Bett. Als sich Raven setzte, lag plötzlich Laurens' Hand auf seiner Wange. Kühl und fest, wie ein Versprechen auf Hilfe.

Er schmiegte sich in diese Geborgenheit, fühlte den Puls an seinen Lippen klopfen. Seine Zähne streiften über glatte Haut.

Laurens zuckte zusammen, versuchte die Hand wegzuziehen.

Zu spät. Süßes Blut auf seiner Zunge.

Laurens schnappte nach Luft, umklammerte die winzigen Wunden. »Warum hast du mich gebissen?«

Warum bellen Hunde, warum fliegen Vögel? Es hatte keinen Sinn, Dinge zu erklären, die er nicht verstehen konnte.

»Du spinnst doch! Wie konntest du ...« Sein Blick verklärte sich. Unsicher schweifte er umher, blieb an Ravens Lippen hängen. »Mir ist auf einmal ganz komisch.«

»Ich weiß.« Samuel liebte diesen Zustand. Ober Laurens ihn auch genießen würde? Raven drängte ihn sacht zurück. Laurens gab nach, sank aufs Bett. Sprachlos ließ er zu, dass ihm Raven das Shirt hinaufschob.

Eine schöne Brust. Muskulös, nicht mehr ganz so kühl. Das Gift erhitzte. Nicht nur den Körper. Auch die Sinne.

»Schlaf, Sonnenschein. Und wenn die Träume kommen, gib dich ihnen hin. Es lohnt sich.«

Laurens nahm Ravens Hand, legte sie sich auf den Bauch. »Hier drin wird es warm. Viel zu warm. Das macht mir Angst.«

»Mir geht es genauso.«

»Dann hilf mir.« Er fuhr sich über den Hals, dessen Adern immer stärker pulsierten. »Ich fühle mich falsch an. Mach, dass es aufhört.« Wie schnell sein Atem ging. Wie hilflos er dem Gift ausgesetzt war. Hoffte er tatsächlich, dass er ihn rettete? Vor sich selbst?

Auf Laurens' Brust bildeten sich rote Flecke.

Raven blies darüber. »Besser?« Wie konnte er nur Mitgefühl heucheln? Der Junge litt. Wegen ihm. Mehr als es ein wenig zu lindern vermochte er nicht.

Statt einer Antwort kam nur ein Stöhnen über die bebenden Lippen. Laurens kämpfte sich aus dem Sakko, zerrte mit flatternden Fingern das Shirt von sich. Als er versuchte, seine Hose auszuziehen, hielt ihm Raven die Hände fest.

»Mach das nicht. Bleib einfach liegen. Die Hitze vergeht. Die Lust auch.« Vorher würde sie ihn verbrennen. Ob er Samuel rufen sollte? Er könnte Laurens erleichtern, könnte ihn beruhigen. Aber was dann? Den Biss an Laurens' Handgelenk würde er sofort bemerken.

Das Herz des Jungen galoppierte, als wollte es ihm aus der Brust springen. Sein glasiger Blick flackerte, suchte ihn. »Samuel?«

Visionen. Wie rührend, dass Laurens seinen Liebsten sah, wenn er Hilfe brauchte.

Der Junge warf den Kopf hin und her, seine Hände glitten über die Brust, den Bauch. »Samuel, bitte!« Er schlang die Arme um Ravens Nacken und zog ihn näher zu sich. »Hilf mir.«

Nur ein Wispern. Doch es löste Schauder in Raven aus. Warum sollte er nicht für einen kurzen Moment Samuel sein dürfen? Nur für diesen Mann, der sich im Rausch verzehrte.

Laurens' Lippen waren beinahe so heiß wie seine. Der Junge seufzte, als er den Kuss spürte. Wieder wisperte er Samuels Namen, wieder wurde er von Raven geküsst. Diese sehnsüchtigen Lippen wollten seinen Bruder, schmeckten nach ihm.

Nur einen Schritt aus diesem Taumel, der ihn seit Davids Biss gefangen hielt, und alles würde gut. Hier abbrechen, Samuel rufen und sich von ihm hassen lassen. Dafür Laurens retten, der unter ihm immer lauter stöhnte. Der seine Hand nahm und sie sich in den Hosenbund schob.

Was war dabei, ihn von der quälenden Gier zu befreien? Sie pochte in Ravens Hand, heiß und hart.

Sanftes Reiben, sofort entspannte sich Laurens' Miene, wurde schöner als das Gefühl, das sich in Raven ausbreitete.

Nur guttun. Nicht mehr. Das würde die Hitze vertreiben. Raven blies sacht über den flachen Bauch, über die Härchen, die sich aufstellten.

Laurens keuchte, stemmte sich hoch. Er zerrte an Ravens Jeans. Seine Hände zitterten vor Ungeduld. Vielleicht war es auch das Gift. Vielleicht war alles, was jetzt geschah, das Gift. Keine Schuld. Für niemanden. Die Lüge bezirzte, verführte mit ihrer Schönheit, die Raven im Herz wehtat.

Er befreite erst Laurens, dann sich selbst aus der Jeans. Es würde schnell gehen, der Junge keuchte bereits, dabei hatte er ihn kaum berührt. »Dreh dich um.« Es war besser, Laurens sah ihn nicht an. Die Illusion, er wäre Samuel, durfte nicht zerstört werden.

Laurens schüttelte wild den Kopf, kämpfte sich aus Ravens Umarmung. Was hatte er vor? Plötzlich war er hinter ihm, drückte ihn nach vorn, nach unten.

Samuels Sonnenschein wollte ihn nehmen? Das Auflachen blieb ihm in der Kehle stecken, als er Laurens an sich fühlte. Hart und drängend.

»Laurens, warte! Du musst ...«

Kein Vorbereiten.

Laurens stöhnte auf, schob sich in ihn.

Entspannen. Unmöglich. Zu viel Widerstand. »Warte, verdammt noch mal!«

Laurens wartete nicht. Er nahm ihn. Wild und schnell.

Raven keuchte ins Kissen. Diesen Schmerz hatte er verdient. Er trieb ihm trotzdem die Tränen in die Augen.

Schweißtropfen auf dem Laken, keine Kraft mehr. Ravens Arme knickten ein. Laurens nahm ihn weiter, pumpte Lust in ihn, die den Schmerz verdrängte. Eine heiße Hand umfasste seine Härte, rieb ihn im selben, schnellen Rhythmus.

Die Welt versank in explodierenden Nebeln. Feuchter Stoff an seiner Wange, ein Körper, der auf ihm entspannte. Er war zu schwer. Ebenso wie sein Leben.

Raven rollte sich auf die Seite, Laurens glitt von ihm hinunter.

»Raven?« Der Junge starrte ihn an, rappelte sich auf. Plötzlich glichen die Pupillen schwarzen Seen. Seine eben noch glühenden Wangen wurden weiß, er schnappte nach Luft, brach zusammen.

~*~

»Samuel, komm hoch. Schnell!« Erin lehnte sich über die Brüstung des Geländers. »Es ist etwas mit Raven und …«

Laurens. Als ob der Name in ihren Augen stand. Samuel rannte die Treppe hinauf. Nein, das hatte ihm sein Bruder nicht angetan. Niemals.

Erin drängte sich zwischen ihn und Ravens Zimmertür.

»Versprich mir, dass du das Richtige tun wirst, wenn du siehst, was ich gesehen habe.«

Das Richtige? Er schob sie beiseite.

Laurens auf Ravens Bett, halb nackt, die Augen starrten ins Leere. Raven beugte sich über ihn. Sein Mund war blutverschmiert. Laurens' Blut.

»Nein!«

Ein Sprung. Raven duckte sich nicht. Ließ sich packen, wegschleudern.

Laurens reagierte nicht. Ein Schlag ins Gesicht. Nichts.

»Laurens!« Kein Zucken, kein Keuchen. Nur dieser starre, leere Blick. Sein Herz schlug. Das hatte Darrens auch noch getan. Das bedeutete nicht Leben, nur einen hinausgeschobenen Tod.

Bitte nicht. Nicht Laurens!

Wo waren die Bisswunden? Nicht am Hals. Nicht auf der Brust. Die Handgelenke? Winzige Wunden, sie schwollen bereits zu. Samuel saugte. Jeder Tropfen weniger des verseuchten Blutes konnte das wertvolle Leben retten.

Ravens Hand auf seiner Schulter, sein Geruch, der viel intensiver an Laurens klebte.

Samuel schlug sie weg. »Was hast du getan?«

Raven öffnete den Mund, aber da hatte ihn Samuels Faust schon getroffen. Er taumelte zurück und stürzte.

»Wie konntest du ihn anrühren?« Samuel wurde kalt vor Angst.

»Dein wertvolles Juwel.« Raven spuckte Blut aus. »Ich wollte es mir nur ansehen und da ...«

Wieder ein Schlag.

Raven sackte zusammen. Als er aufsah, lag etwas Flehendes in seinem Blick. »Es war nur wenig. Er wird es überstehen.«

Überstehen ...

Und wenn nicht?

Der nächste Schlag knirschte in Samuels Faust. Warum stand Raven nicht endlich auf? Auf ihn warteten noch viele Schläge. Er hatte Laurens in Gefahr gebracht. Ihn gebissen. Was noch? Samuel holte erneut aus.

»Ich brauchte seine Kühle, seine Stärke.« Endlich hielt Raven schützend die Hände vor sich. Aus seinem Mund floss Blut. »Aber dann ...«

»Schweig!« Die Wut zitterte in ihm, sie brannte darauf, sich in Ravens Gesicht zu entladen. »Du brauchst ständig etwas. Mich, Darren, deine Arroganz, deine Selbstsucht! Du kommst und nimmst dir! Jetzt auch noch ihn!«

Raven krümmte sich unter den Worten. Er sollte an ihnen zugrunde gehen.

Noch ein Schlag.

Raven keuchte. »Ich habe ihn nicht genommen, Samuel. Ich wollte es, doch er ist mir zuvorgekommen.«

Er log. Um ihn zu quälen. Warum rannen Tränen über seine Wangen? Weshalb zerbiss er sich die Lippen?

Weil er die Wahrheit sagte.

»Ich hasse dich, Raven.« Das Gefühl schnitt tief in seine Seele. Vor ihm kauerte ein Mann, der aufhörte, sein Bruder zu sein.

»Ich weiß.« Ravens blutender Mund lächelte traurig.

Schwärze. Um ihn und in ihm. Er musste Laurens in Sicherheit bringen. Für Raven war er nicht mehr verantwortlich. Sollte er in der Hölle schmoren.

Laurens lag immer noch wie eine leblose Puppe auf dem Bett. Die Flecken auf seiner Brust leuchteten scharlachrot.

»Laurens? Kannst du mich hören?«

Keine Reaktion. Raven hatte gesagt, er würde es überstehen. Samuel ließ nur diesen einzigen Gedanken zu.

Laurens' schlaffer Körper auf seinem Arm. Der Kopf, der bei jedem Schritt hin und her schwang. Samuel trug ihn in sein Zimmer, weg von Raven und seinem Gift.

Als er ihn aufs Bett legte, zuckte Laurens zusammen.

Samuel rannte ins Bad, durchnässte ein Handtuch und wischte damit über die glühende Brust, kühlte das heiße Gesicht. »Es geht gleich vorbei.« Wenn er sich an die Lüge klammerte, glaubte er sie vielleicht selbst.

Vom Flur her kamen schleppende Schritte. War Raven lebensmüde, sich hierher zu wagen?

»Er hat gedacht, ich sei du.« Sein Bruder hielt sich am Türrahmen fest.

Warum brach er nicht einfach zusammen und blieb liegen?

»Du weißt, wie real die Visionen sind. Als ihm klar wurde, was geschehen war, ist er ohnmächtig geworden.«

»Dann war es für ihn offenbar ein beschissener Ritt!«

Raven wischte sich das Blut von der Lippe. »Das denke ich nicht, er hat mich rangenommen wie ein ...«

Das Handtuch klatschte ihm ins Gesicht. »Wenn er stirbt, stirbst auch du.«

Lachen, das nicht zu den stillen Tränen passte.

Raven hätte sie früher vergießen sollen.

Laurens seufzte, tastete den Platz neben sich ab.

»Er sucht dich.« Raven schob ihn von sich weg, näher zu Laurens. »Sei für ihn da. Denn es war nicht seine Schuld.«

»Raus!« Samuel stieß ihn aus dem Zimmer, schlug die Tür zu. Sie würde sich nie wieder für ihn öffnen.

~*~

Die nächste Rate war beglichen. Diesmal war es leichter gewesen, den schwitzenden Mann in sich zu ertragen.

Seltsam, wie aus einer fixen, tröstenden Idee der einzige Antrieb fürs Leben werden konnte. Das Gedankenspiel *wie räche ich mich am effektivsten an Samuel* hatte mit jedem Augenblick unter Baxter Gestalt angenommen.

Tom rollte sich auf den Bauch, zog den Laptop näher. Er brauchte Varianten sämtlicher grausamer Todesarten, die verzweifelte Hirne jemals ausgebrütet hatten.

Ein leiser Signalton erinnerte ihn daran, dass er eine Mail erhalten hatte. Baxter. Musste er ihn auch auf diesem Weg heimsuchen?

Ich stehe vor dem Haus. Mach die Tür auf, wenn ich klingele.

Nein, bitte nicht. Was wollte er hier? Warum ließ er ihm nicht wenigstens einen Tag Pause?

Als die Türglocke läutete, hätte er am liebsten vor Frustration geschrien. Wollte ihn der feiste Kerl sogar in seinem Zuhause vögeln?

»Mach auf, Tom. Ich will nur nach dir sehen.« Baxter klang wie immer besorgt. Nur wenn er Tom in die Matratze pflügte, änderte sich sein Tonfall. Allerdings war das nach Luft schnappende Gebrabbel nicht weniger abstoßend.

Es klingelte wieder. Tom schleppte sich zur Tür.

Baxter hielt eine Tüte hoch, schlenderte lächelnd an ihm vorbei, als ob er schon tausendmal sein Gast gewesen wäre. »Ich habe uns etwas mitgebracht. Das habe ich kürzlich in einem Video gesehen. Eben wurde mir klar, dass du bald mein Patient sein wirst.« Während er sich in der Wohnung umsah, gefror sein Lächeln zu einer Maske. Sein Blick blieb kurz am Staub auf dem Sideboard hängen, zuckte zurück, als er das ungemachte Bett musterte, und drückte Ekel aus, als er den Stapel Schmutzwäsche auf dem Sessel bemerkte »Tom, du bist ja richtig liederlich.« Aus dem tadelnden Lächeln wurde ein wollüstiges. »Aber wer weiß, vielleicht bist du deshalb so hart im Nehmen.«

Das verschwörerische Zwinkern löste eine Gänsehaut bei Tom aus. Er war hart im Nehmen, weil Baxter das wollte. So höflich er ihn außerhalb des Bettes behandelten, in den Federn wurde er zum Schwein.

Tom konzentrierte sich auf das, was er eben über die Wirkung von Rattengift gelesen hatte und schaffte es, Baxter anzulächeln.

In der Tüte befanden sich eine Tube Wundsalbe und eine DVD, die schon vom Cover her klarstellte, welches Niveau sie bediente.

An was leckten die Typen auf dem Cover herum? Nein, das würde er sich nirgendwo reinschieben lassen. Zu allem Überfluss war die Tüte noch nicht leer. Handschellen, seltsame Manschetten mit Ringen, Plastikkugeln an einer Kette. Alles landete auf Toms Bett.

Hatte der alte Sack den Verstand verloren?

Tom wischte den Mist vom Laken. Klappernd fiel es auf den Boden. »Vergiss es, Baxter. Fick mich, wenn du willst, aber komm mir mit diesem Mist nicht zu nahe.«

Baxters Wangen bebten. Sein Blick glitt ratlos zwischen den Sextoys und Tom hin und her. Plötzlich straffte er die Schultern. »Ich rate dir dringend, einen anderen Ton mir gegenüber anzuschlagen. Du willst doch nicht, dass mir das Skalpell ausrutscht.« Die Spitze seines Zeigefingers strich knapp über Toms hängendem Lid durch die Luft. »Nicht auszudenken, was ein Moment Unachtsamkeit so nah an deinem Auge anrichten könnte. Und jetzt geh dich bitte duschen und danach sammelst du alles auf, was ich heute an dir ausprobieren werde.« Das Lächeln hatte jegliche Weichheit, jegliches Mitleid verloren. Baxter betrachtete ihn als sein persönliches Spielzeug und er würde es einsetzen, wie und wann immer er wollte.

Die Lichtblitze vor Toms Augen formten sich zu Samuel, wie er sich über Laurens' Leiche krümmte und vor Verzweiflung brüllte. An diesem Bild würde er sich festhalten. So lange, bis es Realität wurde.

~*~

Wie trocken konnte eine Kehle sein, ohne zu zerbröseln? Laurens versuchte sich zu räuspern. Wasser und etwas gegen diese verfluchten Kopfschmerzen. Genau das brauchte er jetzt.

Er tastete sich durch die Dunkelheit zum Bad. Besser, er ließ das Licht aus, sonst würde sein Schädel zerspringen.

Der erste Schluck brannte und wollte nicht rutschen, beim zweiten ging es besser. Laurens trank, bis sein Magen spannte.

Seine Haare fielen ins Waschbecken. Sie waren feucht, dufteten nach Samuels Shampoo.

Er hatte geduscht? Wann? Eine frische Shorts, ein neues Shirt. Wann hatte er sich umgezogen? Wollten sie nicht essen gehen? Bei Kerzenschein und mit schnöseligen Kellnern? Hoffentlich hatte er sich vor Stress nicht dermaßen abgeschossen, dass ihm der komplette Abend fehlte.

Erins Chili-Attacke nach ihrer Küchen-Nummer, Miyus Anruf, Samuel, der sich für den Abend in Schale warf. Alles war noch da. Und dann?

Laurens schlich zurück. Er musste Samuel wecken und ihn fragen. Der Blackout machte ihn nervös.

Er lag nicht im Bett, er saß im Sessel. Die Beine von sich gestreckt, ein leeres Glas in der Hand, die leere Whiskyflasche auf dem Schreibtisch daneben. Über allem waberte zäher Alkoholdunst.

Seit er ihn kannte, hatte er nicht ein einziges Mal getrunken. Warum jetzt? Laurens hockte sich vor ihn, legte sein Kinn auf Samuels Oberschenkel. Etwas mit seinem Gesicht stimmte nicht. Es sah verkrampft aus. Ob das am Alkohol lag? Wenn er sich nur erinnern könnte! Er massierte seine Schläfen, konzentrierte sich am Kopfschmerz vorbei.

Samuel vor ihm, die Hose am Boden, er wollte ihn trotzdem zum Essen ausführen.

Laurens war vorgegangen.

Raven, der verzweifelt geklungen hatte. Laurens hatte sich Sorgen gemacht und nachgesehen.

Raven, hilflos vor dem Bett liegend, glühend vor Fieber.

Laurens hatte ihm geholfen.

Nähe, ein Biss ins Handgelenk. Tatsächlich. Zwei winzige Male zeugten immer noch davon.

Angst, Hitze. Kaum zu ertragen.

Raven hatte beides gelindert.

Nicht genug. Innen blieb die Glut, versengte ihn.

Plötzlich war Samuel dort gewesen, hatte ihn verwöhnt.

Laurens war vor Erregung fast wahnsinnig geworden. Er hatte sich auf ihn gestürzt, hatte ihn unter sich genommen. Es war fantastisch gewesen. Ein wilder Rausch. Das Gefühl zuckte jetzt noch durch seine Lenden.

Doch deshalb würde Samuel nicht trinken. Etwas stimmte nicht. Was?

Die Bilder in seinem Kopf wechselten die Gesichter. Raven über ihm, der ihn streichelte und küsste, der ihm die Brust rieb, Kühle auf sie blies. Raven, der sich laut keuchend vögeln ließ.

Von ihm. Die Erkenntnis sprang ihn an, riss Stücke aus seinem Inneren. Nein, bitte nicht. Es war nur ein weiterer beschissener Traum. Er musste zu Raven, musste die Wahrheit aus ihm herausprügeln.

Sein Zimmer war abgeschlossen. Laurens trommelte ans Holz. »Mach auf! Mach mir verdammt noch mal auf!«

»Es ist besser, wenn du jetzt gehst.« Erin schaltete das Flurlicht an. Unter den bunten Lockenwicklern sah ihr Gesicht grau und müde aus. War sie aus dem Boden gewachsen?

»Lass Raven in Ruhe und Samuel auch. Du hast genug Schaden angerichtet.«

Was? »Erin, ich ...«

»Geh!«

Sie wusste es. Samuel hatte ihn gewarnt, Erin entging nie etwas. Sie trat einen Schritt näher, musterte ihn mit kaltem Blick. »Wie oft soll Samuel noch wehgetan werden?«

»Ich wollte ihm nicht wehtun.« Gott, es konnte nur ein böser Traum sein. Warum öffnete Raven nicht endlich diese beschissene

170

Tür und klärte die Sache auf? Es musste mit diesem Biss zusammenhängen. »Raven!«

Erin zog seine Faust vom Holz. »Geh einfach. Du machst es schlimmer, wenn du bleibst. Du hast Samuel heute einen Stich verpasst, der ihn sein Leben lang schmerzen wird. Willst du ihm mit deinem Anblick jedes Mal erneut quälen? Ihm jedes Mal wieder das Messer in der Wunde herumdrehen?«

Nein, das wollte er nicht. Er wollte nur eines, aus diesem verfluchten Traum aufwachen. In der Realität hätte er Samuel niemals betrogen. Er hätte niemals etwas getan, das ihn verletzte.

»Pack deine Sachen. Und wenn du Samuel liebst, verschwinde, bevor er aufwacht und dich sehen muss.« Sie drehte sich um und ließ ihn allein.

Irgendwann löschte jemand das Licht.

Laurens kauerte sich in die Dunkelheit.

~*~

Die Sauerstoffmaske war verschwunden. Klaus schreckte aus einem luftarmen Schlaf. Seine Finger waren blau, ihm war schwindelig. Wo steckte das verdammte Ding? Musste auch noch das Telefon klingeln? Er zog den Schlauch der Sauerstoffflasche Stück für Stück zu sich heran. Am Ende musste dieses Drecksding baumeln. Tat es auch. Er presste es sich aufs Gesicht und nahm nebenbei den Hörer ab.

»Ich weiß, ich habe dich geweckt, aber ich musste dich unbedingt sprechen. Die Proben, die du mir heute Abend hast bringen lassen. Rate, was die eine war?«

»Kann ich nicht.« Wenn er länger sprach, würde er am Husten ersticken.

171

»Schlangengift. Das Massenspektrometer zeigt zwar ein paar unbekannte Peaks, doch genau die sind es, die ich für eine außergewöhnliche Beobachtung verantwortlich mache.«

Klaus schielte auf den Wecker. Vier Uhr dreißig. Guido hatte die ganze Nacht durchgearbeitet.

»Ich habe ein paar Mäusen das Zeug ultrahoch verdünnt injiziert. Was soll ich sagen? Die gingen ab wie ne Rakete. Die Männchen haben sogar mit dem Futterspender kopuliert. Gut, die meisten sind danach zusammengebrochen und jetzt sehe ich gerade, dass sich gut zwei Drittel der Tiere krümmen und seltsame Hautgeschwüre bekommen, aber trotzdem, ist das nicht Wahnsinn?

Peter von der pharmazeutischen Biologie war vorhin da. Ich weiß, ich sollte nichts verraten, doch ich musste unbedingt die Hirnströme der Tiere unter Gifteinwirkung messen. Halte dich fest! Das Zeug stellt jede Droge in den Schatten, die du dir in Woodstock reingepfiffen hast.«

»Ich war nicht in Woodstock.« Zu der Zeit hatte er Regenwürmer zerschnitten und den Wundheilungsprozess dokumentiert.

»Nicht?« Diese Tatsache schien Guido völlig aus der Fassung zu bringen. »Du siehst so aus.«

»Liegt am Krebs. Fahr fort.« Gegen einen ordentlichen Schuss, der ihn in glücksdurchströmte Traumwelten katapultierte, hatte er von Tag zu Tag weniger einzuwenden.

Guido holte tief Luft. Offenbar setzte er zu einem zweiten Redemarathon an. »Ich werde das Zeug weiter verdünnen. Was anderes bleibt mir auch nicht übrig, da es verflucht wenig ist. Aber wenn die Mäuse es dann überleben, möglichst ohne Spätschäden ...«

»... dann haben wir die Superdroge des 21. Jahrhunderts entdeckt. Toll. Was ist mit dem Blut?« Hatte Guido nicht vorgehabt, Schlangenmäuse zu klonen?

»Darum kümmere ich mich später. Vorher will ich mehr von dem Gift. Klaus! Ich hätte mit dem Zeug ausgesorgt und dir könnte es die letzten Runden auf diesem Planeten versüßen. Ich teste es morgen an kranken und altersschwachen Tieren. Und wenn die auch so abgehen, teste ich es an mir.«

»Du spinnst.«

»Ich weiß, was ich tue, und ich habe ein verdammt gutes Gefühl dabei. Außerdem kann mir das Zeug bei einer derart hohen Verdünnung nicht viel anhaben. Alle Forscher sahen sich ab einem gewissen Punkt zum Eigenversuch gezwungen.«

Mit diesem Pathos in der Stimme konnte Guido sämtliche Präsidenten der Welt versorgen.

In einer beschämten Region seines Hirns rührte sich der Gedanke an ein Versprechen. Er hatte der Leclerc gesagt, dem Schlangenmann würde kein Haar gekrümmt. So wie Guido drauf war, würde er eine Lücke in dem auf gegenseitigem Vertrauen begründeten mündlichen Vertrag finden und er würde sie für seine Zwecke ausnutzen.

Klaus legte den Hörer auf und drehte die Sauerstoffzufuhr höher.

Die letzten Wochen seines Lebens nicht in Qual und Angst, sondern in Euphorie und Ekstase verbringen können. War das einen Verrat an einer hässlichen Frau wert, die er kaum kannte?

~*~

Draußen wurde es hell.

Wie lange hatte er vor Samuel gesessen und ihm bei einem unruhigen Schlaf zugesehen? Wenn er jetzt nicht aufstand und ging, würde er es nie schaffen.

Samuel würde ihn nicht fortschicken. Er würde seine Entschuldigung akzeptieren, aber jedes Mal, wenn er ihn berührte, würde er Raven unter ihm sehen, würde den Verrat fühlen und trotzdem nichts dagegen tun können.

173

Laurens konnte etwas tun: gehen und damit Samuel die Entscheidung abnehmen. Der Gedanke hatte sich die ganze Nacht durch sein Hirn gewälzt. Hatte mehr geschmerzt als die Folter in Davenports Käfig.

Wie jung und hilflos er damals gewesen war, dabei lag diese Zeit nur wenige Wochen zurück. Nun war er erwachsen geworden. Rasend schnell. In nur einer einzigen Nacht. Wer Schuld auf sich lud, war kein Kind mehr, konnte die Konsequenzen nicht auf fremde Schultern abwälzen, die stärker waren. Samuels Schultern waren stark. Aber er hatte bereits zu viel zu tragen.

»Mein Anblick soll dich nicht quälen.« Die Strähnen, die in Samuels Stirn hingen, waren hart vor angetrocknetem Schweiß.

Laurens berührte darunter das Gesicht, das er niemals vergessen würde.

Hatte er sich nicht oft vorgestellt, mit gezogenem Schwert alles von diesem Mann abzuwehren, was ihm Schmerz bereiten wollte? Er hatte jämmerlich versagt. Wenigstens konnte er sich selbst in die Flucht schlagen.

Eigenartig, dass einfache Dinge wie Anziehen und Taschepacken dermaßen schmerzten. Was für ein schreckliches Gefühl, die eigene Jeans und das eigene Shirt auf der Haut zu spüren, statt Samuels zu weiten Sachen, die nach ihm rochen, die sich nach ihm anfühlten.

Laurens verbiss sich die Tränen. Heute Nacht hatte er genug geweint. Wegen eines gottverdammten Ficks hatte er ihr Glück zerstört und den Menschen verletzt, für den er mehr Liebe empfand, als es auf dieser beschissenen Welt gab.

Sein Herz lag vor ihm auf dem Boden und zuckte vor Schmerz. Er hatte es sich herausgerissen, als es zu laut darum gefleht hatte, hierbleiben zu dürfen. Es gehörte ohnehin Samuel.

Eine winzige Hoffnung regte sich in dem Loch in seiner Brust. Für den unwahrscheinlichen Fall, dass Samuel einen Weg finden würde, ihm zu vergeben, sollte er wissen, dass Laurens ihn nach wie vor liebte.

»Du bist wieder eine feige Sau, Laurens Johannson.« Sein Flüstern höhnte ihm aus allen Ecken des heller werdenden Zimmers entgegen. Doch ohne diesen Hoffnungsschimmer würde er Morar nicht verlassen können.

Auf dem Tisch lag die Skizze von *Frühstück mit Nessi*.

Laurens schrieb quer über das Blatt.

Ich liebe dich. Hol mich zurück, wenn du mir irgendwann verzeihen kannst. Ich warte. Und wenn es Jahre dauert.

Jedes Wort verschwamm ihm vor den Augen.

Gleichgültig. Die Zeilen waren nicht für ihn bestimmt.

~*~

Diesmal war Baxter außergewöhnlich sanft mit ihm umgegangen. Toms Gesicht war neu und Baxter war stolz darauf. Nachdem er ihn gevögelt hatte, hatte er sofort die frischen Narben kontrolliert.

»Tut es weh, wenn dir das Blut in den Kopf schießt?« Baxter strich sich die Haare zurück. Sie waren feucht. Tom musste vorher duschen, Baxter duschte hinterher. Ihre Treffen folgten strikten Regeln.

Tom tastete sich über den Mund, der nur noch ein wenig geschwollen war. »Etwas. Aber es ist besser als gestern.«

»Sehr gut.« Baxter setzte sich zu ihm und hob sein Kinn an. Seit der Operation benahm er sich ausgesprochen mitfühlend. »Mein junger Adonis«, seufzte er zufrieden mit seinem Werk. »Wenn du die letzte Operation hinter dich gebracht hast, wirst du wieder wunderschön sein.«

Schon jetzt sah Tom wesentlich ansehnlicher aus. Der Mund war gerade und das Lid hing nicht mehr. Beim nächsten Termin würden die wulstigen Narben auf der Wange entfernt werden.

Doch das ging erst in frühestens vier Monaten. Zum neuen Jahr war er fast wieder der Alte.

»Brauchst du etwas gegen die Schmerzen?« Aus der Brusttasche seines Hemdes zog er ein Fläschchen. »Kein Autofahren, kein Alkohol. Und wenn du die Tropfen im Mund hast, musst du dir auf die Zunge oder in die Wange beißen. So wirken sie am besten.«

Er sollte sich beißen? Litt er nicht bereits genug?

»Vertrau mir Tom. Das ist etwas ganz Besonderes. Die Tropfen stammen von einem chinesischen Arzt. Eine ehemalige Patientin von mir versorgt mich hin und wieder damit. Sie nehmen nicht nur Schmerzen, sie heilen auch.« Baxter kniff ihn grinsend in die gesunde Wange. »Und sie machen glücklich und ein bisschen geil.«

Ein Wort wie *geil* passte ebenso wenig zu ihm wie der peinliche Mist, den er Tom beim Vögeln ins Ohr keuchte.

Tom tropfte sich etwas von der Flüssigkeit in den Mund, biss sich in die Innenseite der Unterlippe.

Zuerst brannte es, dann strömte eine angenehme Hitze von der kleinen Wunde bis in seinen Rachen. Sie breitete sich weiter aus, erreichte den Magen, sammelte sich in seinem Unterleib. Ein leichtes, schwebendes Gefühl stellte sich ein.

Er hörte sich seufzen, betrachtete Baxter beim Lächeln und fand dessen schwammiges Gesicht nur noch halb so abstoßend.

»Warum hast du mich angelogen, Tom?«, fragte Baxter sanft. »Deine Narben stammen von keinem Hundebiss. Ich bin dein Arzt. Du musst mir vertrauen.« Zärtlich streichelte seine schwitzige Hand über Toms Stirn. »Erzähle es dem lieben Onkel Baxter. Wer hat dir das angetan?«

Natürlich, er war sein Arzt, sein Gönner. Warum sollte er ihm nicht vertrauen? Tom leckte über die Innenseite des breiten Handgelenks, das vor ihm auftauchte.

Baxter lächelte, wartete aber weiterhin auf eine Antwort.

»Es war ein Mensch.« Warum nannte er dieses Monster noch so? Samuel war kein Mensch. Samuel war das, was er leiden sehen wollte.

Baxter pfiff leise durch die Zähne. »Wäre ich jemals so wunderschön wie du gewesen, würde ich denjenigen, der mich entstellt hat, abgrundtief hassen.«

»Ich werde ihn töten. Oder etwas tun, dass er sich den Tod wünscht.« In den unterschiedlichsten Visionen schwelgte sein Hirn in Samuels Qual.

»Du liebe Güte. Was auch immer du dir gerade vorstellst, es macht dich hart.« Baxter strich zwischen Toms Beinen entlang. Sein Lächeln kam näher, weiche Lippen drückten sich auf Toms Mund. Keine Narbenschmerzen. Nur Lust, den Kuss zu erwidern.

~*~

Kein Wort von Samuel. Kein Anruf, keine Nachricht.

Laurens vergrub die ölverschmierten Finger in den Haaren. Manchmal sprang ihn die Verzweiflung an, dass er nicht mehr atmen konnte, manchmal kroch sie langsam in ihm hoch.

Weh tat beides. So sehr, dass er nicht wusste, wie er weitermachen sollte.

Im Zimmer nebenan klapperte etwas, dann ging die Tür auf.

»Laurens?« Jarek starrte zuerst ihn, dann das mittlerweile wieder zusammengebaute Fahrrad an. »Lohnt es sich zu fragen, warum du um fünf Uhr morgens mein Rad putzt?«

Die Felgen glänzten. Ebenso die Speichen und der Rahmen. Die Reifen waren aufgepumpt und die Kette war festgezogen. Gegen die Kratzer ließ sich nichts machen. Laurens hatte nicht den passenden Edding. Weshalb hatte sich Jarek auch ein hellgrünes Rad ersteigern müssen?

»Nicht dass du denkst, ich wüsste deinen Eifer nicht zu würdigen, doch das Rad fristete im Keller ein Dasein unter Spinnweben und Staub, weil ich es wegschmeißen wollte.« Er hockte sich neben ihn und pfiff durch die Zähne. »Für eine Schrottschese, deren hundertster Besitzer ich bin, sieht das Ding toll aus.«

Diese komplett sinnfreie Aktion hatte es geschafft, Laurens knappe drei Stunden von dem reißenden Gefühl in seiner Brust abzulenken.

»Ich will dir nicht reinreden und ich weiß es auch zu schätzen, dass du dich arbeitstechnisch intensiv in unsere WG einbringst, aber gestern hast du das Endstück des Auspuffrohrs meiner Karre poliert. Von innen.« Jareks kritischer Seitenblick wurde von einem Brauenhochziehen unterstrichen. »Was fehlt dir?«

Samuel. Seit drei Wochen und einem Montag, einem Dienstag, einem Mittwoch und fast einer Nacht. »Nichts. Was soll mir fehlen?«

»Hast schon besser gelogen.« Jarek nahm ihm den Öllappen aus der Hand. »Das Klo glänzt, das Sofa ist frei von Pizzaresten, die Fenster sind so sauber, dass ich mir den Kopf angestoßen habe, weil ich dachte, das blöde Ding sei offen. Hör mit der Scheißputzerei auf.«

Arbeit lenkte ab. Und Zeichnen ging nicht. Dazu war er zu leer. Aber ohne Ablenkung war der Schmerz nicht zu ertragen.

Er tastete nach dem Handy in seiner Tasche. Hundertmal hatte er anrufen wollen. Hundertmal hatte er es gelassen. Das hier war Samuels Entscheidung. Wenn er sich nicht meldete, hatte er ihm nicht verziehen. Hatte er ihm nicht verziehen, wollte er ihn nicht mehr. Ganz einfach.

Seine Kehle brannte stärker als seine Augen. Verflucht noch mal.

»Ich habe dich noch nie heulen sehen.« Zögernd näherte sich Jareks Finger und fing etwas von Laurens' Wimper auf. »Scheiße Mann. Was ist denn los?«

»Nichts.« Von seinem Kinn tropfte es in immer kürzeren Intervallen.

Jarek packte ihn an den Schultern und drehte ihn zu sich. »Sag mir sofort, was in Schottland passiert ist.«

Angst, Tod, Liebe, Verlust. Verzweifelte Einsamkeit und ein Herz, das ihn nicht mehr wollte. Es war zu viel, um es in Worte zu fassen.

»Es hat etwas mit diesen Mac Laman Brüdern zu tun. Stimmt's? Die haben dich zu irgendetwas gezwungen.« Schmale Augen, geschürzte Lippen. Jarek malte sich menschliche Abgründe aus. Er lag richtig, verdächtigte nur die Falschen. »Satanismus? Dieser Raven sah total danach aus.«

»Blödsinn.«

»Oder eine andere fiese Sekte? Du musst dich aus ihren Klauen befreien.«

»Hör auf.« Laurens schüttelte Jareks Hände ab und verdrückte sich ins Bad. Die vergangenen Wochen hatten ihn gelehrt, dass sich Verzweiflung am besten allein ertragen ließ.

»Bist du krank?« Jarek schob den Fuß in die Tür, bevor Laurens eine Chance hatte, abzuschließen. »Was Gruseliges?«

Hoffentlich nicht, aber ein Gummi zur rechten Zeit wär's gewesen.

»Krebs? Aids?«

»Fresse und raus!«

Jarek zuckte zusammen. »Schon gut, aber das Thema ist noch nicht durch.«

Sollte Samuel nicht anrufen, wäre es das nie.

~*~

»Ich bringe ihn um!« Ian brüllte vor Wut, dabei war er erst seit einer knappen Stunde in Mhorags Manor. Offenbar hatte er mit

Raven gesprochen. Eine Tür knallte, Erin zeterte, jemand stapfte die Treppe hinauf.

Wenn Samuel die Augen schloss und sich nicht bewegte, wurde er vielleicht unsichtbar. Keine mitfühlenden Blicke, kein nächtliches Herumschleichen vor seiner Tür. Raven kam nie herein, klopfte nicht. Er blieb nur jede Nacht etwas länger draußen stehen.

Samuel wartete jedes Mal schweigend, bis sich Ravens Schritte wieder entfernten. Dann ging er tauchen oder saß stundenlang am Ufer, bis es Morgen wurde. Alles, was ihn vom Schlafen abhielt, war gut, denn mit dem Schlaf kamen die Träume. Gute und böse, aber sie alle handelten von Laurens und schlugen ihm die Wahrheit ins Gesicht, dass er ihn verloren hatte.

Ian stürmte ins Zimmer. Samuel kämpfte sich aus schwarzen Gedanken, um ihn anlächeln zu können.

»Sag mir sofort, was mit meinem Vater ist!« Die hektischen roten Flecken zogen sich bereits über Ians Brust und verschwanden erst spät im Hemd.

Das gespielte Lächeln konnte sich Samuel sparen. Vielleicht rettete ihn eine Floskel. »Wie war dein Sommer?«

Ian lief noch dunkler an. »Verarsch mich nicht! Raven labert Müll. Mach es ihm nicht nach!«

Samuel stemmte sich auf die Fensterbank. Wenn es zu dumm kam, konnte er sich immer noch nach hinten kippen lassen und war den ganzen Kram los. Ob seine Seele dann endlich Ruhe gab und aufhörte, nach Laurens zu rufen? Fast war der Gedanke erleichternd. Und unheimlich.

Er wischte ihn beiseite. »Du warst bei Raven?« Verdammt, er klang monoton wie eine Telefonansage. »Wie geht es ihm?«

Ian klappte der Kiefer hinunter. »Mein Vater ist verschollen und du fragst mich nach dem Arsch, der aufgrund eines fiesen Schicksalswitzes mein Halbbruder geworden ist?« Sein Zeigefinger stach in die Richtung, wo Ravens Zimmer in der Vergessenheit versank. »Geh hin und sieh selbst. Nachher! Vorher sagst du mir, wo mein Vater ist!«

»Ich schwöre dir, dass ich keinen Schimmer habe, wo sich David zurzeit aufhält. Und es ist mir auch vollkommen gleichgültig.« Hoffentlich fielen ihm schon die Sehnen von den Knochen. Wo auch immer Raven die Leiche vergraben hatte, sie sollte dort bleiben.

Ian sank aufs Bett. »Denkst du, er hat sich aus dem Staub gemacht? Wegen Mia, der Schulden oder wegen was weiß ich was?«

»Kann sein.« Diese Lüge war für Ian gnädiger als die Wahrheit. Sollte er sich an sie klammern.

Samuel zog sich einen frischen Pullover an. Den alten hatte er tagelang ohne Unterbrechung getragen. Ob Laurens jetzt auch noch die Nase zwischen die Maschen stecken würde? Falscher Gedanke. Er schnürte ihm den Atem ab.

Ian starrte ihn ratlos an. »Was ist eigentlich los mit euch Freaks? Bisher wart ihr unzertrennlich.«

»Bruderzwist.« Zwischendurch wäre es beinahe Brudermord gewesen. »Raven hat mir einen Fick aufgezwungen.« Das gallebittere Wort verdrängte die Erinnerung an jede innige Sinnlichkeit, die ihn je mit seinem Bruder verbunden hatte. »Das hat ihm allerdings nicht genügt, also hat er sich von Laurens auch noch vögeln lassen.«

Ians Unterkiefer klappte hinunter. »Kein Scheiß?«

»Kein Scheiß.« Es hätte in ihm toben und wüten müssen, aber sein Herz traute sich keine Rebellion mehr zu. Es hatte sich müde gekämpft.

»Verstehe«, japste Ian und schüttelte sich. »Nein, eigentlich verstehe ich das nicht. Das ist widerlich, Samuel. Warum macht ihr so was?«

Am Himmel zogen Wolken vorbei. Der Wind kam von Norden, wenn er nur ein wenig drehte, würde er sie zu Laurens treiben.

»Ich rede mit dir!«

181

Hoffentlich ging es ihm gut. Hoffentlich vergaß er ihn. Ian schlug ihn ans Bein. »Sag was!«

»Wir machen so etwas, weil wir Ungeheuer sind. Ganz simpel.«

Ian schnaubte. »Erzähl anderen diesen Mist. Ich kenne euch. Ihr seid schräg, aber cool. Normalerweise. Jetzt seid ihr einfach nur krank.« Wie er mit den Fäusten in den Hüften vor ihm stand, glich er Erin. »Hast du deshalb Laurens den Laufpass gegeben?«

Das hätte er nie getan. Laurens hatte sich den Pass allein ausgestellt und auf seinem Abschiedsbrief unterschrieben.

Automatisch glitt seine Hand dahin, wo sie abgegriffenes Papier fühlen wollte. Sie tastete auf dem glatten Stoff seiner Shorts statt auf seiner Jeanstasche.

Verdammt! Seine Jeans! Er hatte sie vor dem Bett ausgezogen, geduscht und dann? Sie war weg.

»Was guckst du so panisch?«

»Ich bin panisch! Erin hat meine Hose in die Wäsche getan.«

»Erstens ist das ihr Job und zweitens wird sie ihre Gründe gehabt haben.«

Laurens' Worte zu zerstören war nicht ihr Job. Auch wenn er sie auswendig kannte. Der Brief durfte nicht verloren gehen. Er war alles, was er noch von Laurens besaß.

Samuel rannte die Treppe hinunter. »Erin!« Wehe, es wäre zu spät!

Die Tür zum Bügelzimmer stand auf. Statt Erin kniete Finley zwischen den Wäschehaufen. »Erin fühlt sich nicht gut. Ich geh ihr ein bisschen zur Hand.« Laken und Handtücher verschwanden zusammengeknüllt in der Waschmaschine. »Was willst du von ihr?«

»Meinen Brief.« Wo zum Henker war in diesem Chaos seine Jeans?

»Welche Farbe?«

»Der Brief?«

Finley rollte die Augen. »Die Klamotte, in deren Tasche du ihn offenbar vergessen hast.«

»Blau.«

Finley nickte zu einem Haufen schräg hinter ihm.

Shirts, Socken, Pullis. Da! Der Brief steckte noch in der Gesäßtasche. An den Knicken hatte er den Farbton der Hose angenommen. Samuel faltete ihn vorsichtig auseinander.

Ich kann nicht mehr, bitte vergib mir. Ich habe es versucht, aber ich bin nicht stark genug für dich. Die Erinnerungen fressen mich auf, und wenn ich überleben will, muss ich alles hinter mir lassen.

Ich weiß, dass du mich liebst, also lass mich frei. Gib mir die Chance, dich vergessen zu können.

»Jetzt musst du ihn küssen.« Finley stopfte weiter Wäsche in die Maschine, während Samuel seinen Augen jede Träne verbot. »Und anschließend musst du ihn ans Herz drücken.«

»Wenn ich das noch oft mache, zerbröselt er.« Die Falzkanten rissen bereits ein.

»Ich habe von Laurens gesprochen und nicht von einem Blatt Papier.« Seufzend schüttelte er den Kopf. »Rufe ihn wenigstens an.«

Dann würde er ihn wieder verraten. »Irgendwann wird er mich vergessen. Was hätte ich ihm hier bieten können?« Einsamkeit, böse Erinnerungen und die ständige Gefahr, die von Raven ausging. Laurens hatte etwas Besseres verdient. Es war gut, dass er vor ihm und Mhorags Manor geflohen war.

Etwas krallte sich in sein Herz, zerrte an ihm. Er schnappte nach Luft. Der Schmerz blieb.

»Laurens soll dich vergessen können?« Mit staubtrockenem Lachen tippte sich Finley an die Stirn. »Klar. Euch verbindet ja auch nichts. Keine Liebe, keine Todesangst, keine Verzweiflung, keine Tränen und vor allem kein peinlich lauter, bestimmt extrem beeindruckender Sex. Warum sollte er dich also im Gedächtnis behalten? So einen Typ mit Schlangenhaut, einem Herz voll Liebe und einem Schuppenschwanz, der nett an den richtigen Stellen kitzelt, bekommt er doch an jeder Ecke.«

Samuel zog sein Handy aus der Tasche, legte es vor sich auf den Boden und trat drauf. »Ich werde ihn nicht anrufen.« Beinahe war es eine Erleichterung, die Glas- und Plastikscherben unter der Schuhsole knirschen zu hören.

Finley starrte ihn an, erhob sich ächzend und stach ihm mit dem Zeigefinger gegen die Brust. »Du bist ein Idiot, Samuel Mac Laman.« Er schlurfte an ihm vorbei, knallte die Tür hinter sich zu.

Samuel wartete, bis seine Schritte verklungen waren.

Endlich war er allein, endlich konnte er sich aufgeben.

BIZARRE WÜNSCHE

Selbst als Baxter den Schlüssel aus der Hosentasche zog und
aufschloss, nahm er nicht den Arm von Toms Schultern. Er hatte
ihn abgeholt, war mit ihm in einer Bar etwas trinken gegangen, hatte
ihn in der Öffentlichkeit geküsst. Jetzt standen sie vor seiner
Privatwohnung.

»Du hast da draußen eine gute Figur gemacht.« Baxter lächelte ihn
glücklich an. »Sagtest du nicht, du gingest nicht gern unter
Menschen?«

»Mit dir ist das etwas anderes.«

Baxter liebte es, wenn er ihm schmeichelte. Seit er regelmäßig die
chinesischen Tropfen schluckte, fiel ihm das Heucheln immer
leichter. Außerdem war es wirklich ein schöner Abend gewesen.
Beinahe wie früher.

»Rein mit dir, Tom.«

Ein Appartement, hell, viel Glas. Baxter führte ihn über glatte
Böden, an Spiegeln und jeder Menge moderner Drucke vorbei in
einen Raum mit einem großen, ganz in weiß gehaltenem Bett. Die
Arzt-Farbe schien ihn auch privat zu inspirieren.

Baxter streichelte über Toms Hüfte, knöpfte die Hose auf und
tauchte mit der Hand in die Wärme zwischen den Schenkeln.
»Willst du noch etwas von den Tropfen? Ich liebe es, wenn sie dich
high machen und du dich willig von mir bespielen lässt.«

»Du gibst mir Drogen?« Verdammt, fühlten sich Baxters grobe
Berührungen gut an.

»Drogen, Medizin. Ist alles eine Frage der Sichtweise und
Dosierung. Komm, ich zeige dir was.« Kichernd schob er Tom vor
einen Schrank, zog die Schiebetür zurück und nahm ein
Lackkästchen heraus. »Das hier habe ich von Isabell. Der Patientin,
von der ich dir erzählt hatte.« Er klappte den Deckel auf. Mehrere

185

Röhrchen und Fläschchen steckten in einzelnen mit Samt ausgeschlagenen Fächern.

»Ich habe Isabells Schönheit wieder hergestellt, ebenso wie ich deine wiederherstelle. Und sie hat sich, ähnlich wie du, auf ihre besondere Art dafür bei mir bedankt. Mit Drogen, wenn du so willst.« Er zeigte auf die Fläschchen. »Die enthalten deine Medizin. Isabell nennt sie *Snaky Tears*. Aber sie hat für alle Lebenslagen das richtige Mittel.« Er wählte ein Röhrchen mit einem roten Verschluss. Es war randvoll mit schmalen Kapseln. »Das hier zum Beispiel ist ein blitzschneller Tod.« Die Kapseln klackerten, als er sie hin und her schüttelte. »Für den Notfall, weißt du? Dieses Gift hat Isabell selbst kreiert, als Fingerübung, so zu sagen. Sie ist keine Frau, die etwas dem Zufall überlässt. Auch nicht das eigene Ableben.«

Gift. Das war es. Dazu brauchte er weder Stärke noch übermäßig viel Mut. Nur seinen ständig in ihm gärenden Hass und eine gute Gelegenheit.

»Isabell ist im Drogengeschäft«, plauderte Baxter und legte sich zu ihm aufs Bett. »Ich habe sie in Moskau kennengelernt. Bei einem Ärztekongress. Ist das nicht lustig? Plötzlich stand sie im Foyer des Hotels vor mir und hat mich angefleht, ihr zu helfen. Im Gegenzug erhielt ich ein Visum für ein halbes Jahr, eine schicke Wohnung im besten Viertel der Stadt und ein volles Konto. Auf einmal konnte ich mir Anteile an einer Privatklinik leisten. Davon hatte ich immer geträumt.«

»Wie wirkt das?« Was interessierten ihn die Geschichten über eine russische Kriminelle? Er hielt Baxter das Röhrchen hin. »Ist es ein leidvoller oder ein schmerzfreier Tod?«

»Keine Ahnung.« Nebenbei zog sich Baxter die Hose aus. »Es wirkt recht schnell. Vielleicht ist es sogar schlichtes Zyankali. Was weiß ich? Ich hoffe, es nie nehmen zu müssen.«

Wenn er nicht gleich mit dem albernen Kichern aufhören würde! Tom schüttete eine der Kapseln aufs Bett und zog die Hülsen auseinander. Weißes feines Pulver rieselte heraus. Vorsichtig schnupperte er. Kein Eigengeruch. Den Geschmack konnte er schlecht bei sich selbst prüfen.

»Spinnst du?« Baxter sprang erschrocken auf. »Nachher wirkt das auch über die Haut oder die Nasenschleimhäute! Hör sofort auf, daran zu riechen!«

Gift. Schnell, hoffentlich qualvoll aber wenigstens hundert Prozent tödlich. Und es befand sich hier. Bei Baxter.

~*~

Der Wassertropfen zog sich in die Länge, riss ab und platschte ins Becken. Siebenhundertdreiundzwanzig.

Laurens zog die Knie näher an die Brust. Seine Beine hatten längst kein Gefühl mehr.

Ein neuer Tropfen bildete sich, dünnte in der Mitte aus, fiel ab. Siebenhundertvierundzwanzig.

Keine Nachricht von Samuel. Siebenhundertfünfundzwanzig.

Er schlug mit der Faust an die Fliesen. Ein Wunder, dass sie nicht rissen. Siebenhundertsechsundzwanzig.

»Komm da raus oder ich trete die verdammte Klotür ein!« Jareks Stimme bebte vor Zorn. »Ich schwör's dir, ich mache Kleinholz aus dem beschissenen Ding!«

Siebenhundertsiebenundzwanzig.

Am besten, er reparierte den Hahn gleich. Das rettete ihm eine knappe Stunde. Später würde seine Hand keine Zange mehr halten können. Sie war bereits geschwollen, blutete längst.

Samuel meldete sich nicht. Sagte ihm nicht, dass er ihn noch liebte. Auch nicht, dass er ihm verzieh. Wieder schmetterte er die

Faust an die Wand. Der Schmerz zuckte durch seinen Arm und betäubte das Nichts in seiner Brust für weitere vier Wassertropfen. Dann fiel es über ihn her.

»Laurens! Komm da raus!« Jareks Stimme überschlug sich. Sie übertönte Laurens' Schluchzen, für das er sich nicht mal mehr schämte.

Nur ein Wort, nur ein verdammtes Wort von Samuel. Die Kuppe seines Zeigefingers kannte längst den Weg übers Tastenfeld. *Der Gesprächspartner ist vorübergehend nicht erreichbar.* Sein in Morar zurückgelassenes Herz zerriss zum zweiten Mal.

Ein Krachen, splitterndes Holz, Jarek stolperte ins Bad.

Der Kerl hatte tatsächlich die Tür eingerannt. Sehr gut. Eine Fahrt zum Baumarkt, Rahmen abschleifen. Das rettete ihn davor, den Verstand zu verlieren.

»Miyu hat nicht umsonst angerufen!« Jarek packte ihn am Kragen und schleppte hinter sich her. Im Flur knallte er ihn an die Wand und baute sich drohend vor ihm auf. »Sie schmeißt eine Party. Für dich, für mich, für die ganzen Nerds und ihre Freunde, die an diesem peinlichen Onlinespiel mitgebastelt haben.«

»Ist mir scheißegal. Leihst du mir deinen Wagen? Ich muss Schrauben und Schleifpapier kaufen.«

Jarek kniff die Augen zusammen, zog ihn hinter sich her in die Küche. »Setzen und zuhören.«

Als Laurens stehen blieb, rammte er ihm den Stuhl in die Kniekehlen.

»Dir ist alles scheißegal und deshalb kommst du mit. Miyu will eine Motto-Party. Passend zu diesem Drachenmist. Weiß der Teufel, wer ihr diesen Floh ins Ohr gesetzt hat, aber wir werden uns wie die Bekloppten in Grün packen und mit Pappmaché-Zacken zieren.«

»Du. Nicht ich. Ich bleibe hier und repariere die Tür.«

»Vergiss es. Du bist mein bester Freund. Ich werde nicht zulassen, dass du wegen ein paar schottischer Idioten zum Skelett abmagerst und in Trauer versinkst.« Er stutzte, nahm vorsichtig Laurens Hand. »Was haben dir diese beschissenen Brüder bloß angetan?«

Laurens verkroch sich hinter seinen Armen. Ein anderes Versteck war nicht erreichbar. Jarek stellte die falschen Fragen.

»Rede mit mir!« Jarek zog seine Arme weg. »Und starre mich nicht mit diesem verflucht leeren Blick an. Du wirst zum Zombie, wenn du nichts dagegen tust.«

»Tut mir leid. Der Sommer war nicht sonderlich entspannend für mich.«

Jarek zuckte zusammen, als Laurens lachte. »Ich muss mich korrigieren. Du wirst nicht zum Zombie. Du bist längst einer.«

»Kann ich jetzt dein Auto haben?«

Jarek brüllte. Dann fegte er mit einer einzigen Bewegung alles vom Tisch. »Wenn du nicht sofort aufhörst, dich wie ein Psycho zu verhalten, fahre ich in dieses Kaff am Ende der Welt und prügele aus diesem Brüder-Pack den Grund dafür heraus!«

»Das wirst du nicht.«

»Ich schwöre dir, dass ich es tun werde.« Sein Blick duldete nicht die Spur eines Zweifels.

»Okay. Was willst du von mir?« Frohsinn würde er nicht heucheln können. Auch nicht, um Samuel vor Jareks Wut zu bewahren.

Jarek stützte seine Hände links und rechts auf der Stuhllehne ab. »Du kommst mit mir auf diese beschissene Fete, trinkst ein paar Biere mit Freunden und lässt dich auf andere Gedanken bringen.«

Gut. Dann ging alles, was er danach machte, Jarek nichts mehr an.

~*~

Baxter lag friedlich neben ihm. Vorhin hatte er fluchend das Bett frisch bezogen und Tom Vorhaltungen über seinen Leichtsinn gemacht. Aber dann hatten sie beide einen Tropfen Snaky Tears genossen und Baxters ungestüme Grobheiten waren zu Wohltaten geworden. Mit dem Zeug ließ sich alles ertragen. Auch ein grobschlächtiges Walross mit Vorliebe für perverse Spielchen.

Das watteartige Gefühl war noch nicht vollständig aus Toms Kopf verschwunden, jedoch konnte er nicht warten, bis er wieder fähig war, klar zu denken. Sonst verließ ihn der Mut. Er musste handeln, solange Baxter schlief.

Er schlich aus dem Bett, öffnete lautlos die Schiebetür. Nur zwei Kapseln. Baxter würde den Verlust nicht bemerken. Feine weiße Kristalle rutschten in der Gelatinehülle hin und her. Sie waren Plan A und Plan B für Laurens' Verrecken. Das war das Beste an seinem Plan. Nicht Samuels verkorkste Existenz zu beenden, sondern die seines einzigen Lichtscheines. Selbst wenn das Gift bei Laurens gnädig wirkte und ihn in einen sanften Tod gleiten ließ, für Samuel würde es Qualen unbekannten Ausmaßes bereithalten.

Ein erregendes Kribbeln spielte mit seinem Magen. Die Leben zweier Menschen lagen in seiner Hand. Er musste nur zudrücken, um sie zu zerquetschen.

~*~

»Samuel!«

Der Ruf drang dumpf durch das Wasser. Laurens?

»Samuel!«

War er zurück? In Ravens Nähe? In seiner Nähe! Samuel schwamm zur Oberfläche, viel zu schnell. Seine Lunge schmerzte.

»Samuel!«

Es war nicht Laurens. Es war Ian, der am Ufer stand. Die Hoffnung starb zuletzt? Dann war es ein schmerzvoller Tod.

Für einen wunderbaren Augenblick sah er blonde Haare im Wind wehen und grünblaue Augen in der Sonne blitzen. Sie transportierten das glücklichste Lächeln des Universums mühelos über den See bis zu ihm.

Bis sich die Illusion seines persönlichen Glücks auflöste.

Ian krümmte sich, schien zu weinen.

Er wusste es.

Himmel, hätte Raven nicht weiterlügen können?

Samuel glitt durchs Wasser zum Ufer, Ian stürzte ihm entgegen, warf sich in seinen Arm. Kein verständliches Wort kam aus ihm heraus, nur Schluchzen, dann Schreien. Sein Körper bebte, als er sich tiefer in Samuels Arme verkroch.

Samuel nahm ihn hoch, trug ihn zum Haus.

Erin kam ihm entgegen, sie sah grau im Gesicht aus, nickte aber gefasst. Also kannte sie die Wahrheit ebenfalls. »Pack ihn warm ein und sieh zu, dass ihm Raven nicht über den Weg läuft. Das war gerade ziemlich heftig mit den beiden.«

Hatte er das nicht schon einmal erlebt? Einen zitternden Mann im Arm, den er an Erins Ratschlägen vorbei ins Bett trug und in dicke Decken wickelte? Laurens hatte vor Kälte und Entkräftung gezittert, Ian wegen einer Nachricht, die nicht zum Verkraften geschaffen war. Nur zum Verzweifeln.

Ian sah aus den Decken und wischte sich die Augen trocken. »Bring mich weg, Samuel. Fahr mich nach London zurück und versprich mir, dass Raven tot ist, wenn ich das nächste Mal hierher komme.«

~*~

Sah man von den Schatten unter Guidos Augen ab, wirkte der Kerl ziemlich frisch für jemanden, der unbekannte Gifte an sich selbst testete. Klaus richtete sich im Bett auf, um den Stapel Papiere besser durchsehen zu können, den ihm Guido auf die Decke gelegt hatte. Mit einem Nicken scheuchte er die Krankenschwester hinaus.

Nur mit Mühe hatte er Sabine davon abgehalten, diesen Job selbst zu übernehmen. Allerdings war sie nicht dazu da, ihm Piss-Flaschen zwischen die Beine zu schieben, sondern um seine Korrespondenz am Laufen zu halten.

»Siehst scheiße aus, aber das weißt du sicherlich. Was hat der Arzt gesagt?« Guido setzte sich zu ihm und versuchte erst gar nicht, zu lächeln.

»Dass ich mich mit allem, was ich erledigen will, beeilen soll.«

»Schön, ich habe noch eine schlechte Nachricht für dich. Die transgenen Mäuse sterben wie die Fliegen.« Er fuhr sich über die Augen. »Dafür hat eine der Drogen-Versuchs-Mäuse plötzlich angefangen, ihre Kumpel anzufallen. Ihr erstes Opfer starb nach dem Biss, die andern leben noch. In Anbetracht dessen, dass dieser Beiß-Maus in den letzten Wochen verlängerte Eckzähne gewachsen sind und ihre Iriden gelbgrün schillern, vermute ich eine mutagene Wirkung des Schlangengiftes, und was das Beste ist: Ihr ist das Fell auf dem Rücken ausgefallen und heute Morgen musste ich mit Erstaunen feststellen, dass sich dort winzige Hornplatten bilden.«

»Toll. Hast du nicht gesagt, du hättest dir das Zeug injiziert?«

Das nervöse Auflachen war untypisch für Guido. »Bis jetzt ist nur eine Maus betroffen, also mach mir keine Angst. Aber du triffst den Nagel trotzdem auf den Kopf. Ich steige aus der Versuchsreihe aus. Du bist dran.« Er hielt eine Spritze mit nicht einmal einem Milliliter Flüssigkeit hoch. »Das habe ich aus den Mäusezähnen gemolken und verdünnt. Um welchen Faktor sag ich dir nicht, sonst lachst du mich aus.«

Nach Lachen war Klaus gerade weniger zumute.

»Von der Originalsubstanz ist nur noch eine winzige Referenzmenge da.« Guido sprach mit professioneller Emotionslosigkeit. »Die werde ich jedoch erst anrühren, wenn ich eine sichere Quelle für den Nachschub habe.«

»Du verarschst mich.«

Mit einer Engelsgeduld wartete Guido den Hustenkrampf ab und reichte ihm netterweise zwischendurch Taschentücher nach. »Mach dir keine Gedanken, Klaus. Bei der Verdünnung wirst du mehr als ein angenehmes Kribbeln sowieso nicht erwarten können.« Er fischte aus dem Papierhaufen eine beachtlich dicke Mappe. »Lies dir das in Ruhe durch. Ich habe meine gesamten Reaktionen auf das Gift notiert. Die psychologische Wirkung überwiegt, doch die physische ist auch nicht zu verachten.«

Der Griff zur Sauerstoffmaske war Klaus in Fleisch und Blut übergegangen. Er überflog die Notizen. Was er las, klang nach dem, was er wollte. Eine massive Steigerung der Libido musste nicht unbedingt sein, die euphorischen, visionsgetränkten Zustände wollte er allerdings auf jeden Fall. Der Kraftzuwachs, der sich leider erst nach wiederholten Injektionen einstellte, würde ihm ebenfalls nicht schaden.

Kopfschmerzen, Mundtrockenheit und einige rote Schwellungen an der Haut, die sich aber nach einer gewissen Zeit zurückbildeten. Im Vergleich zu den Nebenwirkungen einer Chemobehandlung handelte es sich um Lappalien.

»Alles steht und fällt mit der Konzentration«, dozierte Guido von der Bettkante aus. »Ich will mir nicht vorstellen, was mit einem Menschen geschieht, der die volle unverdünnte Ladung abkriegt.«

Klaus hielt ihm seinen Arm hin. »Rein damit.« Verdünnt oder nicht. Er brauchte schöne Träume, die nichts mit blutigem Morgenauswurf zu tun hatten. Und wenn er am nächsten Tag als Godzilla aufwachte, sollte sich die bescheuerte Krankenschwester darum zu kümmern.

~*~

Ian kauerte auf dem Beifahrersitz. Während der Fahrt hatte er kein Wort gesagt. Ein fast neunstündiges Schweigen war neu für ihn.

Samuel legte ihm die Hand in den Nacken, nur um ihm zu zeigen, dass er nicht allein auf der Welt war.

»Kannst du bei mir bleiben?« Ians Stimme klang dünn. »Nur ein paar Tage. Ich muss verdauen, dass mein Stiefbruder meinen Vater ermordet hat.« Er drehte sich zu ihm und wieder liefen ihm Tränen über die Wangen. »Und ich muss verdauen, was mein Vater dir angetan hat.«

»Denk nicht darüber nach. Es ist vorbei. Raven hätte es dir niemals sagen dürfen.« Dafür gehörte er gelyncht.

»Das wollte er auch nicht. Ich habe so lange auf ihn eingeschrien, bis er aufgegeben hat.« Ian wischte sich mit dem längst nassen Ärmel die Augen. »Er hat dich gerächt. Ist es nicht so?«

»Er hatte Bedenken, dass ich es nicht selbst erledigen könnte.« Und damit hatte er richtig gelegen. »Ich will dich nicht belügen, Ian. Ich veRüble unserem Bruder den Mord an deinem Vater nicht.«

Ian schwieg, bis sie auf die Regent Street abbogen. »Wenn ich du gewesen wäre, hätte ich David getötet.«

Dann würdest du mich jetzt hassen und nicht Raven. Der Gedanke schmerzte. Raven hatte es auf sich genommen. Nur Laurens hätte er niemals nehmen dürfen.

»Hey, pass auf. Du musst abbiegen!«

Die Berwick Street. Beinahe wäre er daran vorbeigefahren. Er parkte vor dem kleinen Ramschladen, über dem Ians Wohnung lag, doch Ian stieg nicht aus.

»Weißt du, dass Laurens in der Nähe wohnt?« Er zeigte die Straße hinunter. »Keine zehn Minuten zu Fuß. Sutton Row Nummer ...«

»Ich will's nicht wissen.«

»Das solltest du aber wollen. Raven hat gesagt ...«

»Was? Dass sie gerade noch zu Ende vögeln konnten, bevor ich aufgekreuzt bin?« Verdammt! »Ich habe Laurens halb ohnmächtig unter die Dusche geschleppt, weil ich Ravens Geruch an ihm nicht ertragen konnte.« Am Morgen hätte alles wieder gut sein sollen. Er hatte Laurens schon unter der Dusche verziehen, als er wie eine Marionette ohne Fäden in seinem Arm lag, vollkommen hilflos in dem Giftrausch gefangen, den er nie hätte erleben dürfen. Aber statt Laurens am Morgen im Bett vorzufinden, war nur der Abschiedsbrief von ihm da gewesen.

»Und als du Raven gevögelt hast, hast du dich allein geduscht, und bist erst dann zu Laurens gegangen, ja?« Ian klappte sein Handy auf und wählte eine Nummer. »Denk das nächste Mal nach, bevor du dein Glück in den Arsch trittst.«

»Das habe ich nicht getan!« Laurens wollte frei sein. Dass seine Freiheit Samuels Herz in Streifen schnitt, stand auf einem anderen Blatt.

»Jarek?«

War Ian verrückt geworden? Als Samuel ihm das Handy abnehmen wollte, schlug er nach ihm. »Ich wollte Laurens sprechen. Seit wann gehst du an fremde Handys?«

Warum war Ian plötzlich so still? Er sah zu Samuel, sah schnell weg. »Oh, das tut mir leid.«

Was? Was tat ihm leid?

Ian wehrte ihn erneut ab. Verdammt, er musste wissen, wie es Laurens ging.

»Verstehe. Oh Mann. Klingt nicht gut.«

»Ian, gib mir sofort Jarek!« Erst nachdem sein Handgelenk knackte, ließ Ian das Handy los.

»Jarek? Was ist mit Laurens?«

Am anderen Ende schnappte es nach Luft. »Samuel? Du blödes Arschloch! Was hast du ihm angetan? Er heult! Er hat nie geheult! Auch nicht, als ihn Mirko aus der Siebten verprügelt und angepisst

195

hat. Auch nicht auf der Beerdigung seiner Oma, und da habe selbst ich unter Wasser gestanden, denn das war eine coole Frau. Weißt du, wie lange ich ihn kenne? Seit wir im Kindergarten nebeneinander auf dem Töpfchen saßen und zum Synchronpissen gezwungen wurden. Immer hat er alles weggesteckt wie ein Mann. Und jetzt isst er nicht, schläft nicht und ... Ach, vergiss es! Es geht dich nichts an, was er sonst noch alles nicht macht.«

»Gib ihn mir.« Laurens durfte nicht leiden. Nicht wegen ihm.

»Kannst du knicken, Mann! Du lässt ihn in Ruhe. Wer seinen eigenen Bruder küsst, frisst auch kleine Kinder. Das habe ich ihm damals schon gesagt.«

»Laurens ist kein Kind, und ich habe mit Raven gevögelt und ihn nicht nur geküsst, und nun schwing deinen Arsch zu Laurens und drück ihm das verdammte Handy ans Ohr.«

Stille, in der Ian ihn an den Hinterkopf schlug. »Hast du sie noch alle?«, formulierten seine Lippen.

Nein, das hatte er nicht. Das Wesentliche fehlte. Es war bei Jarek und weinte sich wegen ihm die Seele aus dem Leib.

»Du widerliches Schwein!« Jarek klang, als ob seine Spucketröpfchen das Mikro torpedierten. »Du hinterfotziger Arschkeks!«

»Gib mir Laurens.«

»Ums Verrecken nicht!«

Das konnte schneller geschehen, als diesem Kerl recht war. Samuel kämpfte gegen das Bedürfnis an, ihn durchs Handy zu ziehen und ihm den Arschkeks zurück ins Maul zu schlagen. Aber was brachte das? Jarek versuchte nur, einen Freund zu schützen.

»Dann sag Laurens, dass ich ihn liebe.«

»Was?«

»Sag es ihm.« Samuel gab Ian das Handy zurück. Der starrte ihn entgeistert an. Jareks Schimpftiraden waren deutlich im Wagen zu hören, bis Ian ihn endlich wegdrückte. »Was sind wir eigentlich für eine Scheißfamilie?«

Eine, die nur Unglück hinter sich herzog.

Samuel stieg aus, nahm Ians Tasche und wartete, bis sein Bruder aufgeschlossen hatte. Bis sie in der Wohnung angelangt waren, sagte keiner von ihnen ein Wort.

Samuel legte die Tasche auf Ians Bett. Im Regal stand eine Flasche Bowmore als Bücherstütze. Zu lieblich, zu harmonisch. Hätte Ian Verdünner gehabt, Samuel hätte lieber den getrunken, aber vierzig Prozent waren vierzig Prozent. Das musste reichen, um ihn davon abzuhalten, Ian nach Laurens' Adresse zu fragen.

~*~

Wie viele grüne Stofffitzel wollte Julia noch an Jareks Hose nähen? Er sah mittlerweile wie ein zerfledderter Busch aus.

»Kommt das drachenzackenmäßig?« Jareks Zweifel in Blick und Stimme war berechtigt, doch Julia nickte gelassen. »Siehst klasse aus. Du bist dran, Laurens.«

Er drehte sich weg, als die Schminkstifte auf dem Weg zu seinem Gesicht waren. Er war die tragische Nebenrolle in diesem Stück. Nicht der Clown.

Seufzend legte Jarek den Arm um ihn. »Ehrlich, Alter, ich bin schon froh, dass du mitkommst. Mit Verkleidung oder ohne.«

Von Julias Nasenspitze sprangen ihn tausend Fragen nach seiner Verfassung an, aber Jarek winkte ab. »Wir sollten los. Miyu heimst das ganze Lob sonst ohne uns ein.« Er schnippte Stofffetzen vom Tisch, die den Weg zu seiner Jeans nicht mehr finden würden.

Die Schuppenimitate sahen lächerlich aus. Laurens konnte das beurteilten. Er kannte das Original. Glänzend, rau und sie brachen das Licht, wenn die Muskeln darunter sie bewegten. Sie verführten seine Hände zum Streicheln und seine Lippen zum Küssen.

»Wo willst du hin?« Jarek packte ihn, kurz bevor er es schaffte, sich in seinem Zimmer einzuschließen. »So nicht, mein Freund. Du kommst mit!«

Er wollte nicht mit. Er wollte allein sein und von grünen Schuppen träumen.

Jarek keuchte, entließ ihn trotzdem nicht aus seiner Umklammerung. »Du hast es versprochen. Also los! Julia! Schnell! Wo, verdammt, müssen wir überhaupt hin?«

Julias Absätze klackten, dann tauchte eine grün-schwarze Einladungskarte seitlich in Laurens' Blickfeld auf.

»In die Borough High. Die Feier findet bei einem Typ namens Malik statt. Der hat wohl ein ziemlich fettes Loft. Miyu will ihn als Sponsor ködern.«

»Gut.« Jarek schleppte Laurens zur Garderobe und stopfte seine Arme in die Jackenärmel. »Ab mit uns. Lasst uns feiern.«

Sterben wäre auch nett gewesen.

»Was ist mit deiner Hand?« Julia nickte schüchtern zu dem Verband, den ihm Jarek aufgenötigt hatte. Seit der Nummer im Klo zwang er ihm vieles auf. Laurens hatte keine Kraft mehr, sich ständig dagegen zu wehren.

»Frag ihn nicht«, fauchte Jarek. »Sonst fällt mir ein, dass ich wütend genug bin, um ihn zu verprügeln, bis meine Hände so aussehen.«

Bohnerwachs im Treppenhaus, Lärm auf der Straße, zu viele Lichter in der Nacht. Die U-Bahn. Menschen, die lachten. Umsteigen. Menschen, die sie anstarrten. Julia kicherte, strich stolz an ihrem hautengen Schlangentrikot entlang. Ein Fahrstuhl, ein modernes Loft. Malik schien es gut zu gehen.

Schön für ihn.

~*~

Die weißen Kristalle sahen aus wie Salz und genauso lösten sie sich auch auf. Tom rührte sie in die Milch, mit der er die Katze von Mrs. Warschawsky in seine Wohnung gelockt hatte. Wer seine Tiere im Treppenhaus streunen ließ, durfte sich nicht wundern, wenn sie bösen Menschen in die Hände fielen.

Einen Teil der Kristalle hatte er vorhin in einem Glas Sekt aufgelöst. Bis auf eine vermehrte Bildung von Gasblasen wirkte der Todestrunk vollkommen unauffällig. Jetzt musste er nur noch herausfinden, ob das Gift hervorschmeckte.

Tom schob der Katze die Schüssel hin. »Bitteres würdest du es nicht trinken. Habe ich recht?« Er streichelte das schnurrende Tier, das sich gierig über die Milch hermachte.

Tom stoppte die Zeit. Nach zwei Minuten hörte die Katze auf zu saufen. Nach zweieinhalb Minuten ging ein Zittern durch den dünnen Körper. Sie schwankte zur Tür. Miaute kläglich, brach zuckend zusammen. Von ihrer Schnauze tropfte weißer Schaum. Knappe vier Minuten insgesamt. Akzeptabel, wenn er die Tatsache berücksichtigte, dass er nur eine Messerspitze des Giftes genommen und das Vieh die Schale längst nicht ausgetrunken hatte. Für einen ausgewachsenen Menschen würde eine Kapsel vollkommen genügen.

Tom warf das Tier in den Müllschlucker, wusch sich die Hände und probierte seine Maske an. Dunkelgrünes Satin umspannte die verräterischen Gesichtszüge. Er fuhr sich durch blauschwarze Stacheln, die eben noch seine Haare gewesen waren. Farbe, Gel und eine ungezügelte Schere. Niemand würde ihn erkennen. Er musste nur darauf achten, seine Stimme zu verstellen.

»Hallo! Bist du nicht Laurens?« Akzeptabel. Noch ein wenig tiefer und vielleicht sollte er einen Dialekt imitieren. Oder wenigstens das R rollen. »Hallo! Bist du nicht Laurens? Ich habe viel von dir gehört.« Besser.

Handschuhe, enge Hose, Shirt, alles in Grün.

199

Miyu war sofort auf seinen Vorschlag eingegangen.

Verkleidungen, wie originell. Warum wäre sie nicht auf diese Idee gekommen? Dann könnte er mitfeiern, wie schön.

Nein, das könnte er leider nicht. Der Arzt hätte ihm jedes Infektionsrisiko wegen der frischen Narben verboten. Aber Laurens käme doch, oder?

Ja. Da wäre sie sicher. Jarek hätte für sie beide fest zugesagt.

Stunden nach diesem Telefonat hatte Tom dagesessen und sein Handy angestarrt. Alles war vorbereitet. Jetzt musste er seinen Plan nur noch in die Tat umsetzen.

»Heute Abend reiße ich dir dein Herz heraus, Samuel Mac Laman.« Sein Spiegelbild prostete ihm zu.

~*~

»Laurens! Da bist du ja endlich!« Miyu hüpfte mit breitem Grinsen auf sie zu. »Wo ist Sebastian? Wolltest du ihn nicht mitbringen?«

Jarek trat ihr auf den Fuß. »Sämtliche Freunde von Laurens sind hier. Wer nicht hier ist, ist nicht sein Freund.«

Ob Jarek merkte, dass er ihm gerade ein Messer in den Rücken bohrte?

»Oh, verstehe.« Miyu zog die Brauen hoch, wechselte einen panischen Blick mit Julia und begann wie aufgezogen irgendwelche fremden Leute beim Namen zu nennen. »Die wollen dich kennenlernen, Laurens. Ist das nicht aufregend?«

»Mindestens so aufregend wie dein Catsuit«, überbrückte Jarek Laurens' Schweigen. »Grün steht dir gut.«

Alles war grün. Und schwarz. Ab und zu auch golden. Die Farben der Dragon Lords. Jenseits seiner Gleichgültigkeit beschwerte sich sein Ego, dass seine Charaktere auf dieser Feier gnadenlos verarscht wurden.

Jarek boxte ihm in den Rücken. »Wirst du dich jetzt gefälligst amüsieren? So schwer kann das doch nicht sein.« Er schnappte sich einen vorbeieilenden Ellbogen, an dem erstaunlicherweise Grace hing. Sie versuchte ebenfalls, Laurens ein Gespräch aufzuzwingen.

Er verstand kein Wort, nickte nur in regelmäßigen Abständen und gab es schließlich auf, einen Sinn in ihrem Gerede zu finden.

Jareks Seitenblicke sagten ihm, dass er sich zusammenreißen und wieder der glückliche, unkomplizierte Laurens werden sollte. Aber das war er nicht mehr. Weder glücklich noch unkompliziert.

Grace plapperte weiter, während ihm Jarek ein Bier in die Hand drückte. Wieso hatte er sich nur von ihm überreden lassen, hierher zu kommen? Sein Herz erstickte vor Kummer. Small Talk machte es nur schlimmer.

»Entschuldigt mich.« Jarek kramte sein Handy aus der Tasche. Er starrte auf das Display und verwandelte seine Stirn in eine Gebirgslandschaft. »Zum Teufel mit dem Kerl!« Ein wütender Blick blitzte zu Laurens, dann verließ er mit dem Handy am Ohr den Raum.

Das war die Gelegenheit. Das schwarze Loch, das früher sein Leben gewesen war, wartete sehnsüchtig darauf, ihn endlich zu verschlingen. »Grace, tut mir leid, ich muss mal kurz aufs Klo.« Sie würde nicht merken, dass er, statt ins Bad zu gehen, nach Hause flüchtete. Bis Jarek ihn vermisste, wäre er schon längst weg.

Grace lächelte erleichtert. Wahrscheinlich war sie froh, ihn los zu sein.

Er drängte sich an Nerds vorbei, die zu feige waren, die Hände nach ihren Gesprächspartnerinnen auszustrecken. Stattdessen versuchten sie, mit Halbwissen und Eloquenz zu punkten.

Erbärmlich. Die Mädels sehnten sich danach, angefasst zu werden. Wäre er sich in Samuels Gegenwart mit diesem Blick durch die Haare gefahren, wie es die Brünette eben getan hatte, hätte Samuel ihn hinter die nächste Ecke gezogen.

Aber Samuel war nicht hier, also sollte er es auch nicht sein.

Ein Pärchen schlich kichernd vor ihm entlang. Den Typen kannte er aus einem seiner Kurse. Er lugte ins Schlafzimmer, lotste das Mädchen grinsend durch die Tür.

Sich jetzt von Samuel verschlingen lassen. Sich auf einem Bett ausstrecken, das nach fremden Leuten roch. Dann einen vertrauten, geliebten Duft in der Nase, wenn sich Samuel auf ihn schob, ihn küsste, sich über seine Brust tiefer arbeitete, um zwischen den Schenkeln abzutauchen.

Laurens knallte seine Bierflasche aufs Sideboard. Der Gedanke an Samuel ließ sich davon nicht verscheuchen. Nur ein Typ in grüner Maske sah erschrocken zu ihm herüber.

Gott, er musste hier verschwinden.

~*~

Wollte Laurens gehen? Das durfte er nicht! Vorher musste er mit ihm anstoßen, auf den Erfolg seines eigenen Todes.

Tom nahm eine der Sektflaschen aus dem Wassereimer. Schnell, bevor ihm sein Opfer entkam. Verdammter Draht! Er riss an dem Verschluss. War Laurens noch da? Dieses Mädchen, mit dem er gekommen war, fing ihn ab. Sie strahlte ihn an, aber er verzog keine Miene.

Endlich, der Plastikkorken löste sich, knallte aus der Flasche. Tom zog die Kapselhülsen auseinander, das Gift rieselte ins Glas.

Mein Gott, was tat er hier? Gleich würde er Laurens vergiften. Eine angemessene Handlung für das, was Samuel ihm angetan hatte. Skrupel waren Luxus. Unbezahlbar für ihn.

Die Flasche stieß zu fest an das Glas. Der schrille Ton bohrte sich ihm ins Hirn, schoss das Rückgrat hinab. Nicht die Nerven verlieren. Leid zeugte Leid. Seine Sache war gerecht.

Im rechten Glas schwappte der Tod. Das Linke war harmlos. Laurens würde mit einem Fan anstoßen, also musste Tom mittrinken.

Nach wenigen Augenblicken waren die Kristalle aufgelöst.

»Reichst du mir den Sekt rüber?« Ein Mann in grünem Hawaiihemd zeigte auf die angebrochene Flasche.

»Bin ich dein Diener?« Tom hielt die Gläser hoch. »Hol sie dir selbst.« Laurens' Tod würde er erst im letzten Moment aus der Hand geben.

SICH ERFÜLLENDE SEHNSÜCHTE

»Tut mir leid, Julia. Ich war hier, habe mich gezeigt und jetzt will ich gehen.« Möglichst noch, bevor Jarek etwas davon mitbekam.

Julia streichelte ihm mitfühlend über die Wange, als ob sie wüsste, warum es ihm schlecht ging. »Du solltest mehr essen. Du bist schon durchsichtig.«

Schön wär's. Dann könnte er unbemerkt verschwinden.

»Danke für den Rat. Ich setze ihn zu Hause um.« Einen Teufel würde er tun. Sein Magen war wie zugeschnürt.

Julia verteilte eine Handbreit von seinem Kopf entfernt Luftküsse, wünschte ihm trotz allem eine gute Nacht und trippelte zu Grace.

Gute Nächte gehörten der Vergangenheit an. Gute Tage auch.

»Entschuldige, bist du nicht Laurens Johannson?«

Der Typ mit der grünen Maske.

Laurens nickte, fischte nebenbei sein Handy aus der Hosentasche. Nur noch dieser Versuch. *Bitte Samuel. Geh ran!*

»Miyu sagte mir, die geilen Echsenkrieger stammten von dir.«

Freizeichen. Sie zerfraßen seine Nerven. Nur ein Wort von Samuel, ein einziges Wort. Dann würde er weitermachen können. Atmen, Essen, Leben. Das volle Programm. So wie Samuel ihre Beziehung haben wollte.

»Stoß mit mir auf Dragon Lords an.«

Schnallte der Kerl nicht, dass er telefonierte? Und was hatte der für eine seltsam tiefe Stimme? Kam ihm irgendwie bekannt vor. Aber woher?

Der gewünschte Gesprächsteilnehmer ist vorübergehend nicht erreichbar.

Gott! Er musste hier weg. An einen Ort, wo er sich ungestört die Seele aus dem Leib brüllen konnte.

Ein Sektglas wackelte vor seiner Nase. Der Mann lächelte aus seiner Stoffmaske. »Auf den Erfolg!«

205

Laurens' Magen zog sich zusammen. Wenn er nicht gleich ging, würde er sich vor diesem Typen erbrechen.

»Nur einen Schluck mit deinem größten Fan. Bitte. Danach lasse ich dich für immer in Ruhe.« Ein flehendes Lächeln, ein erschreckend glühender Blick.

Würde er auch mit ihm anstoßen wollen, wenn er wüsste, wie erbärmlich sein Held in Wirklichkeit war?

»Ich fasse es nicht!« Ein Mädchen neben ihm riss Mund und Augen auf. »Der Dragon Lord!«

Einzelne Pfiffe, erstauntes Gemurmel.

»Wahnsinns Kostüm, Alter«, klang es aus der Richtung, in die plötzlich alle starrten. »Hey, wie hast du die Dinger auf der Haut festgekriegt? Respekt! Darf ich mal fühlen?«

Zwischen fremden Unterarmen erschien eine schuppenüberzogene Hand, wehrte neugierige Finger ab und zog sich zurück. »Darfst du nicht.«

Samuel. Ein Traum? Bitte nicht. Kein Traum, keine Halluzination. Sein Hirn war wund. Seine Seele auch. Trotzdem durfte das keine Vision sein. Wie sollte er sonst weiteratmen?

Zu viele Leute. Sie verbargen die Sicht. Laurens drängte sich vor. Sein Herz schlug ihm gegen die Rippen. Seit wann war es wieder da?

Barfuß und mit freiem Oberkörper stand Samuel inmitten der Gaffer. Seine Brustplatten schillerten im Licht der Discokugel.

Laurens' Knie wurden weich. Die Ränder seines Blickfeldes flackerten, in der Mitte war Samuels ernstes Gesicht. Sein Blick schweifte über die Menge, suchte ihn.

Er war da. Kein Traum.

Laurens starrte ihn an, wie es die anderen taten. Wortlos, ohne sich rühren zu können. Endlich trafen sich ihre Blicke.

Laurens hielt den Atem an.

Kein Zorn war in den honigfarbenen Augen. Keine Enttäuschung. Nur die Frage, ob er noch zu ihm gehörte.

Laurens schob den Maskenmann beiseite. Er musste zu Samuel, musste ihn berühren, um es wirklich glauben zu können.

Samuel streckte die Hand nach ihm aus. Nur ein paar Schritte. Es ging nicht. Besaß er keine Beine mehr?

»Laurens?« Samuel wartete.

Die Menschen um ihn traten zurück, sahen Laurens erwartungsvoll an.

Was war mit ihm los? Er hatte so lange nur auf ein Wort von Samuel gewartet. Jetzt stand er vor ihm. Die Schuppenhand überbrückte die Distanz, aber Laurens konnte sie nicht ergreifen.

~*~

Er hätte nicht hier sein sollen. Laurens hatte um seine Freiheit gebeten. Warum riss er Wunden auf, die verheilen wollten?

Samuel ließ die Hand sinken. Er hatte kein Recht, es Laurens schwerer als nötig zu machen. Hinter ihm lag eine bittere Zeit. Die tiefen Schatten unter den Augen, eine fast durchscheinende Blässe und die eingefallenen Wangen verrieten es.

Ich würde dich so gern in den Arm nehmen, dir mit allem, was ich bin, zeigen, dass ich dich liebe. Aber dann würde er Laurens nicht mehr loslassen können.

Etwas in ihm schrie auf, als er sich umdrehte, drängte zurück zu dem Mann, der verloren zwischen gaffenden Menschen stand.

Laurens würde sich wiederfinden. Ein neues Leben beginnen und glücklich werden. Ohne ihn. Ohne die Gefahren, die Samuel begleiteten. Wie oft hatte er sich diese Sätze in den vergangenen Wochen vorgebetet?

Die Menge teilte sich vor ihm, der Weg zur Tür wurde frei. Er brauchte nur einen Schritt vor den anderen setzen, um endgültig aus Laurens' Leben zu verschwinden.

»Samuel!«

Die Hand, die sich auf seinen Rücken legte, war eiskalt.

»Bleib hier.«

~*~

Wie in Zeitlupe drehte sich Samuel zu ihm herum. »Willst du das wirklich?«

Reden war unmöglich. Aber Samuels Nacken fassen und ihn zu sich ziehen, das ging. Jemand lachte. Scheiß egal. Bis auf den Mann in seinem Arm spielte niemand eine Rolle.

Samuel stand ganz still, hielt ihn nur fest.

Laurens wollte ihm sagen, dass es ihm unendlich leidtat, dass so etwas nie wieder passieren würde. Der Kloß im Hals war zu dick. Keine Feier, keine Gäste. Nur Samuel, dessen Herz heftiger schlug, als sein eigenes. Laurens fühlte es an seiner Brust. Was für ein Frevel, dass ihn das Hemd von ihm trennte.

Er zog es aus, schmiegte sich an die Schuppenhaut.

Samuels Herz schlug noch schneller. Sein Rhythmus drängte das lauter werdende Gerede in den Hintergrund.

Kein Traum. Kein Wunschdenken. Laurens biss ihn in die Schulter und Samuel zuckte zusammen. Träume zuckten nicht. Zwischen seiner Wange und Samuels Haut wurde es nass.

Samuel wischte ihm vorsichtig über die Augen. »Jarek hat mir am Telefon ins Ohr gebrüllt, dass du früher nie geweint hättest. Erst, seitdem du mich kennst.«

Dafür hatte er vorher auch nie geliebt. Der Tausch war hart, aber fair.

»Ich muss mit dir reden, bevor mich der Mut verlässt, den ich mir bei Ian angetrunken habe.«

Samuels Blick war zu ernst. Hatte er ihm doch nicht verziehen? War er nur hier, um ihm schonend beizubringen, dass es vorbei war? Laurens' Herz stahl sich erneut aus seiner Brust.

Samuel griff ihm ins Haar, zog seinen Kopf so weit in den Nacken, dass er ihn ansehen musste. »Versprich mir, nicht vor mir davonzulaufen. Hör mir zu, dann entscheide, ob du mich noch lieben kannst oder ob du mich wirklich vergessen willst.«

»Ich dich vergessen? Bist du ...«

Samuel legte ihm den Finger auf die Lippen. »Ich verstehe, dass du frei sein willst, und mir ist klar, dass du vergessen musst, um ein normales Leben führen zu können. Aber ich brauche eine Chance.«

Ein normales Leben? Laurens' Hand schmerzte, pochte unter dem straffen Verband. Er hatte ohne Samuel überhaupt kein Leben geführt.

Samuel schaute sich um, entdeckte die Balkontür. »Komm mit.«

Vor ihnen bildete sich eine Gasse.

Einige der Gäste lächelten sie an, ein paar verzogen im Spott den Mund. Jarek fiel die Kippe ins Wodka-Glas. Später würde Laurens ihm einiges erklären müssen.

Am Geländer lehnten knutschende Pärchen. Samuel platzierte ihn exakt dazwischen. Seine Hände fuhren ihm ins Haar, seine Lippen legten sich hart auf seine.

Wie hatte er das vermisst. Samuels Leidenschaft, seine unverhohlene Lust auf ihn. Laurens wartete nicht, bis Samuels Zunge den Weg zwischen seine Lippen fand. Er kam ihr entgegen.

Samuel seufzte, küsste ihn wilder. Seine Finger krallten sich in Laurens' Strähnen fest.

Das Geländer bohrte sich in seinen Rücken, als sich Samuel an ihn drängte. Laurens schlang die Arme um ihn.

Jeder noch so winzige Abstand zwischen ihnen war zu groß. Nur noch sie beide. Nur noch Samuels Nähe. Sein Duft, sein Geschmack und der Hauch Whisky, der von ihm ausging.

Irgendwann trennten sich ihre Lippen. Samuel schnappte ebenso nach Luft, wie er. Seine Wangen waren gerötet, sein Blick glühte und brachte Laurens' Herz einmal mehr aus dem Takt.

Sie könnten sich lieben. Hier auf dem Balkon. Ihr Kuss hatte die anderen Pärchen verscheucht. Sicher würde ihr Gerede dafür sorgen, dass sie niemand mehr störte.

Laurens knöpfte seine Jeans auf, nahm Samuels Schuppenhand, aber Samuel schüttelte den Kopf. »Wenn du alles gehört hast, was ich dir zu sagen habe, willst du das vielleicht nicht mehr.«

Schon dehnte sich der Kloß im Hals erneut aus. Laurens räusperte ihn zumindest kleiner. »Ich will es, weil ich dich will. Und das weißt du auch.«

»Weiß ich das wirklich?«

Was sollte dieser traurige Blick?

»Samuel, hast du meinen Brief nicht gelesen?« Was war an *ich liebe dich und hol mich zurück* so schwer zu verstehen?

Samuels Hände glitten an Laurens' Armen hinab, fassten erst an den Handgelenken wieder zu. »Doch. Ich habe ihn gelesen. Etwa hundert Mal am Tag.«

Und warum war er nicht gekommen? Warum hatte er nicht angerufen? Laurens ballte die Faust in der Mullbinde. Der Schmerz trieb ihm die Tränen in die Augen.

Samuel strich ihm eine Strähne hinters Ohr. Auf dem Weg dahin streichelten seine Finger über Laurens' Wange.

»Versuchst du immer, zu verhungern, wenn du unglücklich bist?«

»Ich war nicht unglücklich, ich war verzweifelt.« Kein Mensch hätte mit diesem Gefühl im Bauch essen können.

»Das gibt dir nicht das Recht, dich zu vernachlässigen. Versprich mir, dass du das nie wieder machst.«

Das war der Moment. Jetzt würde Samuel ihm beibringen, dass ihre Beziehung keinen Sinn mehr hatte. Laurens verbannte die Angst davor aus seinem Bewusstsein. Was auch geschehen würde, er würde Samuels Entscheidung akzeptieren, warten, bis er gegangen war und erst danach sein Leben vom Balkon treten.

»Wie soll ich anfangen?« Samuel legte den Kopf in den Nacken, betrachtete die Sterne, während Laurens auf jeden Herzschlag lauschte. »Ich will dich nicht verlieren.«

Was? Wie viel hatte er getrunken?

»Sag es. Alles, was du zu sagen hast.« Wenn er sich zusammenriss, konnte er ruhig reden und Samuel würde von der Verzweiflung nichts mitbekommen, die sich durch seine Seele fraß. »Doch vorher musst du wissen, dass mir das mit Raven unendlich leidtut. Ich würde alles dafür geben, es rückgängig zu machen.«

Warum lächelte Samuel so verständnisvoll? Hätte er ihn wütend angestarrt, hätte sich Laurens besser gefühlt.

Samuel fischte eine zerknüllte Zigarettenschachtel aus der Jeanstasche. Im Schein der Feuerzeugflamme leuchteten seine Augen golden. »Hast du es genossen?«

Keine Lügen. Aber die Wahrheit klammerte sich an Laurens' Lippen und wollte nicht loslassen. Er atmete tief ein, konzentrierte sich auf den sinnlichen Mund, der sanft den Rauch entließ.

Ja, er hatte es genossen. Es war trotz der Hitze und der Angst ein Wahnsinnsgefühl gewesen.

Samuel betrachtete ihn, dann nickte er.

Verdammt! Wenn er doch bloß dieses Ereignis aus seinem Leben radieren könnte.

Der Rauch streifte Samuels Wange, breitete sich aus und wurde unsichtbar. Samuel schnippte die Glut von der Zigarette und sah ihr beim Fallen zu. »Ich habe es auch genossen. In der Nacht, bevor ich nach Glasgow gefahren bin.«

Jemand Unsichtbares zog Laurens den Balkon unter den Füßen weg. Oder lag es nur daran, dass Samuel schwankte?

Er und Raven. Sie waren Brüder. Laurens hatte nur ein paar Meter weiter in einem verwaisten Bett gelegen. Die Vorstellung fraß zuerst seinen Magen, erst dann wesentliche Teile seines Verstandes. Sein Herz blieb verschont. Es war ja ausgezogen. Ob Samuel den Schmerz an seiner Stelle spürte?

Samuel hielt ihm die Zigarette hin. Laurens Hand zitterte, als er sie nahm.

»Er hat mich gebissen. Das ist keine große Sache zwischen uns. Ich brauche es manchmal, und er wohl auch. Aber soweit wie in dieser Nacht ist es vorher nie gekommen und das wird es auch nicht mehr.«

Verdammter Rauch. Laurens hustete sich die Lunge wund.

Samuel lächelte traurig und nahm ihm die Zigarette wieder ab. »Sag doch, dass du nicht rauchst.«

»Das weißt du doch. Warum bietest du mir den Mist an?«

»Warum nimmst du ihn entgegen?«

Weil er alles von ihm annehmen würde. Auch diese beschissene Beichte.

Hinter ihnen lief eine schwachsinnige Party, unter ihnen fuhren Autos sinnlos durch die Gegend und über ihnen kämpften die größten Sterne um ihr Recht, auch an einem zu hellen Großstadthimmel gesehen zu werden. Nichts davon brachte den Beton unter Laurens Füße zurück.

»Ich würde dir gerne eine reinhauen.« Das würde zwar nichts ungeschehen machen, aber ihm das Gefühl geben, etwas gegen diesen kranken Doppelfick getan zu haben.

Samuels Lachen löste sich mit dem Rauch zusammen in der Nachtluft auf. »Nur zu. Dann fühlen wir uns beide besser.« Seine Hand lag auf dem Geländer.

Laurens nahm sie, strich über die winzigen Schuppen. »Ich will dir nicht wehtun. Das wollte ich nie.« Konnten sie diese Geschichte nicht als beidseitigen Ausrutscher abtun und vergessen? Laurens lachte über seine Naivität.

»Du bist gegangen.« Samuel verschränkte seine Finger in Laurens'. »Das hat mir wehgetan. Auch wenn ich deinen Wunsch respektiert habe.«

»Welchen Wunsch?«

»Diesen hier.«

Ein Brief, ziemlich abgegriffen. Samuel faltete ihn auseinander, als ob er eine Schatzkarte wäre. »Erkennst du deinen eigenen Abschiedsbrief nicht?«

Das war nicht sein Brief. Das war nicht mal seine Schrift. Und bevor er diesen pathetischen Schwachsinn geschrieben hätte, hätte er sich die Finger gebrochen.

Er nahm Samuel den Wisch aus der Hand und zerriss ihn.

Samuel sah fassungslos zu, wie die Schnipsel vom Abendwind über die Balkonbrüstung geweht wurden.

»Ich habe dir geschrieben, dass ich dich liebe und von dir zurückgeholt werden möchte. Ich habe gehofft, du könntest mir irgendwann verzeihen. Und weil ich ein romantischer Idiot bin, habe ich das alles auf die Zeichnung mit dir und der Teetasse geschmiert.«

»Da war keine Zeichnung. Nur dieser Zettel.« Samuel schwankte plötzlich. Er sah so erschrocken, so absolut unglücklich aus, dass Laurens ihn in den Arm nehmen musste.

Der erste wichtige Brief seines Lebens, und der Adressat hatte sich verarschen lassen. Wer immer dafür verantwortlich war, sollte ...

Egal. Samuel war hier. Liebte ihn und hatte in den vergangenen Wochen garantiert ebenso gelitten wie er.

»Du kannst dir nicht vorstellen, wie dankbar ich Ian bin, dass er mich hierher geprügelt hat.« Samuels Nase suchte sich einen Platz tief in Laurens' Haar. »Er hat Jarek gesagt, dass nur ich dich von einem Zombie wieder in einen Menschen verwandeln kann, und dass es unterlassene Hilfeleistung ist, mir die Adresse dieses Malik vorzuenthalten.«

»Zombie?«

»Jarek wähnte dich im Reich der Untoten. Das Wort Zombie fiel zig Mal, während er Ian durchs Handy anbrüllte.« Er streichelte Laurens' Kinn, berührte sanft seine Lippen. »Ich hatte eine Wahnsinnsangst um dich.«

Ganz langsam schwebte der Balkon aus dem Nichts an seinen alten Platz und Laurens spürte Boden unter den Füßen. Zum Teufel mit Briefen, mit Raven und mit der vergangenen, furchtbaren Zeit. Sie waren zusammen. Etwas anderes zählte nicht. »Ich lasse dich nie mehr los.«

Samuel tauchte aus den Haaren auf. »Mach das wirklich nicht mehr. Völlig gleichgültig, was passiert. Bleib einfach da und rede mit mir darüber. Geh nur nie wieder heimlich weg.«

Laurens wischte ihm die Nässe von den Wangen. Sie waren eingefallen und erzählten von Samuels Marsch durch sein persönliches Trauertal. Jede Wette, es war dasselbe, durch das auch Laurens gekrochen war. Komisch, sie hätten sich dort treffen müssen. Offenbar machte Trauer blind.

Samuel fing seine Hand ein und berührte die Stelle, in die Raven gebissen hatte, mit den Lippen. »Das hier hätte niemals geschehen dürfen.« Seine zarten Küsse prickelten auf der Haut. »Wenigstens hat mir deine Flucht gezeigt, dass du Ravens Gift überleben würdest. Dieser Gedanke hat mich unendlich getröstet.«

»Lass uns das verdrängen.« Den Biss, sein heimliches Abreisen und vor allem die Zeit danach.

Samuels Zeigefinger zog kleine Kreise über Laurens' Puls.

214

»Ob Jarek ein Problem damit hat, wenn ich vorläufig bei euch einziehe?«

Dieser Blick. Bittend, trotzig und dennoch voll Liebe.

Laurens nahm Samuels Gesicht in die Hände, genoss den Moment, als die Hoffnung in den Honig-Augen aufblitzte.

»Du bleibst in London?« Himmel, seine Stimme klang, als ob er gleich wieder in Tränen ausbrechen würde. »Und was ist mit Mhorags Manor und mit Raven?«

Samuel sah an ihm vorbei. »Ich habe weder mit ihm gesprochen noch habe ich ihn länger als ein paar Sekunden gesehen. Wir gehen uns aus dem Weg.«

»Wegen mir?« Konnte eine Frage blöder sein?

»Nicht nur. Auch wegen Ian.« Samuel schnippte die Zigarette übers Geländer und beobachtete den kleiner werdenden Glutfleck in der Nacht. »Raven hat Ian die ganze Geschichte erzählt. Inklusive des Mordes an David. Deshalb bin ich mit Ian nach London gefahren. Er konnte Ravens Gegenwart nicht mehr ertragen.«

»Dann habe ich es tatsächlich Ian zu verdanken, dass du hier bei mir bist.« Allerdings wäre ein weniger dramatischer Grund für alle Beteiligten schöner gewesen.

»Hat Jarek dir von unserem Telefonat erzählt?« Der bittere Zug um Samuels Lippen verschwand. »Er sollte dir etwas von mir ausrichten.«

»Kein Wort.« Dafür würde Jarek bluten.

Samuel neigte den Kopf, sein Blick war warm und zärtlich wie ein Kuss. »Dann weißt du ja gar nicht, dass ich dich liebe.« In das schüchterne Lächeln mischte sich etwas Herbsüßes. Es würde köstlich schmecken und Laurens nahm sich vor, es Samuel heute Nacht nicht nur von den Lippen küssen.

Er streichelte über die Brustplatten hinab bis zum Bauch.

Die Narbe. Behutsam strich er mit den Fingerkuppen darüber.

Samuel erzitterte. Sein Blick vertrieb sämtliche Skrupel aus Laurens' Bewusstsein.

»Ich habe dich so lange nicht gefühlt.« Er umschlang Laurens' Taille, zog in näher. »Berühre mich.«

~*~

Tom unterdrückte ein Würgen. Zwischen seinen Schulterblättern rann kalter Schweiß entlang.

Laurens streichelte Samuel über den Bauch, küsste die grässliche Narbe. Wie gierig Samuel ihm dabei ins Haar griff. Wie sich seine Miene verklärte.

Tom spuckte aus. Wer Monster kraulte, hatte den Tod verdient.

Die Gläser zitterten in seinen Händen. Es wurde Zeit.

So wie sich die beiden ansahen, würden sie es nicht lange auf dem Balkon aushalten. Sie würden ein Nest aufsuchen, um übereinander herfallen zu können. Rührend, wie sie in der Illusion unsterblicher Liebe schwelgten. Dabei wusste jedes Kind, dass nichts unsterblich war.

Samuel würde es erfahren. Gleich. Wenn Laurens in seinem Arm den letzten Atemzug röchelte.

~*~

»Hast du es vermisst?« Laurens lächelte ihn an, während seine sanften Berührungen die Schuppen um die Narbe verwöhnten.

»Oder hast du deine sensible Monsterhaut selbst stimuliert?«

Samuel dirigierte ihn aus dem Lichtkegel der Balkontür. Die anderen mussten nicht mitbekommen, wie er jeden Schauder genoss, den ihm Laurens in den Körper streichelte.

»Ich habe Finley gefragt, ob er mir mit der Drahtbürste zu Hilfe kommt.«

Laurens lachte. »Und? Hat er es getan?«

»Nein. Er meinte, ich sei ein Idiot.«

Mit einem glücklichen Seufzen schmiegte sich Laurens an seinen Hals. »Braver Finley. Ich mag den Mann.«

Warum hatte er ihn nur wegen lächerlicher Worte auf einem Stück Papier gehen lassen?

Zart wie ein Lufthauch berührte Laurens die Narbe.

Samuel lehnte sich ans Geländer und genoss die Impulse, die sich in ihm vervielfältigten. Lange würde er die Zärtlichkeiten nicht mehr aushalten können. Bilder, wie er ihn in einer stillen Ecke liebte, bis er um Erlösung flehte, fluteten seinen Kopf.

Laurens' Finger glitten über seinen Bauch hinab bis zur Jeans, öffnete die Knöpfe, schoben sich in Samuels Hosenbund. »Ich liebe es, ihn anzufassen.« Seine Nägel streiften pralle Schuppenhaut.

Samuel schlang die blonden Haare um seine Fäuste. Sie waren seine Rettungsleine. Klammerte er sich fest genug daran, konnte er vielleicht leise bleiben.

»Liebe es, wenn er sich an mich drängt.« Geküsste Worte.

Samuel fühlte ihre Hitze auf seiner Brust.

Laurens seufzte, schloss für einen Moment die Augen. »Ich will die Angst vor dem ersten Schmerz empfinden, will fühlen, wie du dich in mich schiebst, wie du zustößt, wenn du deine Beherrschung verlierst.«

Der Biss auf die Lippen brachte nicht viel. Samuel keuchte seine Lust hinaus. Laurens kannte keine Gnade. Weder in Worten noch in Taten. Wollte er in einem Augenblick alles nachholen, was sie versäumt hatten? Der erregende Schmerz fuhr ihm die Wirbelsäule herauf, blockierte sein Hirn.

»Schsch ...« Laurens fing Samuels Stöhnen mit einem Kuss ein. »Wir sind nicht allein.«

»Wenn du nicht vorsichtiger mit mir umgehst, ist mir das gleich völlig egal.«

Laurens' Blick setzte seine Nerven in Brand. »Denkst du, es ist für den Gastgeber kompromittierend, wenn ich mich hinknie, um dir ...«

»Tu es.« Was interessierte ihn der Gastgeber? Er brannte lichterloh. »Nimm mich in deinen Mund und hör nicht auf, bis du mich schmeckst.«

Laurens' Kuss war hart, gierig. Wurde zu einem Biss. Als sie sich voneinander lösten, schnappten sie beide nach Luft.

»Du in meinem Mund. Ich heute Nacht in dir.« Laurens' Blick duldete keinen Widerspruch. »Ich werde dich ...«

»Na ihr zwei? Amüsiert ihr euch?« Ein Mädchenlächeln von schräg unten. Samuel erstickte seinen Fluch in einer Flut weicher Haare.

Laurens zögerte einen Moment, dann rieb er ihn langsam weiter.

Samuel verbiss sich ein Stöhnen. Wenn er seinen Sonnenschein noch enger an sich zog und sich etwas weiter von dem Mädchen wegdrehte, bemerkte sie vielleicht nichts.

»Danke, Miyu. Wir amüsieren uns prächtig.« Laurens klang nur oberflächlich gelassen. Darunter vibrierte seine Stimme. Dass Miyu es nicht wahrnahm, musste an dem Alkohol in ihrem Blut liegen.

»Trotzdem werden wir jetzt verschwinden. Samuel hat eine lange Fahrt hinter sich.«

Die dunklen Mandelaugen weigerten sich, nach unten zu sehen. Ein gedehntes *verstehe* klang nur für geschulte Ohren schockiert.

Laurens zog unauffällig die Hand aus Samuels Jeans. Sein Blick glühte, versprach eine Nacht, die nicht das Geringste mit Müdigkeit zu tun haben würde.

»Lass uns gehen.« Rau geflüsterte Begierde, die Samuels Beine zittern ließen. »Ich sage Jarek Bescheid. Nicht, dass er austickt, wenn er dich morgen früh in meinem Bett findet.«

Dafür, dass das Mandelaugen-Mädchen mit konkreten Tatsachen konfrontiert wurde, blieb sie erfreulich gelassen.

Laurens lächelte sie an, schenkte Samuel einen sehr kurzen, sehr intensiven Kuss und mischte sich unter die anderen Gäste.

Hoffentlich fand er Jarek schnell. Samuels Blut rauschte nicht nur in den Ohren.

Ein Mann gesellte sich zu ihnen, stellte sich als Alan vor. Er plapperte ebenso sinnloses Zeug wie Miyu.

Das Gespräch schwappte an Samuel vorbei. Seine Aufmerksamkeit galt allein dem Mann, der sich von ihm entfernte.

Ein Kerl mit einer Maske trat Laurens in den Weg. Was wollte er von ihm?

Samuel schob Alan aus dem Blickfeld. Sein grellgrünes Hawaiihemd lenkte ihn ab. Er wollte keine Ranken sehen, sondern seinen Liebsten im Blick behalten.

Der Maskierte redete weiter auf ihn ein. Nebenbei nötigte er ihm einen Sekt auf. Niedlich, wie Laurens die Nase rümpfte und sehnsüchtig zur Erdbeerbowle schielte.

Mein Prinz liebt Erdbeeren. Aber nicht, wenn sie von dir kommen. Es wurde Zeit, dass er eingriff. Der Typ beharkte Laurens definitiv zu heftig, kam ihm zu nah, sah ihn zu intensiv an. Merkte er nicht, dass er kein Interesse an ihm hatte? Laurens stand weder auf schmächtig noch auf schwarze Stachelhaare, sondern auf groß, breit und Schuppen am Schwanz. »Damit kannst du nicht mithalten, Kleiner. Also verschwinde.«

»Bitte?« Alan sah ihn konsterniert an.

»Nicht du. Der!«

»Scheint ein Fan zu sein.« Miyu nippte an ihrem Cocktail und stach sich dabei am Olivenspieß fast das Auge aus. »Er hat vorhin schon versucht, sich an Laurens heranzupirschen, aber da bist du ihm in die Quere gekommen.«

»Ein Fan?« Alan lachte. »Das ist Tom. Ich habe ihn an der Stimme erkannt, als er sich wie gewöhnlich wie ein Arsch verhalten hat.«

219

»Welcher Tom?« In Samuels Eingeweiden begann, eine Schlange zu kriechen. Er kannte nur einen Tom und der durfte nie wieder den Raum mit Laurens teilen.

»Tom Davenport?« Miyu kreischte. »Oh mein Gott! Dann hat er sich also doch hergetraut. Ich dachte, wegen seines entstellten Gesichts würde er nicht kommen.«

~*~

»Ich kann dir nicht sagen, was es für mich bedeutet, mit dir auf diesen Abend anzustoßen.« Mr. Maskenface hob sein Glas. »Auf sich erfüllende Sehnsüchte!«

Gütiger, war der pathetisch. Und nervös. Auf dem Weg zum Mundschlitz verschüttete er die Hälfte.

Laurens nippte am Sekt. Grässliches Zeug. Irgendwie bitter, aber der Toast passte, pathetisch oder nicht. Seine Sehnsüchte würden sich heute Abend erfüllen, und Samuel würde dafür sorgen.

Dass ihm Jarek vor versammelter Mannschaft nicht an die Kehle gegangen war, grenzte an ein Wunder. Laurens hatte seinen Bericht kurz gehalten. Für schonende Erklärungen war er zu erregt. Hauptsache, Jarek platzte heute Nacht nicht in sein Zimmer. Morgen musste er ihm behutsam erklären, dass sie ab jetzt eine Dreier-WG bewohnten.

Samuel würde in London bleiben. Vor Glück schlug sein Herz aus dem Takt.

Er stand zwischen Alan und Miyu und sah zu ihm herüber. Laurens prostete ihm zu. »Auf dich!«

Warum grinste der Kerl in Grün so seltsam?

»Liebst du Samuel?« Die Augen glühten, als wollten sie den Stoff um sich versengen. »Dann leere dein Glas mit mir auf die Unsterblichkeit dieses wunderbaren Gefühls.« Er lachte, als würde ihm die letzte Hirnwindung durchschmoren.

Warum vergeudete er seine Zeit mit diesem Idioten? Samuel wartete auf ihn, um ihn um den Verstand zu lieben.

Die Erinnerung an den Vormittag in Erins Küche packte ihn mit einer Macht, die ihm in die Beine fuhr. Sie spielte sich weniger in seinem Kopf als in seinem Unterleib ab. Laurens seufzte. Es reichte nicht. Auch nicht das leise Stöhnen. Er war völlig überreizt.

»Geht es dir nicht gut?« Der Maskenmann trat einen Schritt näher.

»Ich bin nur etwas müde.« Hoffentlich glaubte ihm der Kerl die Lüge.

»Wirklich? Dann solltest du noch etwas trinken. Sekt beschwingt.«

Der Kerl ging ihm auf die Nerven. Es wurde Zeit, dass er ihn loswurde. Laurens quälte sich ein Lächeln ab, hob das Glas an die Lippen. Noch einen Schluck, dann schnappte er sich Samuel und verschwand.

»Laurens! Nein!« Samuel brüllte über den Lärm der Musikanlage hinweg. »Trink das nicht!« Mit zwei Sätzen war er neben ihm, schlug ihm das Glas aus der Hand. Er packte den Grünen am Kragen, riss ihm die Maske hinunter.

Tom! Er sah furchtbar aus. Nicht die Narben, sondern blanker Hass verzerrte sein Gesicht.

»Was war da drin?«

Warum zersplitterte Tom nicht unter Samuels Blick?

»Sag es!«

Tom schwankte zurück, stieß an den Tisch mit den Demo-CDs. »Sein Tod!«, schrie er und starrte Laurens an. »Sieh ihm beim Sterben zu, du Missgeburt, und denke dabei an mich!« Er zerrte an dem Tischtuch. Die CDs flogen durch die Luft, ein Mädchen schrie auf.

Tom rannte zum Ausgang, prallte gegen einen Mann, stolperte über Kisten mit leeren Flaschen.

Samuel drückte Laurens an sich, dann schob er ihn Jarek in den Arm. Wo kam der denn plötzlich her?

»Bring ihn ins Krankenhaus. Schnell. Sag, er sei vergiftet worden.«
Er drehte sich herum, setzte Tom hinterher.

»Gift?« Jareks gutmütige Augen weiteten sich vor Schreck. »Mein
Gott. Tut dir was weh? Vielleicht solltest du kotzen.«

»Unsinn, lass mich los. Wir müssen hinter ihm her.« Keine
Sekunde durfte Samuel mit diesem Irren allein bleiben.

»Aber wenn nun doch ...«

»Komm mit!« Er schnappte Jarek, der den Ernst der Situation zu
langsam erkannte.

Laurens war nicht die Prinzessin, er war der Held. Helden starben
nicht an einem winzigen Schluck. Egal, was dieser Wahnsinnige in
den Sekt gemischt hatte. Seine Lippen hatten das Zeug kaum
berührt.

~*~

Hatte er es geschafft? Starb Laurens?

Tom hetzte über die Straße zu seinem Wagen. Niemand verfolgte
ihn. War es zu wenig gewesen? Aber Laurens hatte gestöhnt, hatte
über Müdigkeit geklagt.

Die Straße blieb leer. Alle beugten sich in diesem Moment über
einen Mann, der zuckend und mit Schaum vor dem Mund sein
Leben beendete.

Und alle kannten den Mörder.

Tom wurde schlecht.

Sie würden die Polizei rufen. Er würde verhaftet, für immer
eingesperrt. Sein Plan war misslungen.

Tom drückte das Gaspedal durch, raste in eine Seitengasse und
tippte Baxters Nummer. Er musste ihm helfen.

~*~

Aus dem Treppenhaus klangen Schritte und Keuchen.

Wenn Laurens die Geländerknicke übersprang, konnte er Samuel vielleicht einholen. Die Stufen rasten unter seinen Füßen entlang. Etwas schneller und er würde fliegen. Krasses Gefühl. Sein Herz pumpte Adrenalin. Vor jedem Sprung und auch danach. Wenn er Tom erwischte, würde er ihn einmal quer durch London schleudern.

Unten schlug eine Tür zu. Verdammt, noch eine Treppe. Laurens sprang knapp nach dem Absatz. Seine Fußsohlen brannten, als er unten aufkam.

»Laurens!« Jarek keuchte hinter ihm her. Er hielt sich die Seite, zeigte mit dem Daumen in die Nische vor ihm. »Vergiss Tom. Kümmere dich lieber um den hier.«

Die Ecke mit dem Feuerlöscher. Wollte er Tom das Ding hinterherwerfen?

»Komm schon. Ich mein's ernst.«

Plötzlich wich die Kraft aus Laurens' Beinen.

Jarek verschwand hinter dem Mauervorsprung, redete leise mit jemandem.

Laurens hetzte die Stufen wieder hinauf. Sein Magen zog sich zusammen.

Samuel saß am Boden, hielt sich den Kopf. Um ihn herum lagen Scherben. Jarek hob einen Flaschenhals auf. »Die kleine Ratte hat ihn sauber ausgeknockt.«

Samuel wollte aufstehen, aber Laurens war schneller. »Bleib sitzen. Meinetwegen soll Tom bis ans Ende der Welt laufen.« Hauptsache, er blieb dort und kam nicht auf den Gedanken, ihm noch einmal unter die Augen zu treten. »Ist es schlimm?«

Kein Blut. Gott sei Dank. Dafür wuchs auf Samuels Hinterkopf ein Eisberg.

»Er hat mich vorbeirennen lassen. Dann kam der Schlag und plötzlich stand Jarek vor mir.« Samuel fing Laurens' Finger ein, die

223

die Beule abtasteten. »Was machst du hier? Warum bist du nicht im Krankenhaus?«

»Selbst wenn wir geflogen wären, wären wir noch nicht dort.« Jarek fasste Samuel am Unterarm und zog ihn auf die Beine. »Du warst nur einen Augenblick weggetreten. Wir sind direkt hinter euch hergerannt.«

»Dann rennt weiter zu meinem Wagen.« Samuel schwankte, als er die Autoschlüssel aus der Hosentasche zog. »Die sollen dir den Magen auspumpen.«

»Warum?« Der Schlag auf seinen Kopf schien ihm mächtig zugesetzt zu haben. »Ich hasse Sekt und habe kaum was davon getrunken.« Er nahm die Schlüssel und legte sich Samuels Arm über die Schulter. »Ich fahr dich jetzt zu mir, und dann vergessen wir die kleine Ratte.« Diese Nacht war zum Vergessen unliebsamer Ereignisse geschaffen. Sie würden sie nutzen.

Jarek zupfte ihn am Ärmel. »Ist es nicht besser, du lässt ihn vorher vom Profi durchchecken?« Er nickte zu Samuel, verzog dabei in einer Mischung aus Abscheu und Mitleid den Mund. »Immerhin hat er ne Flasche über den Kopf gekriegt.«

»Machst du dir etwa Sorgen um mich?« Samuel hob spöttisch die Braue, zuckte zusammen und fühlte nach seinem Hinterkopf. »Musst du nicht. Außerdem kann ich zu keinem Arzt.« Er strich sich über die linke Brust. »Die hier sind echt. Wenn du dich bei irgendwem deswegen verplapperst, gebe ich dir tausend Gründe, mich wirklich zu verabscheuen.«

Jarek starrte auf dunkelgrüne Schuppenhaut. Er hob den Blick, sah Samuel in die Augen, lachte. Dann sah zu Laurens, lachte wieder, doch es klang bereits wackliger. Schließlich wandte er sich erneut zu Samuel. »Du verarschst mich.«

Samuel schüttelte langsam den Kopf. »Wir werden uns in Zukunft öfter über den Weg laufen. Ich will wegen dir nicht ununterbrochen Rollkragenpullis und Handschuhe tragen. Außerdem bist du

Laurens' Freund. Er vertraut dir. Dann werde ich das auch. Ob du mich magst oder nicht.«

Schön, das warme Gefühl in seiner Brust. Laurens verkniff es sich, beide in den Arm zu nehmen, doch zu dem emotionalen Chaos des Abends hätte es gepasst. Allerdings nicht zu Jarek. Der hob hilflos die Hände, ließ sie wieder sinken, drehte sich um, ging den Ersten entgegen, die nach dem Trubel im Loft nach dem Rechten sehen wollten.

~*~

»Noch einmal ganz langsam.« Baxter starrte Tom fassungslos an. »Du hast Giftkapseln von mir gestohlen und damit einen Mord begangen?«

»Ja verdammt! Und jetzt werden sie mich verhaften. Ich will aber nicht in den Knast! Ich habe genug gelitten! Du musst mir helfen! Verstecke mich, schaff mich aus dem Land, tu was! Sonst werde ich der Polizei sagen, dass ich das Gift von dir habe.«

Baxter sackte zusammen. »Das würdest du mir antun?«

Das und noch viel mehr, wenn er ihm nicht sofort half. »Illegaler Drogenbesitz, Kontakte zu der Russenmafia.«

»Isabell gehört nicht zur Mafia«, empörte sich Baxter. »Das vermute ich jedenfalls.«

»Na und? Was denkst du, wird aus deiner Karriere als erfolgreicher Schönheitschirurg, wenn herauskommt, dass du deinen Lustknaben mit Drogen gefügig gemacht hast?« Ja! Das wirkte. Baxters Wangen wurden blass und schlackerten wie Pudding. Eine Welt brach vor seinen geistigen Augen zusammen. Tom konnte das Getöse förmlich hören.

Baxter verbarg sein Gesicht hinter den Händen. Endlich sah er auf, schüttelte den Kopf. »Nicht nur du wirst das Land verlassen.

225

Auch für mich ist es sicherer, wenn ich eine Weile untertauche.« Er wählte eine Nummer auf seinem Handy und verlies den Raum.

Tom ging zum Fenster, lauschte in die Nacht. Galten die Sirenen ihm, die irgendwo in London ertönten? War die Polizei bereits unterwegs? Sicher wurden längst die ersten Zeugen vernommen.

Und Baxter telefonierte. Tom raufte sich die Haare. Vor der Tür hörte er seine Schritte. Anscheinend lief er auf und ab. Tom presste das Ohr gegen das Holz.

Shenyang, Isabell, einen geschuldeten Gefallen, Fragen nach einem Visum. Es dauerte ewig, bis Baxter zurückkehrte.

»Wir reisen sofort ab. Isabell besorgt uns Online-Tickets, Visa, alles, was wir brauchen. Auch einen neuen Ausweis für dich. Sieh mich an, ich muss dich fotografieren.« Er wählte Toms linke Seite. »Das Foto geht jetzt zu einem gewissen Jason, der sich um alles Weitere kümmern wird.« Mit der Zungenspitze im Mundwinkel tippte er erneut eine Nummer und wischte sich nebenbei den Schweiß von der Stirn. »Bilde dir nicht ein, dass ich das umsonst mache. Du wirst es bei mir dein ganzes Leben lang abzahlen.«

~*~

Laurens bremste vor einer Ampel. Der rote Lichtschein unterstrich die scharfen Kanten seines Gesichts.

Samuel berührte die Hand, die locker auf dem Schaltknauf lag. Der Verband war schon grau. »Was ist passiert?«

Laurens zuckte mit der Schulter. »Ich wollte den Wasserhahn reparieren und habe mich dabei etwas dämlich angestellt. Ist nicht weiter schlimm.« Sein Lächeln war eine Spur zu unbekümmert. »Was macht dein Kopf?«

»Er will in deinen Schoß.« Vielleicht könnte ihn Laurens dort vom Implodieren abhalten.

»So wie er aussieht, will er ein weiches Kopfkissen, einen Eisbeutel und eine Menge Schlaf.«

»Das auch.« Einschlafen, ohne Angst vorm Aufwachen zu haben. Statt Einsamkeit Laurens neben sich fühlen, ihn in den Arm nehmen, den Duft seiner Haare inhalieren und wissen, dass er auch am nächsten Tag bei ihm sein würde. So fühlte sich Glück an. Er ließ es sich nie wieder wegnehmen.

»Ich fasse es immer noch nicht, dass du dich von diesem gefälschten Brief hast verarschen lassen.« Laurens schüttelte den Kopf, sah zu ihm und grinste. »Du müsstest mich doch besser kennen. So einen schnulzigen Mist würde ich nie schreiben. *Ich kann nicht mehr, bitte vergib mir. Ich bin nicht stark genug für dich.* Himmel noch mal!«

»Schreibe mir etwas, wenn wir bei dir sind.« Hätte er Laurens' Handschrift gekannt, wäre dieses katastrophale Missverständnis nie geschehen.

Laurens klappte das Handschuhfach auf. Nachdem er eine Zeit lang darin herumgewühlt hatte, hielt er Mias Umschlag und einen Kuli hoch.

»Sag mir Bescheid, wenn's weitergeht.« Laurens nickte zur Ampel und begann auf die Rückseite zu schreiben.

Mia wollte, dass er ihren Brief an einem Tag las, an dem er sich stark fühlte. Also schied heute aus. Aber jedes Wort, das Laurens darauf schrieb, würde es ihm leichter machen, ihn irgendwann zu öffnen.

Als die Ampel auf Grün sprang, reichte ihm Laurens den Umschlag.

Pass auf mein Herz auf und sag ihm, Bungeespringen ohne Gummiseil sei problematisch. Ansonsten darfst du es behalten. Es fühlt sich hinter deinen Brustplatten sowieso besser aufgehoben, als bei mir.

»Und wenn ich es für immer haben will?«

Laurens sah zu ihm, runzelte die Stirn. Offenbar hatte er bemerkt, wie belegt seine Stimme klang. »Mach mit ihm, was du möchtest.« Er hielt vor einem schäbigen Backsteinhaus, drehte den Schlüssel und plötzlich lag zu viel Stille um sie herum.

Aus einem der Hauseingänge torkelte ein Mann, die Straßenlaterne über dem Bentley begann zu flackern. Doch Laurens unternahm keinerlei Anstalten, auszusteigen. Samuel fielen die Augen zu. Alles an ihm fühlte sich schwer und entsetzlich müde an.

»Lass uns so tun, als hätten wir uns eben auf einer coolen Party zum ersten Mal getroffen.« Laurens' Stimme holte ihn zurück in die Realität. »Kein Tom, keine Briefe, keine Erinnerungen. Nur du und ich und eventuell später ein vor Wut schäumender Jarek. Bist du bereit?«

Meinte er das Spiel ernst?

»Gut, dann los.« Laurens räusperte sich, stieg aus und öffnete ihm die Tür. »Ich mache so etwas normalerweise nicht.« Mit einem Lächeln, das Eisberge zum Schmelzen brachte, reichte er ihm die Hand. »Aber ich würde mich wirklich freuen, wenn du auf einen Kaffee mit hochkommen würdest.« Der Biss auf die Lippe stellte mehr in Aussicht.

»Muss ich vor dem Frühstück verschwunden sein?«

Laurens umschlang Samuels Nacken. »Auf keinen Fall. Sonst verpasst du alles, was dir schmeckt.«

~*~

Es war so gut, dass Samuel da war. So gnadenlos gut, dass Laurens es kaum fassen konnte. Geschissen auf Tom und sein klägliches Attentat. Niemand würde es jemals schaffen, sie zu trennen. Wie hatte er nur auf Erin hören können? Der faltige Hals gehörte ihr herumgedreht.

Samuel sah todmüde aus. Laurens streichelte ihm über die blassen Wangen. Hoffentlich ging es ihm bald besser. »Nur noch ein paar Stufen. Dann mache ich es dir bequem.« Ein Wunder, dass er sich überhaupt noch auf den Beinen halten konnte.

»Ist es schlimm, wenn ich keinen Kaffee mehr will?« Ein kleines, entschuldigendes Lächeln spielte in Samuels Mundwinkeln. »Mir ist eher nach deinem Bett und ganz viel Schlaf. Wenn du dich dann noch an mich schmiegen könntest, wäre ich vorläufig wunschlos glücklich.« Er legte seine Stirn an Laurens' und schloss die Augen. »Morgen hole ich alles mit dir nach. Versprochen. Aber ich befürchte, heute würde ich dich nur enttäuschen.«

»Hast du Angst, du schläfst in mir ein?«

Samuel lachte leise. »So in etwa.« Er ließ sich von ihm unterfassen, die Treppe hinaufführen und als er endlich vor dem Bett stand, fiel er seufzend darauf.

Laurens setzte sich neben ihn und streichelte über die Schuppenhaut. Wann hatte er Samuel jemals so erschöpft gesehen?

»Eine Sache muss ich heute Nacht noch hinter mich bringen.« Samuel fischte den Umschlag aus der Tasche, den Laurens eben beschrieben hatte. »Ein Brief von Mia.« Er zog mehrere Zettel hervor. Sie waren über und über mit einer grauenhaft zittrigen Handschrift bekrakelt.

»Soll ich dich allein lassen?«

Samuel schüttelte den Kopf. »Auf keinen Fall. Was mich angeht, geht dich auch an.« Er drehte sich auf den Rücken, fasste Laurens ins Genick und zog ihn auf sich. »Wenn wir zusammen sind, sind schlimme Dinge weniger schlimm und gute doppelt gut. Allerdings bin ich sicher, dass dieser Brief zur ersten Kategorie gehört.«

»Bringen wir es schnell hinter uns.« Die Stelle oberhalb von Samuels Wangenknochen war zart. Laurens strich mit dem Daumen bis zur Schläfe. Samuel schloss seufzend die Augen.

229

Sein Drache. Tod und Verdammnis für jeden, der es wagte, ihm ein Leid anzutun.

»Du könntest mich spielend überreden, den Brief meiner Mutter sehr viel später zu lesen.«

»Lies ihn jetzt.« Noch ein aufmunternder Kuss, dann rollte er sich von Samuel hinunter. Was Mia auch geschrieben hatte, da es mehrere Seiten füllte, was es wichtig.

Samuel breitete die Blätter vor ihnen aus. »Lies mit. Das spart mir die Zusammenfassung.«

»Bist du sicher?« Mias Brief fiel garantiert unter die Kategorie *streng vertraulich* bis *höchstpersönlich*.

Samuels angedeutetes Lächeln ließ ihn nicht fröhlicher aussehen. »Ich habe vor dir keine Geheimnisse mehr.« Er zog ihn näher zu sich. »Außerdem geht mir der Stift.«

Ja. Das war verständlich. Laurens legte seine Hand auf Samuels Unterarm. »Ich liebe dich.« Die Worte fühlten sich auf seiner Zunge rund und sehr fest an. Fast monumental.

Samuel sah ihn an, nickte. »Hör nie damit auf. Und schon gar nicht wegen eines Briefes.«

Würde er nicht. Das Brief-Desaster war vorbei.

Samuel lehnte sich zu ihm. Sein zarter Kuss transportierte ein Gefühl, das er für alle Ewigkeit in sich spüren wollte.

»Willst du mich wirklich nicht vorher noch ein wenig hiervon abhalten?« Er biss sanft in Laurens' Unterlippe und setzte seinen *Mach mit mir, was immer du willst* - Blick auf.

»Lies.« Nur nicht schwach werden. Je schneller sie es hinter sich brachten, desto besser.

Samuel seufzte und zog das erste Blatt näher.

Mias Schrift war kaum zu entziffern. Was hatten sie mit ihr gemacht? Ruhiggestellt. Aber offenbar nicht ruhig genug.

Der erste Satz: *Dein Vater ist tot.* Toller Start für eine Nachricht an den eigenen Sohn. Zum Glück war es für Samuel keine Neuigkeit mehr.

David hat ihn erschossen. Was? Laurens Kehle zog sich zusammen. Samuel starrte mit regloser Miene auf das Papier.

David hatte es Mia im Suff gestanden. Lachend und weinend. Was für ein Arsch. Was für ein Monster! Mia schrieb, sie hätte den Schuss im Traum gehört. Im Traum? Und die Schreie ihres Sohnes davor? Waren das auch nur Traumgespinste gewesen? Verdammt noch mal! Laurens zog den nächsten Bogen zu sich. Offenbar war dieses Wesen durch Samuels Schreie angelockt worden. Es wäre aus dem Wasser gekommen, hätte sich auf David stürzen wollen. Der hatte es abgeknallt und in den See zurückgestoßen. Das alles hatte er tatsächlich seiner Frau erzählt, die Jahre lang am Ufer auf eben dieses Wesen gewartete hatte.

Gut, Mia hatte ihre Gründe, verrückt zu sein.

Samuel sog neben ihm scharf die Luft ein. »Warum habe ich ihn nicht gesehen?« Er ballte die Faust. »Ich kann mich an nichts erinnern. Kein Wesen, kein Schuss. Nur David und sein Gewehr.«

»Stopp.« Laurens setzte sich auf, zog ihn in den Arm. »Dieser Abgrund ist für dich tabu. Denk nicht mehr daran, versetz dich nicht in diese Zeit. David ist Geschichte und längst begraben.« Konnte dieser ekelhafte Scheißkerl nicht Ruhe geben? Musste er über den Tod hinaus seinen Stiefsohn quälen?

Samuel befreite sich sacht aus der Umarmung. »Ich muss weiterlesen.«

Einen Dreck musste er! »Planänderung. Gib die Seiten her.« Samuel ließ sie sich aus der Hand nehmen. »Ich überfliege das hier und sage dir, was du wissen musst.« Den ganzen Mist mit David würde er auslassen.

Samuel streckte seine Hand nach den Papieren aus. »Laurens, bitte. Es geht um meinen Vater.«

»Und um einen Mistsack, der ihn erschossen hat.« Laurens Hände flatterten, aber das Wesentliche konnte er lesen. »Du warst ohnmächtig. Jedenfalls hat das Erin Mia erzählt. David hätte dich auf dem Arm zurück zum Haus getragen. Mia und Finley hatten den Schuss auch gehört.« Es folgten sentimentale und hoch dramatische Entschuldigungen seitens Mia.

Hatte die sie noch alle? Nein, eben nicht. Spätestens nach dieser Nacht war sie reif für professionelle Hilfe. Verständlich.

In den Nächten darauf hatte sich David in einer Tour betrunken und haarklein die Einzelheiten des Vorfalls gelallt. Mia hatte den Vater ihrer Söhne nicht zurücklocken können, aber Samuels Hilfeschreie hatten es vermocht. So wie sie schrieb, hatte sie das ihrem Sohn tatsächlich eine Zeit lang übel genommen.

Oh Mann. Laurens knüllte den Zettel zusammen. Ihr Mann vögelte ihren Sohn und sie verübelte es dem Vater, dass er ihn vor David hatte retten wollen? Nein, wohl eher, dass er sich nicht schon vorher gezeigt hatte.

Samuel nahm ihm das Knäuel aus der Hand, faltete es auseinander und las. Er griff zur nächsten Seite, dann die übernächste.

Was für eine verdammte Scheiße!

»Er wollte mich retten.« Samuels Blick verriet keine der Regungen, die zweifellos in ihm wüteten. »Mein Vater ist gekommen, um mich vor David zu retten.«

Jemand sollte Mhorags Manor in Schutt und Asche legen und den See sprengen.

Wo war das Feuerzeug? Laurens fand es in der Schreibtischschublade und warf es Samuel in den Schoß. Danach öffnete er das Fenster. In ihrem Leben würde es keine Briefe mehr geben.

»Gleich.« Samuel klang zu leise. Er las sämtliche Zettel noch einmal.

Laurens hätte sie ihm am liebsten aus der Hand gerissen.

Schließlich stand Samuel auf, ging zum Fenster und hielt sie hinaus. Die Flamme flackerte wild um das Papier. Es dauerte, bis sie es endlich zerfraß. Die Flocken wirbelten, fielen auseinander und verschwanden irgendwo in dieser Stadt, wo sie niemandem wehtun konnten.

Samuel sah ihnen nach. »Wenn ich wüsste, wo es ist, würde ich auf Davids Grab pissen.«

Harte, klare Worte. Laurens lehnte sich an ihn, stellte sich auf die Zehenspitzen und küsste ihn auf den Nacken. »Bei Gelegenheit machen wir das gemeinsam.« Gruppenpissen für einen höheren Zweck. Wirkte garantiert befreiend. Er schloss das Fenster und schob Samuel zurück zum Bett. »Hinlegen und schlafen.« Morgen würde alles anders aussehen.

Samuel gehorchte, rollte sich zusammen und ließ sich von ihm zudecken. »Ich würde dich jetzt so gerne lieben.« Seine Lider sanken beim Sprechen. »Aber ich glaube, wir müssen das verschieben.«

»Das macht nichts. Du läufst mir ja nicht weg.« Das war das Schönste daran. Morgen früh würde er aufwachen und Samuels Gesicht sehen. Er legte sich zu ihm und zog die Decke über sie beide.

Samuel brummte behaglich. »Riecht gut. Nach dir. Ich mag das.« Das leise Murmeln verschwand im Kopfkissen.

Drei Atemzüge später war er eingeschlafen.

Laurens zog ihm die Decke bis hoch zum Kinn. Sanft fuhr er mit dem Finger Samuels Schläfen-Wangen-Linie nach. Morgen würde er ihn zeichnen. Hier in seinem Bett, wenn Samuel noch schlief. Erst dann konnte er glauben, dass er tatsächlich wieder bei ihm war.

EPILOG

Raven ließ die Lider geschlossen, denn es gab nichts zu sehen. Er hatte Ians Weinen gehört, seine Flüche. Hatte Samuels tröstenden Worten gelauscht, die nicht für ihn bestimmt waren. Dann hatte Ian seine Sachen gepackt, Samuel hatte ihn in den Bentley gesetzt und beide waren vor ihm geflohen.
Jeder floh vor ihm. Laurens war der Erste gewesen.

Um ihn herum wurde es Nacht. Der See lag schwarz und einsam vor ihm.

Wenn er blieb, würde Samuel vielleicht niemals wieder in dem stillen Wasser tauchen, aber wenn er ging, wären Erin und Finley allein mit dem, was im Keller hauste.

David war kein Mensch mehr. Deshalb lebte er noch. Wie sollte er ein Wesen töten, das seinem Vater glich?

Hornplatten über Brust und Rücken, Augen wie seine, und Zähne, die ein berauschendes Gift für denjenigen bereithielten, der mutig oder verzweifelt genug war, sich beißen zu lassen.

Die ersten Tage waren eine Qual gewesen. Dann war die Wunde abgeschwollen und das Fieber gesunken. Nun tat ihm jeder Biss gut. Vergessen zu können war ein Geschenk.

Raven ließ sich Zeit für den Rückweg zum Haus. Mhorags Manor war zu still ohne Laurens und Samuel.

Aus dem Salon flackerte Feuerschein. Erin kniete vor dem Kamin und hielt ein Stück Papier in die Flammen. Raven trat näher. Was dort Feuer fing, war eine von Laurens Zeichnungen. Sie rollte sich zusammen, zerfiel zu schwarzen Flocken.

~*~

Samuels Versuchung – Schlangenfluch 01

Ravens Gift – Schlangenfluch 02

Seans Seele – Schlangenfluch 03